시 다시 읽기

이어령 전집

15

시 다시 읽기

아카데믹 컬렉션 3
문학평론_시에 대한 기호론적 재분석

이어령 지음

21세기북스

상상력과 흥의 근원에 관한 깊은 탐구

박보균 | 문화체육관광부 장관

이어령 초대 문화부 장관이 작고하신 지 1년이 지났습니다. 그러나 그의 언어는 여전히 우리 곁에 남아 새로운 것을 볼 수 있는 창조적 통찰과 지혜를 주고 있습니다. 이 스물네 권의 전집은 그가 평생을 걸쳐 집대성한 언어의 힘을 보여줍니다. 특히 '한국문화론' 컬렉션에는 지금 전 세계가 갈채를 보내는 K컬처의 바탕인 한국인의 핏속에 흐르는 상상력과 흥의 근원에 관한 깊은 탐구가 담겨 있습니다.

선생은 우리 시대를 대표하는 지성이자 언어의 승부사셨습니다. 그는 "국가 간 경쟁에서 군사력, 정치력 그리고 문화력 중에서 언어의 힘, 언력言力이 중요한 시대"라며 문화의 힘, 언어의 힘을 강조했습니다. 제가 기자 시절 리더십의 언어를 주목하고 추적하는 데도 선생의 말씀이 주효하게 작용했습니다. 문체부 장관 지명을 받고 처음 떠올린 것도 이어령 선생의 말씀이었습니다. 그 개념을 발전시키고 제 방식의 언어로 다듬어 새 정부의 문화정책 방향을 '문화매력국가'로 설정했습니다. 문화의 힘은 경제력이나 군사력같이 상대방을 압도하고 누르는 것이 아닙니다. 문화는 스며들고 상대방의 마음을 잡고 훔치는 것입니다. 그래야 문화의 힘이 오래갑니다. 선생께서 말씀하신 "매력으로 스며들어야만 상대방의 마음을 잡을 수 있다"라는 말에서도 힌트를 얻었습니다. 그 가치를 윤석열 정부의 문화정책에 주입해 펼쳐나가고 있습니다.

선생께서는 뛰어난 문인이자 논객이었고, 교육자, 행정가였습니다. 선생은 인식과 사고思考의 기성질서를 대담한 파격으로 재구성했습니다. 그는 "현실에서 눈뜨고 꾸는 꿈은 오직 문학적 상상력, 미지를 향한 호기심"뿐이었다고 말했습니다. 그는 마지막까지 왕성한 호기심으로 지知를 탐구하고 실천하는 삶을 사셨으며 진정한 학문적 통섭을 이룬 지식인이었습니다. 인문학 전반을 아우르는 방대한 지적 스펙트럼과 탁월한 필력은 그가 남긴 160여 권의 저작물로 남아 있습니다. 이 전집은 비교적 초기작인 1960~1980년대 글들을 많이 품고 있습니다. 선생께서 젊은 시절 걸어오신 왕성한 탐구와 언어의 발자취를 따라가다 보면 지적 풍요와 함께 삶에 대한 진지한 고찰을 마주할 것입니다. 이 전집이 독자들, 특히 대한민국 젊은 세대에게 문화 전반을 아우르는 교과서이자 삶의 지표가 되어줄 것으로 확신합니다.

100년 한국을 깨운 '이어령학'의 대전大全

이근배 | 시인, 대한민국예술원 회원

여기 빛의 붓 한 자루의 대역사大役事가 있습니다. 저 나라 잃고 말과 글도 빼앗기던 항일기抗日期 한복판에서 하늘이 내린 붓을 쥐고 태어난 한국의 아들이 있습니다. 어려서부터 책 읽기와 글쓰기로 한국은 어떤 나라이며 한국인은 누구인가에 대한 깊고 먼 천착穿鑿을 하였습니다. 「우상의 파괴」로 한국 문단 미망迷妄의 껍데기를 깨고 『흙 속에 저 바람 속에』로 이어령의 붓 길은 옛날과 오늘, 동양과 서양을 넘나들며 한국을 넘어 인류를 향한 거침없는 지성의 새 문법을 만들기 시작했습니다.

서울올림픽의 마당을 가로지르던 굴렁쇠는 아직도 세계인의 눈 속에 분단 한국의 자유, 평화의 글자로 새겨지고 있으며 디지로그, 지성에서 영성으로, 생명 자본주의⋯⋯ 등은 세계의 지성들에 앞장서 한국의 미래, 인류의 미래를 위한 문명의 먹거리를 경작해냈습니다.

빛의 붓 한 자루가 수확한 '이어령학'을 집대성한 이 대전大全은 오늘과 내일을 사는 모든 이들이 한번은 기어코 넘어야 할 높은 산이며 건너야 할 깊은 강입니다. 옷깃을 여미며 추천의 글을 올립니다.

시대의 언어를 창조한 위대한 상상력

'이어령 전집' 발간에 부쳐

권영민 | 문학평론가, 서울대학교 명예교수

이어령 선생은 언제나 시대를 앞서가는 예지의 힘을 모두에게 보여주었다. 선생은 한국전쟁이 끝난 뒤 불모의 문단에 서서 이념적 잣대에 휘둘리던 문학을 위해 저항의 정신을 내세웠다. 어떤 경우에라도 문학의 언어는 자유가 되어야 한다는 신념으로 문단의 고정된 가치와 우상을 파괴하는 일에도 주저함 없이 앞장섰다.

선생은 한국의 역사와 한국인의 삶의 현장을 섬세하게 살피고 그 속에서 슬기로움과 아름다움을 찾아내어 문화의 이름으로 그 가치를 빛내는 일을 선도했다. '디지로그'와 '생명자본주의' 같은 새로운 말을 만들어 다가오는 시대의 변화를 내다보는 통찰력을 보여준 것도 선생이었다. 선생은 문화의 개념과 가치의 중요성을 일깨우고 그 새로운 방향을 제시하면서 삶의 현실을 따스하게 보살펴야 하는 지성의 역할을 가르쳤다.

이어령 선생이 자랑해온 우리 언어와 창조의 힘, 우리 문화와 자유의 가치 그리고 우리 모두의 상생과 생명의 의미는 이제 한국문화사의 빛나는 기록이 되었다. 새롭게 엮어낸 '이어령 전집'은 시대의 언어를 창조한 위대한 상상력의 보고다.

일러두기

- '이어령 전집'은 문학사상사에서 2002년부터 2006년 사이에 출간한 '이어령 라이브러리' 시리즈를 정본으로 삼았다.
- 『시 다시 읽기』는 문학사상사에서 1995년에 출간한 단행본을 정본으로 삼았다.
- 『공간의 기호학』은 민음사에서 2000년에 출간한 단행본을 정본으로 삼았다.
- 『문화 코드』는 문학사상사에서 2006년에 출간한 단행본을 정본으로 삼았다.
- '이어령 라이브러리' 및 단행본에서 한자로 표기했던 것은 가능한 한 한글로 옮겨 적었다.
- '이어령 라이브러리'에서 오자로 표기했던 것은 바로잡았고, 옛 말투는 현대 문법에 맞지 않더라도 가능한 한 그대로 살렸다.
- 원어 병기는 첨자로 달았다.
- 인물의 영문 풀네임은 가독성을 위해 되도록 생략했고, 의미가 통하지 않을 경우 선별적으로 달았다.
- 인용문은 크기만 줄이고 서체는 그대로 두었다.
- 전집을 통틀어 괄호와 따옴표의 사용은 아래와 같다.
  『   』: 장편소설, 단행본, 단편소설이지만 같은 제목의 단편소설집이 출간된 경우
  「   」: 단편소설, 단행본에 포함된 장, 논문
  《   》: 신문, 잡지 등의 매체명
  〈   〉: 신문 기사, 잡지 기사, 영화, 연극, 그림, 음악, 기타 글, 작품 등
  '   ': 시리즈명, 강조
- 표제지 일러스트는 소설가 김승옥이 그린 이어령 캐리커처.

차례

머리말
『시 다시 읽기』에 부쳐

예순 전에는 학술적인 저술은 삼가겠다는 것이 내가 내 스스로에게 약속한 사항이다. 그리고 나는 너무나도 충실히 그 약속을 잘 지킨 탓으로 지금까지 변변한 문학 평론집이나 학문적 저술을 한 권도 내지 못했다. 에세이나 창작물과는 달리 내가 전업으로 하고 있는 문학 이론은 창조적인 작업이라기보다는 고도의 지식과 체계를 요하는 작업이기 때문에 글을 써놓고도 발표는 뒤로 미루어왔던 것이다.

이제 내가 나에게 약속한 그 예순이라는 나이도 벌써 세 해를 넘겼으니 이제는 스스로 변명할 구실도 없어지게 된 셈이다. 그러나 이제부터는 대학에서 강의했던 노트 그리고 그동안 틈틈이 메모해왔던 논문들을 정리하여 문학 비평이나 이론 작업의 끝마무리를 지으려고 한다.

우선 1987년 6월호부터 《문학사상》지에 연재했던 「새로운 문학 이론에 의한 이어령 문학 강의」를 출간하기로 마음먹고 한용운론 등을 추가 집필하여 한 권의 책으로 엮기로 했다. 여기에 모인 글들은 모두가 기호론적記號論的 접근 방법으로 우리가 익히 아는 시들을 재분석한 것이다. 시를 정밀하게 읽고 그 시적 언술의 심층 구조를 따져가면 우리가 지금까지 잘 모르고 있던 여러 가지 풀이들이 가능해진다. 아무리 퍼 써도 마르지 않는 우물처럼 진정한 시의 텍스트는 되풀이하여 재독을 가능케 하는 의미의 심연을 갖고 있게 마련이다.

그동안 우리는 시인의 전기적 특성이나 시대적 상황 그리고 이념적 틀 만들기에만 열중하여 막상 중요한 시 자체의 텍스트에 대해서는 소홀한 감이 없지 않았다. 여기 이 글들은 시 작품의 조사 하나, 낱말 하나를 그 언술 구조를 통해 읽으려 한 것이기 때문에 자연히 시 한 편을 분석하는 데 원고지 100매 이상을 넘는 분량이 되고 말았다. 그래서 많은 시를 다루지는 못했으나 되도록 개체를 통해 전체를 파악할 수 있도록 노력하였다.

나는 원래 서문을 쓰기 싫어한다. 더구나 이런 논문에 가까운 글에는 더 부칠 이야기가 없다. 할말이 있다면 끝까지 읽어달라는 것이다. 껌은 단지 씹기 위해서 씹는다. 껌은 소화하는 게 아니다. 읽는 행위 그 자체의 중요함, 그리고 읽는다는 것은 그 결과가 아니라 읽는다는 그 자체에 생성의 의미가 있다는 것을 강조해둔다. 이 글을 정밀하게 읽어나가면 여지껏 보이지 않던 것이 보이게 될지도 모른다.

앞으로 『소설 다시 읽기』, 『시 다시 읽기』 등 나의 문학 강연 총서를 계속 완성할 수 있도록 성원해주기를 바란다.

1995년 8월 24일
이어령

문학 기호론의 출발점

「하여가」와 「단심가」의 대립 구조

어디에서 먼저 시작할 것인가.

'시니피앙'의 수수께끼

여러분들은 이 강의를 듣기 전에 먼저 젊은이들 사이에서 지금 유행되고 있는 수수께끼 하나를 풀어야 합니다. 스핑크스의 수수께끼를 풀어야만 테베로 갈 수 있었던 오이디푸스 신화의 나그네처럼, 그 질문을 풀지 못하고서는 누구도 이 강의에서 펼쳐지게 될 문학의 새 도시로 갈 수 없을 것입니다.

그 수수께끼는 "남자에겐 있고 여자에겐 없고, 뱀에겐 있고 개구리에겐 없고, 삼촌에겐 있고 형에겐 없고, 엄마에겐 있고 아빠에겐 없는 것은 무엇인가"라는 것입니다.

내가 처음 남자에겐 있고 여자에겐 없는 것이라고 했을 때, 여러분들의 표정은 매우 밝았습니다. 웃고 있었지요. 그러나 뱀에겐 있고 개구리에겐 없는 것이라고 했을 때부터 여러분들의 웃음은 사라지고 표정이 굳어지기 시작했습니다.

그리고 "엄마에겐 있고 아빠에겐 없는 것"이라는 마지막 대목에 와서는 거의 모두가 난감한 얼굴을 하고 포기 상태에 빠져버렸지요. 왜냐하면 처음 시작은 '남자에겐 있고 여자에겐 없다'로 되어 있는데 끝에 오면 '남자인 아빠에겐 없고 여자인 엄마에겐 있는 것'으로, 뒤바뀌어버렸기 때문입니다.

그러나 몇몇 사람들은 웃고 있었지요. 그들은 그 해답이 '미음(ㅁ)'자라는 것을 알고 있었기 때문입니다. 스스로 생각했든, 이미 남에게 들어서 알았든 그들이 웃을 수 있었던 것은 남들처럼 그 말들이 가리키고 있는 '개념signifé'이 아니라 말 자체의 '형식signifant' 속에서 그 있고 없는 것의 관계를 찾으려고 했기 때문입니다.[1]

해답을 알고 있을 때의 수수께끼처럼 뻔하고 싱거운 것도 없지요. 이 경우도 예외는 아닙니다. 그런데도 수수께끼를 풀지 못

---

[1] signifant, signifé : 언어를 비롯하여 의미를 전달하는 모든 기호는 양면의 관계로 되어 있다. 언어의 경우 말을 이루는 소리 부분이 '시니피앙'이 되고, 그 개념을 나타내는 영상이 '시니피에'가 된다. 교통 신호의 체계에서 붉은색이나 파란색은 서시오, 가시오의 개념을 나타내고 있다. 이때의 색채는 기호의 표현 면이 되는 것으로 소쉬르Ferdinand de Saussure는 그것을 시니피앙이라 불렀고, 그 뜻이 되는 개념을 시니피에라고 했다.

여러 가지 번역어가 있으나 혼돈의 우려가 있어 지금 단계에서는 원어대로 쓴다.

하는 것은 일상적인 관습에 얽매여 있기 때문입니다. 즉 이렇게 고개 한번 돌리면 보이는 것을, 늘 같은 각도만을 향해 사고의 목을 묶어두었기 때문이지요.

그렇습니다. 여러분들이 이 수수께끼에서 당황하게 된 것도 사고의 목 디스크에 걸려 있다는 증거입니다. 말하자면 말 자체에 정신을 기울이지 않고, 말이 가리키고 있는 그 뜻의 세계로만 눈을 팔았기 때문입니다. 이 수수께끼가 노린 점도 바로 그것이었지요.

사람들은 온종일 말을 하고 있으면서도 그 말의 발음이나 그것의 이음새, 그리고 그 뜻을 담고 있는 틀에 대해서는 생각하지 않습니다. 달을 가리키는 손가락을 보았기에 우리는 달을 본 것이지요. 그런데도 누가 그 손가락에 대해서 물으면 그 생김새나 길이는 말할 것도 없고 그 손가락에 반지가 끼여 있었는지 없었는지조차 모릅니다.

나중에 따로 자세히 설명하게 되겠지만 '러시아 형식주의자'들이 '자동화 현상'이라 부르고 있는 것도 바로 이런 경우를 두고 한 소리입니다.

여러분들은 달만 보았으면 그만이지 무엇 때문에 손가락이 중요하냐고 반문할 것입니다. 당연히 그런 질문이, 그리고 그런 항의가 나와야 합니다. 바로 그랬기 때문에 여러분들은 수수께끼를 풀지 못했던 것이니까요.

그러나 만약 달을 가리키는 사람이 손가락이 아니라 주먹을 내밀었다면 여러분들은 달을 보지는 않았을 것입니다. 그가 폭력이나 불만을 표시하고 있었다고 오해했을 것입니다. 그것은 주먹의 형태와 손가락의 형태가 다르기 때문입니다. 그리고 그 차이가 곧 의미의 차이를 만들어내는 작용을 하고 있는 것이기도 합니다.[2]

그러고 보면 여러분들이 걱정하고 배워야 할 것은 바로 달보다도 달을 가리키는 손가락 쪽이라는 것을 깨닫게 될 것입니다. 여러분들이 걱정을 하지 않아도 달은 저절로 뜨고 지고, 사라졌다가는 다시 나타납니다. 자연의 법칙 속에서 순환하고 있기 때문입니다.

그러나 손가락질이나 주먹질의 의미는 인간이 스스로 만들어낸 법칙과 그 체계에 속해 있는 것이며, 인간의 독자적인 사고와 이해에 의해서 운영되어가고 있는 것입니다. 달이 만유인력의 법칙 속에서 움직이고 있다면 그것을 가리키는 손가락질은 의미 전달의 법칙, 좀 더 넓게 말하자면 기호記號의 세계 속에서 벌어지고

---

2) 손가락이 무엇을 가리킬 때에는, 지시지指示指로서 기호의 의미를 갖게 된다. 그 의미소意味素를 움베르토 에코는, ⁺longitude(종장성縱長性), ⁺apicality(정점성頂點性), ⁺movement toward(방향적운동성方向的運動性), ⁺dynamic stress(역동적강조성力動的强調性) 등을 들고 있다. 주먹이나 손바닥은 갸름하고 뾰족한 손가락의 성격과 가치를 나타내는 것으로, 무엇을 가리키는 의미소가 결여되어 있다.

Umberto Eco, A Teory of Semiotics, Indiana University Press, 1979, pp. 119~120.

있는 것입니다.

전자를 자연 현상physis이라고 하면 후자는 기호 현상semiosis이라고 말할 수 있고, 인간은 서로 실체가 다른 두 현상 속에서 살아가고 있다고 할 수 있습니다.[3]

그런데 여러분들은 기호 현상 속에서 살아가고 있고 그 기호를 이용하고 있으면서도, 그리고 그것이 바로 자연적 삶과 다른 문화적 삶이라는 것을 알고 있으면서도, 좀처럼 그 의식의 목은 실체의 자연에서 기호의 세계로 돌아가지 않습니다. 좀 거친 말로 표현하자면, 그 목을 돌려놓으려 하는 것이 이 강의의 한 목적이기도 한 것입니다.[4]

야콥슨의 '시적 기능'

로만 야콥슨Roman Jackobson도 이제는 고전적인 논문이 된 「언

---

[3] 바르트는 콜레주 드 프랑스의 문학기호학 개강 기념 강연에서 문학의 힘을 Mathe-sis(知의 일반적 관계), Mimesis(모방), Semiosis(기호 현상)의 세 가지 희랍적 개념에 의해서 정리하고 있다. Semiosis의 뜻을 위의 두 개념과 대조해서 생각하면 그 뜻이 명확해진다.

Roland Barthes, Leçon inaugurale de la Chaire de Sémiologie Littéraire du Collège de France Prononcée, le 7 Janvier, 1977, Edition du Seuil, Paris, 1978.

[4] 바르트는 '기호로 향하는 것'의 뜻으로 'sémiotropy'라는 조어를 만들어 쓰고 있다. 그리고 그것을 '기호 쪽으로 얼굴을 돌리는 기호학—기호에 매혹되고, 기호를 받아들이고, 기호를 다루고, 필요하면 기호를 모방하는 것'으로 정의하고 있다(앞의 책 참조).

어학과 시학詩學」에서, 앞서 든 수수께끼와 유사한 질문과 해답에 대해서 말하고 있습니다.

"왜 넌 밤낮 존과 매조리라고 그러니? 매조리와 존이라고 부르면 안 돼? 쌍둥이 중에서 존을 더 좋아하나 보지!"
"무슨 말이야. 난 그냥 부르기 좋으니까 그러는 거야."
두 개의 이름을 같이 부르게 될 경우 그 순서는 신분 계급의 문제가 개입되지 않는 한, 사람들speaker은 그 이유를 자신도 잘 모르면서 짧은 이름을 먼저 부르는 것이 말message로서 적합하다고 느끼고 있다.[5]

우리가 두 사람을 같이 부를 경우 누구를 먼저 부르느냐는, 이름 자체가 아니라 실제 인물의 신분이나 혹은 자기의 선호도에 의해서 결정됩니다. 그러나 이름 자체만을 가지고 볼 때에는 부르기 쉬운 쪽을 먼저 부르게 되지요.

왜 그가 매조리와 존이라고 하지 않고 존과 매조리라고 부르는지의 의문에 대해서 그 상대의 신분이나 화자의 선호도로 따지려고 들면, 이미 앞에서 본 수수께끼처럼 해답이 나오지 않을 뿐만 아니라 때로는 엉뚱한 오해를 유발해서 억울한 사람을 잡게 됩니다.

5) Roman Jakobson, Poetry of Grammar and Grammar of Poetry, Selected Writings Ⅲ, Mouton Publishers, 1981, pp. 25~26.

야콥슨은, 이름을 신분이나 선호도가 아니라 그저 부르기 쉬운 소리에 따라 그 서열을 정하는 것을 '시적 기능'이라고 하여, 언어의 여섯 가지 전달 기능의 하나로 손꼽고 있습니다. 물론 이러한 기능은 시만이 아니라 광고문이나 구호 등에서도 쓰이는 것이며, 거꾸로 시라고 하여 모두 이러한 기능만으로 씌어진 것도 아닙니다. 다만 그러한 기능이 지배적인dominant 요소로 나타나 있는 것이 시라는 전달 양식이지요.

그러나 야콥슨의 이 이론도 잠시 뒤로 미루어두기로 합시다. 우리는 그동안 단숨에 갈증을 축이기 위해서 너무 성급해한 것 같습니다. 영어 교실을 들여다보면 말하거나 쓰기보다 문법부터 공부하고, 문학 강의실에 앉아보면 작품보다도 생경한 이론만을 펼쳐놓고 있습니다.

목마른 나그네를 위해서 물그릇에 버들잎 하나를 띄워주던, 우리의 아름다운 옛 풍속은 문학 강의실에서도 유효할 것입니다. 그러므로 물을 마시기 전에 버들잎 두 잎을 띄워보기로 합시다.

「하여가」와 「단심가」의 텍스트성

이런들 엇더ᄒ며 져런들 엇더ᄒ료
萬壽山 드렁츩이 얼거진들 엇더ᄒ리

우리도 이ᄀᆞ치 얼거져 百年ᄭᆞ지 누리리라

—「하여가何如歌」

이몸이 주거주거 一百番 고쳐주거

白骨이 塵土ㅣ 되여 넉시라도 잇고업고

님向흔 一片丹心이야 가싈줄이 이시랴

—「단심가丹心歌」

이것은 우리가 너무나도 잘 알고 있는 「하여가」와 「단심가」입니다. 시조는 정형시이기 때문에 시의 순수한 형식 연구가 비교적 많이 되어온 것 같습니다. 그런데도 정직하게 말해서 우리는 그동안 시조를 읽어왔다기보다, 시조라는 작품이 지시하고 있다고 생각되는 상황을 읽어온 일이 더 많았던 것 같습니다.

특히 한 왕조에 대한 정치적인 대립을 나타낸 이 시조가 그렇습니다. 이 시조의 뒤에 깔린 역사적인 사건과 이 작품을 낳게 된 일화적逸話的 동기가 너무나도 강하기 때문입니다. 시 자체보다는 언제나 이 시에 붙어 다니는 『여사麗史』의 한 구절 주석이 더 중요한 독해 대상이 되고 있는 것입니다.[6]

그 전거典據에는 태종太宗이 술자리를 열고 정몽주의 의중을 떠

---

6) 麗史曰太宗設宴邀致鄭夢周至酒蘭太宗把盃作歌而觀夢周之意夢周作歌以和太宗知其終不變也(『海東歌謠』).

보기 위해 술잔을 권하며 노래를 지어 불렀고, 정몽주는 그에 화답하여 고려 왕조에 대한 변함없는 자신의 충절을 노래 불렀다고 되어 있습니다.

이러한 주석은 우리를 '이 텍스트는 어디에서 왔는가'라는 발생과 '이 텍스트가 가리키고 있는 상황은 무엇인가'라는 지시적 의미를 향해 내닫게 하는 화살표와도 같은 구실을 하게 됩니다. 결과적으로 이 시조의 독해자들은 텍스트에서 떠나 방원과 포은의 인물로 향하게 되고, 그 인간적인 흥미는 다시 그들의 무대인 역사로 향하게 될 것입니다.

이러한 흥미가 잘못되었다는 것이 아닙니다. 적어도 이러한 흥미를 만족시키기 위해서는 문학이 아니라, 인물의 성격을 분석하는 심리학이나 상황을 파악하고 판단하는 역사학, 아니면 정치학으로 옮아가지 않으면 안 된다는 사실입니다. 이럴 경우에 작품의 평가는 곧 그 글을 쓴 사람의 행적에 의해 결정되고, 그 행위의 실적은 윤리나 정치 상황에 따라 심판이 내려집니다.

르네 웰렉René Wellek이 예를 든 것처럼, 런던 박물관에 보관되어 있는 바이런George Gordon Byron의 시 「고별Fare Thee Well」 원고에 눈물방울의 흔적이 있느냐 없느냐로 평가가 달라지게 되는 것과 같은 일이 벌어지게 되는 것입니다.[7]

---

[7]　René Wellek and Austin Warren, Teory of Literature, A Peregrine Book, 1949, p.80.

그렇지요. 우리는 이 시조를 읽었다고 하기보다는 그것을 가로 질러 다른 것을 바라다본 것입니다. 그리고 그것은 독해가 아니라 심판이었지요. 방원은 이 노래를 부른 뒤 찬탈자로서 왕위에 오르고, 포은은 그 뒤 그 충절 때문에 선죽교에서 암살을 당한다는 결과가 바로 이 작품을 평가하는 결론이 되는 것입니다.

문학의 독해가 이렇게 분명하고 쉬운데 여러분들은 별로 기뻐하는 것 같지가 않습니다. 아마 그렇다면 문학 연구의 실체는 무엇이냐는 당연한 회의가 들 것이고, 그런 연구라면 때로는 작가의 숨은 비밀을 찾아내는 사립 탐정이나 새 역사 자료를 뒤져내는 고본서의 책방 주인이, 문학 강의실에 앉아 있는 여러분보다 훨씬 유리한 입장에 놓여 있다는 생각이 들었기 때문일 것입니다.

정치와 정치적 언술의 차이

조금 전에 우리를 당혹하게 하고 약오르게 한 그 수수께끼를 풀듯이, 한번 고개를 돌려 그것이 지시하거나 그 텍스트의 언저리에 있는 사물들의 관련 상황에서 말 자체의 기호론적 세계를 들여다봅시다.

'이 텍스트는 어디에서 왔는가'라고 묻기 전에, 그리고 '이 텍스트는 무엇을 가리키고 있는가'의 상황적 의미를 따지기 전에 '이 텍스트는 어떻게 구성되어 있는가', '이 텍스트의 시니피카시옹

signifcation은 무엇인가'라고 그 물음을 한번 바꿔보자는 것입니다.

손을 들지 마십시오.'시니피카시옹'이란 낯선 용어가 생선 가시처럼 목에 걸려 넘어가지 않는다 해도 질문을 조금만 보류해주기 바랍니다.

우선 문자 그대로 번역하면, 기호 작용=의미 작용이 된다고만 생각해둡시다. 전문적인 용어나 이론을 가급적 피하면서 텍스트 분석의 실천부터 해보자는 약속을 잊지 말기 바랍니다.[8]

만약 방원의 시조를 듣고 포은이 같은 생각으로 동지가 되었다면 어떤 노래가 되었을까요. 내 잔 네 잔 없이 그 축배가 뒤섞여 돌아갔듯이 그 시조 역시도 서로 구분할 수 없는 작품이 되었을 것입니다.

「하여가」와 「단심가」는 이데올로기의 정치적 의미로 읽든, 텍스트 자체의 의미 형식으로 읽든, 그것들의 특성은 차이, 대립 속에 있다고 할 것입니다. 충/불충, 배신/절개, 변/불변 등의 정치적·윤리적 실질 세계의 대립은 기호 현상의 세계, 텍스트의 세계, 또는 그 언술의 형식적 표현의 영역에 있어서도 그 차이와 대

---

8) signifcation : F. D. 소쉬르 이후, 기호 가운데 감각에 호소하게 되는 부분은 시니피앙, 그것이 없는 부분이 시니피에, 그리고 양자 사이에 있는 관계는 시니피카시옹이라고 불려졌다.

O. Ducrot et T. Todorov, Dictionnaire encyclopedique des Sciences du Langage, Edition du Seuil, 1972, p. 132.

립으로 나타나 있다는 것을 알게 될 것입니다.

텍스트의 중층적 구조

다시 한 번 「하여가」와 「단심가」 시조를 눈여겨보십시오. 그리고 단순히 정치적 충/불충의 대립과 차이만이 아니라 두 작품=텍스트를 구성하고 있는 음운적phonetic, 어휘적lexical, 통사적syntactical, 그리고 의미론적semantic 여러 층위의 이항적二項的 대립 구조를 끌어내올 수가 있습니다.

여러분들은 여러 개의 층위, 그리고 대립 구조를 끌어낸다는 말에 대해서 적잖은 불안감을 갖고 있을런지도 모릅니다. 여러분들은 고등학교 국어 시간 때부터 여러 개의 복잡한 뜻을 한마디로 요약하는, 이른바 주제 찾기 훈련에 익숙해져 있습니다. 즉 의미를 단순화하여 빈약하게 만드는 훈련을 받아왔으나, 오히려 뻔한 듯한 의미를 부풀게 하여 다의적인 것으로 생성시키는 증폭 운동에 대해서는 낯설 것이기 때문입니다.

그리고 역시 '끌어내온다'는 말에 대해서도, 꿈보다 해몽이 좋다는 비난을 알고 있는 여러분들은 혹시 그것이 억지로 견강부회牽强附會하는 해석을 의미하는 것이 아닌가 하는 기우도 들 것입니다.

그러나 언어라는 것 자체가 하나하나의 음소들이 조립되어 다음 층위의 단어를 만들고, 그 단어들이 결합하여 구와 문장의 층위를 만들고, 또 그 문장들이 집합하여 언술과 텍스트라고 불리는 최종적인 의미 단위를 만들어내고 있는 구조물입니다.[9]

이미 텍스트라는 말 자체가 직조물을 짜는 텍투스tĕctus라는 라틴어에서 생겨난 말로서, 무엇이 다층적으로 얽히고설켜 있는 상태를 뜻하고 있습니다. 그러한 구조물들은 인체의 조직처럼 항상 눈에 보이지 않는 몸 깊숙이 내장처럼 있는 것이기 때문에 적극적으로 그 숨어 있는 관계를 찾아내지 않으면, 끌어내지 않으면 잡을 수가 없습니다.

---

9) Jan Van Der Eng and Mojmír Grygar, Structure of Texts and Semiotics of Culture, Mouton, 1973, p. 16.

언어 텍스트 층위의 일반적인 도식

General intention of the text

↓

Level of major semantic blocs

↓

Syntactic -semantic structure of the sentence

↓

Word level

↓

Level of phonemic groups(syllables)

↓

Phoneme level

문학 작품을 읽는다는 것은, 한 시루에다 쪄낸 시루떡의 덩어리 속에 각기 다른 고물이 묻혀 있는 켜들을 분간하고, 그것을 쓸어 밖으로 끌어내는 일입니다. 그렇지 않으면 그 구수하고 맛있는 시루떡을 맛볼 수 없는 것과도 같은 것입니다.

칡덩굴과 백골의 대립항

가장 익숙해져 있는 켜부터 드러내 보이기로 합시다[레벨level이라는 언어학적 술어를, 이제부터는 층위라는 어색한 말로 부르지 않고, 시루떡을 연상하면서 '켜'라는 말로 부르기로 하겠습니다].

문학 작품의 특성이라고 하면 보통 다른 글보다 비유를 많이 쓰는 것인데, 이 두 시조 역시 비유적 표현으로 되어 있습니다. 좀 더 전문적인 용어로 말하자면, 말의 의미를 바꿔 쓰는 의미 변환체계를 지니고 있다는 것입니다.

「하여가」의 방원은 세상 되어가는 대로 살아가는 인간의 삶을 만수산의 칡덩굴에 비유하고 있고, 「단심가」의 정몽주는 죽음을 백골과 진토로 나타내주고 있습니다.

이들은 다 같이 하나의 개념을 물질적인 감각을 통해 기호화하고 있는 것입니다. 흔히 상상력이라고 부르는 사고의 형식이지요.

정치적 이념은 그 비유를 만들어내고 있는 정치적 언술로 바뀌어, 언어의 구조 안에서도 서로 정반대의 의미소를 보여주고 있는 것입니다.

「하여가」의 시조를 구축하고 있는 의미의 동위태isotopy는 칡덩굴의 속성으로서, 뻗어가는 것, 번져가는 것, 팽창하는 것으로 식물의 선적線的 운동을 나타내고 있는 네 대하여, 정몽주의 그것은 반대로 백골이 진토가 되는 것같이 사람의 몸이 백골로, 백골이 흙으로, 흙이 완전히 무형의 넋으로 되고, 그것 또한 분해되어 가루가 되어 사라지는 광물적鑛物的 점點의 소멸 운동을 하고 있습니다.

칡덩굴과 백골로 요약되는 두 대립항을 추려 그것을 요약, 목록화하면 다음과 같은 도표를 그릴 수 있을 것입니다.

대립항 작품	비유물	물질	형상	운동	접촉	생명
하여가	칡덩굴	식물성	선	신장성 伸張性	결합	삶
단심가	백골	광물성	점	분말성 粉末性	분리	죽음

이와 같은 대립항은 생과 사의 메타 언어에 의해서 차이화되고, 텍스트의 변별적 특징에 의해서 구조화할 수가 있을 것입니다.

「하여가」의 모든 언어들을 결합시키고 있는 통합축의 체계는

'얽히다'이고 그것은 '백년까지 누리리라'와 동위태를 이루고 있습니다.

여기에 비하여 정몽주의 「단심가」는 "이몸이 주거주거 일백번 고쳐주거"에서 보듯이 '죽다'라는 동사에 의해서 그 말의 결합축을 이루어가고 있습니다.

이러한 통사적인 구성을 가장 대조적으로 보여주고 있는 것이 다량성을 내포하고 있는 백百이라는 숫자입니다. 이 숫자는 양쪽 텍스트에 다 같이 등장하고 있으나 그 의미는 정반대로서, 「하여가」에서는 삶과 결합되어 있고, 「단심가」의 경우에서는 "일백번 고쳐주거"로서 죽음과 관련되어 있습니다.

그러나 「하여가」에서 언표言表된 백이라는 숫자에는 '까지'라는 한정사가 붙어 있음으로써 생生=제한制限의 한계성을 내포하고, 거꾸로 「단심가」에서는 "일백번 고쳐주거"의 반복성으로 무한성을 내포하고 있어, 죽음=무제한의 영원성을 보여주고 있다고 할 것입니다.

은유와 환유

그러나 칡덩굴과 백골을 좀 더 기호론적인 입장에서 접근, 그 체계를 분석하자면 내포적인 의미보다도 그 비유의 형식을 살펴보지 않으면 안 됩니다. 그러면 여러분들은 「하여가」와 「단심가」

가 고려와 조선의 두 왕조의 정치적 이념만이 아니라 그 언표 행위, 즉 기호를 실천하는 데 있어서도 대립성을 보인다는 것을 알게 될 것입니다. 즉 그 두 텍스트가 의미의 전환 구조를 이루는 양대 왕국이라 할 수 있는 은유축과 환유축으로 나누어져 있다는 놀라운 사실을 발견하게 될 것입니다.

여러분들은 심포니를 즐겨 듣고 있지요. 아무리 까다롭고 복잡한 곡이라 할지라도 그 기본 원리는 악보에 횡선을 따라 적혀 있는 음정의 변화와 세로로 동시에 적혀져 있는 여러 음색과 악기의 화음을 이루는 부분에 있습니다.

교향곡이 이 두 개의 축으로 음을 빚어내고 있듯이, 언어 활동은 물론 모든 의미를 자아내고 있는 기호 체계에서도 똑같은 일이 벌어지고 있습니다. 즉 화음처럼 같은 계열의 값을 가진 낱말들을 선택하는 계합축paradigmatic axe과, 그것을 결합해서 이어나가는 통합축syntagmatic axe이 그것입니다.[10] 소리, 낱말, 문, 그리고 문의 단위보다 더 큰 언술, 그리고 텍스트는 궁극적으로 이 원리로 만들어져 있는 것이지요.

---

10) 야콥슨의 은유와 환유에 대한 이론은 「언어의 두 양상과 실어증失語症의 두 형型」이라는 논문에 자세히 언급되어 있다.

R. Jakobson, Two Aspects of Language and Two Types of Aphasic Disturvances, Selected Writings Ⅱ, Mouton, 1971.

비유 역시 이 두 축으로 분류될 수 있는데 화음처럼 동시적인 계합축을 이루고 있는 것이, 즉 선택축의 원리에서 빚어진 비유가 은유metaphor입니다. 방원의 비유가 바로 여기에 속하는 것입니다. 인간이 서로 얽혀서 살아가는 것과 드렁칡이 얽혀서 뻗어가고 있는 것은 같은 선택축에 있는 두 단어의 유사성에서 비롯된 것이지요. 즉 문장을 만들어보면 알 수 있습니다.

    A. 드렁칡이 서로 얽혀져 있다.
    B. 사람이 서로 어울려 살고 있다.

드렁칡과 사람의 통사적 위치는 똑같습니다. 말하자면 같은 선택축에 있는 것으로, 등가적이지요. 은유는 이렇게 두 사항 중에서 하나를 선택하지 않고 두 개를 다 같이 (마치 음악회 화음처럼) 한자리에 놓을 때 발생되는 것입니다. 그래서 식물의 덩굴을 서술하는 '얼거져'라는 동사가 인간이 서로 어울려 사는 서술어로 대입될 수가 있는 것입니다.

그런데 환유metonymy는 은유와 달리, 선택된 낱말과 낱말을 결합시키는 통합축에서 빚어지는 비유입니다. 우산이 비의 의미를 대신하고 백악관이 미국의 대통령을 나타내는 것은, 유사한 항목 속에서 벌어지고 있는 것이 아니라 근접 관계에서 생겨나는 것이라는 것을 쉽게 이해할 수 있습니다. 즉 비가 오면 우산을 받고,

미국 대통령은 백악관에서 살고 있기 때문입니다.

그렇기 때문에 정몽주의 백골은 죽음의 은유가 아니라 환유인 것이 명확해집니다. 사람이 죽으면 백골이 됩니다. 그러므로 죽음과 백골은 선택축이 아니라 결합축에서 생겨난 것이기 때문입니다. 백골과 진토의 관계 역시 유사가 아니라 근접입니다.

정몽주의 「단심가」는 시 전체가 이 환유의 구조로 형성되어 있습니다.

몸이 백골이 되고 백골이 진토가 되는 일련의 사슬은 소멸의 단계를 따라 그 서열을 이루어가고 있습니다. 각각 그 성격이 다른 비유 체계에 의하여 정몽주는 죽음의 신태그마syntagma를 만들어낸 것이고, 방원은 삶의 패러다임을 만들어낸 것입니다.

그래서 소설의 구조가 환유적인 것인 데 비해서 시의 구조는 은유적이라는 야콥슨의 이론은, 「하여가」와 「단심가」의 언술을 분석하고 그 차이를 밝히는 데에도 매우 유효하다는 것을 알게 된 것입니다.

선조적인 언술

여러분들은 지금까지 방원의 「하여가」와 포은의 「단심가」를 통해서, 정치적인 이데올로기의 대립이 어떻게 문학적 텍스트의 차이로 나타나 있는가를 보았습니다.

지금까지 고찰한 것은 주로 의미론적인 시각에서 포착된 대립 체계였으나, 그것을 통사론적 층위 혹은 글과 글을 이어가는 언술의 세계로 옮겨보아도 그와 똑같은 대립 양상을 읽게 될 것입니다.

「하여가」나 「단심가」는 시조이기 때문에 모두가 초, 중, 종의 3장으로 되어 있습니다. 그러나 조금만 주의를 기울여보면, 같은 장체라도 초장/중장/종장을 연결하는 언술의 방식이 전혀 다르다는 사실을 발견하게 될 것입니다.

방원의 「하여가」가 초장/중장/종장이 세 평행선으로 구성되어 있는 데 비해서, 「단심가」는 반대로 한 줄의 선형線形으로 이어져 있기 때문입니다.

편의상 알기 쉬운 「단심가」부터 살펴봅시다. 「단심가」를 주술(主述, NV) 최소 단위로 절단해보면, 우리는 다음과 같은 네 단위 요소를 얻을 수 있을 것입니다.

S_1 몸이 – 죽다
S_2 백골이 – 흙이 되다
S_3 넋이 – 있다 / 없다
S_4 마음이 (일편단심) – 불변하다

그리고 그것들은 필연적으로 앞과 뒤의 시간적인 순차성을 갖고 있기 때문에, 각 요소들은 불가역적不可逆的인 종속 관계를 맺고 연결되어 있음을 알 수 있습니다.

즉 하나의 생명체인 육체가 죽으면 백골만 남고, 그 백골은 다시 흙으로 변합니다. 그래서 넋마저 있는지 없는지 모르게 될 상태로 바뀝니다. 그래서 최종적으로 남게 되는 것은, 즉 변하지 않고 남아 있는 것은 일편단심의 마음뿐입니다. 그래서 $S_1 \rightarrow S_2 \rightarrow S_3 \rightarrow S_4$로 모든 요소들은 화살표와 같은 방향성과 계기성繼起性을 갖고 불가역적인 선으로 이어지게 되는 것입니다.

「단심가」는 소멸해가는 바로 그 시간의 흐름에 따라 문자 그대로 초→중→종의 순차성으로 구성되어 있으며, 무無로 시작된 것이 마지막에는 유有로 반전되는 결말에 이르게 됩니다.

이렇게 선형 구조는 시작과 끝이 분명한 차이를 갖게 되는 데에도 그 특성이 있습니다. 그래서 시조 역시 아리스토텔레스의 유명한 정의처럼 초/중/종의 시작과 발전과 끝으로 분절되어 있고, 그 선분線分된 요소들은 일정한 불가역적 순차성과 과정성을 따라 어떤 결말에 이르게 되는 것입니다.

정몽주는 이 같은 선조적線條的인 언술, 전형적인 시조의 그 언술을 철저하게 지켜가고 있습니다. 정몽주는 고려 왕국의 충신이었을 뿐 아니라 시조의 언술인 그 왕국에 대해서도 충실하게 그 틀을 지켜나간 사람이라는 것을 볼 수 있습니다.

보십시오. 초장은 몸이 죽는 것으로 무無=변變이지만, "넋시라도 잇고업고"의 중장은 유有, 무無=변變, 불변不變의 애매한 중립적 상태를 나타냅니다. 그리고 종장은 "가실줄이 이시랴"로, 유有=불변不變으로 초장의 그것과 대극對極을 이루고 있습니다. 그리고,

초장 – 몸, 육체의 세계 – 무=변

중장 – 넋, 육체와 정신의 중간 세계 – 유, 무=변, 불변

종장 – 마음, 정신(이데올로기)의 세계 – 유=불변

으로 분절되어 있습니다. 그러므로 그 시조가 3장으로 분할되어 있듯이 정몽주의 나(자아) 역시 소멸하는 육체를 가진 나, 이승과 저승 사이를 방황하는 넋을 지닌 나, 그리고 임을 향한 일편단심을 지니고 살아가는 나로서 3등분되어 있습니다. 그래서 시조는 바로 정몽주의 몸[身體]이 되는 것이지요. 좀 더 정확하게 말하자면, 그의 언술이 바로 그의 몸인 것입니다. 역사나 이데올로기나 모든 행위는 이 언술의 신체성身體性을 통해서 실질의 세계에서 기호의 세계로 그 영역이 전환되는 것입니다.

그렇지요. 그리고 이 세 개의 몸을 하나의 사슬로 이어주는 것이 바로 '죽다', '되다', '있고 없고', '가실 줄이 있으랴' 등의 서술어들입니다.

모든 것을 소멸케 하고 붕괴시키는 '죽다'의 강렬한 동사가 이

시조에는 세 번이나 반복되어 나타납니다. 그것이 초장의 움직임이지요. 그러나 그것이 중장에 오면 비록 부정을 향한 것이지만 '되다'라는 생성의 동사가 나오고, '있고 없고'와 같은 양립적인 상태를 나타내는 술어가 등장합니다.

그리고 최종적인 종장의 술어는 "가실줄이 이시랴"로서, 처음의 '죽다'와는 다른 영원·불변의 삶을 기술하는 동사로 귀결됩니다.

다시 말해서 세 개의 몸은 세 개의 다리에 의해서 전신轉身되는 것이지요. 무에서 유로, 그리고 변하는 것에서 변하지 않는 것으로 연결되고, 그 언술은 구체적인 데에서 추상적인 것, 가시적인 것에서 불가시적인 것으로 옮겨갑니다.

그러므로 「단심가」는 만질 수도 있고 볼 수도 있는 살아 있는 몸뚱이로부터 시작하여, 백골과 진흙으로 해체되고 점점 작아지고 분자화되면서, 넋이라는 불가시적인 상태로 옮겨갑니다. 그리고 그 넋은 다시 '마음', '일편단심'이라는 유교적 이념의 완전한 불가시적 세계로 변전되고 맙니다.

경계 침범의 언술

그러나 「하여가」의 언술은 앞에서 본 정몽주의 그것과는 정반대로 되어 있습니다. 이미 말한 대로 「하여가」의 형태는 비록 초장/중장/종장의 순차성을 갖는 세계의 글로 사슬을 이루고 있는 것처럼 보이지만, 그것들은 결코 「단심가」와 같이 하나의 선으로 이어져 있는 것이 아닙니다. 말하자면 시간적인 종속성과 관계없이 세 개의 기둥처럼 다 같이 늘어서 있는 것입니다. 이를테면 공간적인 등가 관계를 갖고 있는 것입니다.

우선 각 장을 하나의 문장으로 환원하여 그 주어들을 살펴보십시다. 「단심가」의 경우에는,

초 : 몸
중 : 백골
종 : 일편단심

으로서 모두 '나'라는 한 주체로 환원될 수 있는 것들입니다. 그러나 「하여가」는,

초 : 이, 저(지시대명사, 추상적 가치의 영역)
중 : 칡덩굴(식물, 자연 영역)
종 : 우리(인간, 사회 영역)

로서 각기 주체와 그 영역이 다릅니다. 그렇기 때문에 초장과 중장, 그리고 종장의 관계는 종속적인 것이 아니라 등가 관계에

있는 것으로, 그것들은 '얽혀 있다'는 하나의 접합점을 공유하고 있는 것입니다.

「하여가」의 초장은 "이런들 엇더ᄒ며 져런들 엇더ᄒ료"로 시작되어 있습니다. 원래 '이'와 '저'의 지시대명사는 사물을 차이화하고 구분하는 언표 행위로서, 기호는 사물이 아니라 추상적인 차이의 체계라는 것을 가장 잘 나타내주고 있는 전이사(轉移詞, shifter)의 하나입니다.

그러므로 '이'것이 백白이라면 '저'것은 흑黑이 되고, '이'것이 시是라면 '저'것은 비非가 될 것입니다. 이렇게 흑백을 구분하고 시와 비를 분별하는 것처럼, 모든 것을 차이화하는 기호 체계가 바로 '이'와 '저'의 지시대명사에 부각되어 있다는 얘기입니다.

그런데 방원은 "이런들 엇더ᄒ며 져런들 엇더ᄒ료"라고 함으로써 '이'와 '저'가 지니고 있는 본래의 그 차이와 대립성의 코드에서 일탈해버립니다. 그래서 '이'와 '저'가 동일한 것이 되었고, 구별할 수 없는 것이 공존하고 있는 새로운 코드를 만들고 있는 것입니다. 보통의 상식으로는 이런들 어떠하며 저런들 어떠한 것이 아닙니다. 이런 것과 저런 것 사이에는 경계선이 있고, 이 경계에 따라 좋고 나쁜 것, 옳고 그른 것들이 나누어집니다.

그런데 방원은 '이'와 '저' 사이의 그 경계를 침범하고 있습니다. 그렇습니다. 경계 침범, 이것이 바로 「하여가」의 언술을 결정짓는 요소입니다.

그러므로 초장이 중장으로 옮겨가도 경계 침범의 사실은 변하지 않고 병행됩니다. 단지 그 영역만이 바뀌어 있을 뿐이지요. 말하자면 이/저의 지시대명사의 추상적인 의미 경계가 식물의 세계, 만수산이라는 자연 공간으로 옮겨지면 그것은 나무들이 되는 것입니다. 모든 나무는 자신의 영역을 가지고 있으며, 독립된 뿌리와 등걸을 가지고 있습니다. 나무는 그 자체가 하나의 독립적인 체계를 이루고 있지요.

　그런데 산속의 이러한 나무들의 경계를 침범하고 살아가고 있는 것이 칡입니다. 칡은 이것과 저것이 서로 얽혀지며 살아가고 있기 때문입니다. 말하자면 칡은 나무와 같은 산속의 생존 방식을 결정짓는 코드를 위반하고 새로운 코드를 작성하고 있는 것입니다.

　나무들로 이룩된 숲은 이것과 저것의 지시대명사처럼 그 차이화나 분절이 가능하지만, 서로 얽혀 사는 칡들에 있어서 그것은 무의미한 것이 될 수밖에 없습니다. '이' 칡과 '저' 칡의 구분은 불가능하게 됩니다. 그러므로 이것과 저것의 차이가 없어진 상태, 그러한 경계 침범의 공간이 바로 만수산인 것입니다.

　결국 초장과 중장은 의미가 달라진 것은 아무것도 없고, 단지 동일한 경계 침범의 언표 행위인 '얽혀짐[交合]'이 되풀이되어 있을 뿐입니다. 즉 그것들은 유사 관계로 은유적 성격을 띠고 있는 것입니다.

중장이 종장으로 옮겨와도 마찬가지입니다. 자연 영역의 만수산이 인간 영역의 사회/왕국으로 옮겨온 것뿐입니다. 중장과 종장의 관계가 선조적인 종속 관계에 있지 않다는 것은 "우리도 이ᄀᆞ치 얼거져 百年ᄭᆞ지 누리리라"의 '이같이'란 말에서 찾아볼 수 있습니다. 그것은 초장/중장과 종장의 관계가 은유적인 등가 관계임을 나타내고 있습니다.

그러므로 '우리도'라는 말은 나와 너의 경계, 왕과 신하의 경계, 선과 악의 경계 등, 존재나 체제나 윤리의 모든 경계를 침범하여 그 차이화와 분절을 없애는 칡과 같은 존재가 되는 것을 의미합니다. 인간은 곧 칡이고, 동시에 이것과 저것의 경계가 소멸된 '이런들, 저런들'의 언어입니다.

그래서 이 경계 침범의 세 패러다임을 연결하고 있는 서술어역시 '어떠하료'와 '얽혀지다'의 동일성으로 되어 있습니다. 중장과 종장은 '얽혀지다'와 같은 동사에 의해서 이어지고 있습니다.

초 : A - B, B = 어떠하다, C = 얽혀지다

중 : B′ - C

종 : C′ - D

병렬법의 구조

이것은 하나의 선으로 이어져 있는 「단심가」와는 아주 대조적인 구조라고 하지 않을 수 없습니다. 무엇보다도 각 장의 종결형을 보십시오.

「단심가」는 "…… 고쳐주거/ …… 잇고업고/ …… 이시랴"로서 그것이 다음 문장으로 접속되는 연결 어미로 되어 있고, 종장만이 '이시랴'로 완성된 종결 형태를 갖추고 있습니다. 그러나 「하여가」는 "…… 엇더ㅎ료/ …… 엇더ㅎ리/ …… 누리리라"로서 각 장이 모두 그 독립된 종지형으로 제각기 완성된 문장을 이루고 있다는 사실입니다.

그러므로 「하여가」는 「단심가」의 선조적線條的인 요소 연쇄처럼 몸이 백골이 되고 백골이 흙이 되는 시간적인 인과나 논리적인 인과 관계가 아니라, 상호의 유사성이나 상보성에 의해서 그 고리가 이어져 있는 것입니다. 즉 경계 침범을 나타내고 있는 서술어에 의해서 초/중/종의 세 개의 글이 평행선으로 배열되어 있는 것입니다.

이러한 시의 구조는 중국 시에서 곧잘 사용했던 대구법 같은 것으로, 야콥슨이 평생을 두고 지적 탐구의 대상으로 삼아온 이른바 병렬법parallelism이라 할 수 있을 것입니다. 병렬법은 초/중/종같이 순차적인 연쇄성이 아니라 음악에서의 화음처럼 동시적으로 울리는 것으로, 서사적이거나 논리적인 언술과는 대극적인 자리에 놓이는 것입니다.

그러고 보면 방원이 시조의 선조성에서 일탈하여 병렬법의 새 왕국을 만든 것이 바로 「하여가」라고도 할 수 있을 것입니다. 시조의 언술에 있어서도 그 전통성을 지키려 한 정몽주의 그것과는 참으로 대조적입니다.

뿐만이 아니라 모든 은유의 구조가 그렇듯이 「하여가」는 추상적인 데서 점차 구상적인 것으로, 먼 곳에서 가까운 곳으로, 그리고 불가시적 영역에서 가시적·경험적 영역으로 옮아가고 있습니다. 이것 역시 몸에서 시작하여 마음으로 옮아간 「단심가」의 그 언술과는 대립됩니다.

「하여가」의 언술은 "이런들 엇더ᄒ며 져런들 엇더ᄒ료"의 초장에서 보는 바와 같이, 마음의 상태에서 출발하여 칡이나 인간들의 삶, 서로 얽혀 있는 그 인간들의 몸으로 옮겨져가고 있는 것입니다.

이상의 언술들을 종합해서 하나의 기호론적인 용어로 정리해 보면, 바로 앞에서 잠깐 언급한 바 있는 은유와 환유의 두 기호 체계로 그 대립적 언술을 요약할 수 있을 것입니다. 즉 「단심가」의 기호 체계, 그리고 그 언술은 환유적인 것이고, 「하여가」의 그것은 은유적인 것이라고 결론지을 수 있습니다.

정치적 행위는 실질적인 역사 속에서 펼쳐지고 있지만, 그 정치적 언술은 이렇게 언어(기호)의 텍스트로 실현됩니다. 그리고 그 텍스트를 결정짓는 중요한 법칙이 바로 은유와 환유인 것입니다.

원래 은유와 환유는 수사학적인 용어였으나, 야콥슨은 그것을 확대하여 모든 기호 체계를 설명하는 키워드로 삼았던 것이지요. 가령 낭만주의나 상징주의 문학을 특징지우는 것을 은유적인 것으로 보고, 그와 대립적인 리얼리즘의 문학을 환유적인 것으로 파악하고 있는 것이 그것입니다.

언어 예술만이 아니라 그림의 경우에 있어서도 큐비즘cubism은 환유적인 경향을 띠고 있고, 쉬르레알리슴surréalisme은 반대로 은유적인 성격을 지니고 있는 것이라고 말합니다.

연극과 영화의 차이를 설명하는 데에도 이 키워드는 매우 유효한 것으로 작용하는 것입니다. 영화의 클로즈업이나 셋업은 연극에서는 찾아볼 수 없는 환유적인 수법이고, 동시에 같은 영화 수법이라 해도 채플린의 영화에서 보여준 랩디졸브lap dissolve나 몽타주의 기법은 은유적인 것에 속하는 것입니다.

예술 세계만이 아니라 우리가 살고 있는 일상생활의 모든 기호 체계 역시 은유와 환유의 양극으로 구성되어 있습니다. 가령 우리가 레스토랑에 들어가 음식을 먹을 때에도, 우선 우리는 야채 수프나 콩소메 등 여러 가지 수프 종류에서 하나를 선택하게 됩니다. 말하자면 은유적인 활동이지요.

그런데 수프 다음에 비프스테이크를 먹고 후식으로 커피를 시켰다면, 그것은 결합의 축으로서 환유적인 것이 되는 것이지요.

그것은 꼭 우리가 무엇인가 말을 하려고 할 때에 여러 가지 명사 가운데에서 주어 하나를 고르고 여러 개의 동사에서 술어 하나를 골라, 그것을 앞뒤로 맞추어 연결해가는 것과 똑같은 이치입니다.

이렇게 음식을 먹을 때에나 말을 할 때에나, 그리고 심지어 옷을 입을 때에도 우리는 선택과 결합이라는 두 축으로 그 행동을 엮어가고 있는 것입니다. 그리고 물론 그 선택과 결합은 유사성과 근접성이라는 각기 다른 기준에 의해 실천되는 것이지요.

지금까지 여기에 나온 용어들을 모두 한 묶음으로 하여 도표로 밝히면, 다음과 같이 정리할 수 있을 것입니다.

계합축paradigmatic axe – 유사성 – 은유 – 동일화
통합축syntagmatic axe – 근접성 – 환유 – 치환

환유적인 것과 은유적인 것은 소설과 시의 언술의 근간이 될 뿐만이 아니라, 사물 인식의 태도를 결정짓는 배제적exclusive인 것과 포섭적inclusive인 특성을 자아내는 요인이 되기도 합니다.

환유와 은유 구조에서 간단한 문법적 문제를 놓고 풀이해보면 그 배제성과 포섭성의 뜻을 알 수 있을 것입니다. 「하여가」는 복수성을 띠고 「단심가」는 배제적인 단수성을 지니고 있습니다.

우리나라의 어법에는 영어 같은 인구어印歐語와는 달리, 단복수

의 형태가 명확하게 겉으로 드러나 있지 않습니다. 그러나 이 텍스트를 놓고 보면 아주 선명하게 단수와 복수의 개념이 명확하게 부각되어 있습니다.

　방원의 「하여가」에서는 "우리도 이ㅅ치……"라고 일인칭 복수로 끝맺고 있는 데 비해서, 그것을 받고 있는 정몽주의 「단심가」는 '우리'가 아니라 "이몸이 ……"로 일인칭 단수형으로 시작하고 있습니다.

　조사법을 보아도 방원은 '우리도'로서 공동격 '도'를 내세워 그 복수성을 강조하고 있는 데 비해서, 정몽주는 '이몸도'가 아니라 '이몸이'로서 절대격 '이'로 되어 단수성이 강조되어 있습니다. 죽는 것은 다 마찬가지지만 '이몸이'라고 함으로써 다른 몸과의 동일성을 피하고 있습니다.

　타자만이 아니라 일인칭의 자기 안에서도 끝없이 동일화를 거부하는 배제적인 성격이 나타나 있습니다. 그래서 '이몸이'라는 일인칭 주어는 끝없이 변하고 있습니다. 이윽고 '일편단심'만이 남게 되는데, 이때에도 '일편'이라는 단수 형태가 유표적有標的인 것으로 나타나고 있습니다.

　이에 비해서 「하여가」는 '이런들, 저런들'이나 '얽혀지다'와 같이, 두 개 이상의 사물이나 복합적 상태를 다 같이 나타내는 복수 형태를 지닌 어법을 많이 사용하고 있습니다.

음운적 층위에서 본 텍스트

자, 그러면 이제 두 시조의 최하위의 켜를 이루고 있는 음운적 구조를 살펴봅시다. 아마도 시조 일반을 논할 때에는 자수율이라든가 그 정형성을 다루는 문제가 되겠습니다만, 여기에서는 「하여가」와 「단심가」의 개별적인 텍스트를 대조 분석하는 자리이기 때문에, 일반적인 것을 피하고 개별화된 극히 일부의 문제만을 다루어보기로 하겠습니다.

우선 두 시조를 읽을 때, 어느 쪽의 말이 음운적인 그 켜를 강조하고 있는가를 보면 정몽주 쪽이라는 것을 알 수 있습니다. 즉 「하여가」보다 「단심가」가 음성 지향적 텍스트라고 할 수 있습니다. 그렇지요. 「하여가」는 인간의 삶을 만수산이라는 공간, 그리고 칡덩굴을 통해서 보여주고 있지 않습니까!

그것을 시각 지향적인 텍스트라고 한다면, 분명히 반복어가 많고 유음 현상이 눈에 띄게 나타나는 「단심가」는 청각 지향적이라 할 수 있습니다. 초장에 '주거'라는 말이 세 번이나 반복되어 있다든지, '이'의 모음이 두운으로 다섯 번이나 등장하는 것들이 모두 그렇습니다. "이몸이"에서 시작된 '이'의 두운은 "일백번", "잇고업고", "님향", "일편단심", "이시랴"로 확충·지속되고 있습니다. "이런들~져런들"이라고 말했던 방원의 텍스트는 「단심가」에 이르러서 철저하게 '저'가 배제된 '이'만이, 오직 하나의 선택된 것만이, 혼합을 용서하지 않는 절대의 음성으로 남아 울려

퍼지고 있습니다.

그리고 엄격한 손가락질처럼 내뻗는 이 '이'라는 모음은 동시에 「하여가」의 그늘진 '어' 음과 상대적인 메아리를 이루고 있기도 합니다.

「하여가」를 읽어보면, 이 시조의 근간을 이루는 키워드라 할 수 있는 "엇더ᄒ리"와 "얼거져" 등의 말이 반복되어 '어'의 음성모음이 그 두음을 이루고 있습니다.

그리고 「단심가」의 자음 체계에는 p·t·k의 된소리가 많이 나옵니다. 일백번, 백골, 진토, 일편 등이 그렇습니다. 그러나 「하여가」는 칡을 제외하면 거의 된소리가 없고 그 대신 유음인 'ㄹ' 음이 많이 등장하고 있습니다.

한번 소리내어 "이런들 엇더ᄒ며 져런들 엇더ᄒ료"와 "이몸이 주거주거 일백번 고쳐주거"의 초장들을 읊어보십시오. 그리고 '만수산'과 '백골'의 음을 비교해보십시오. 의미만이 아니라 소리의 조직도 또한 대조적이라는 것을 알게 될 것입니다.

그러나 이 소리의 부분은 좀 더 정교하고 전문적인 연구를 거쳐야 할 것이므로, 지금 단계에서는 너무 깊이 들어가지 않는 것이 좋을 것 같습니다.

다만 끝으로 각운脚韻이라고 할 수 있는 두 텍스트의 각 장의 끝음들을 대조해보기로 합시다.

「하여가」 초 : …… 흐료   「단심가」 초 : …… 주거

          중 : …… 흐리   중 : …… 업고

          종 : …… 리라   종 : …… 이시랴

즉 「하여가」는 '료', '리', '라'로 모두 'ㄹ' 음으로 통일되어 있으나, 「단심가」는 '거', '고', '랴'로 종장의 '랴'는 초·중장의 '거', '고'와 대응되어 있습니다.

「단심가」의 종장은 확실히 의미 면에서나 소리 면에서나 죽음과 소멸을 나타낸 초장·중장과 대립성을 나타내고 있습니다. '거', '고'에서 '랴'로 바뀌는 음은 종장에 역점을 둔 종지부적인 역할을 하고 있음을 알 수 있습니다.

그래서 텍스트의 의미 단위와 마찬가지로 소리에 의한 텍스트의 분절 역시도 다음과 같이 정리될 수가 있습니다.

「하여가」 초 : 중 : 종 = '료' : '리' : '라' 삼원 대립

「단심가」 초중 : 중 : 종 = '거' : '고' : '랴' 이원 대립

텍스트의 산출과 그 유효성

우리는 이상에서 「하여가」와 「단심가」의 두 텍스트의 의미, 형태, 음성의 세 켜를 잘라보았습니다. 어렸을 때 시루떡을 자르던

어머니의 그 손길이 생각나지 않습니까.

분석이라고 하면 금시 표본실이나 해부학 교실이 생각나겠지만, 반드시 분석이 그렇게 재미없고 비생명적인 것만은 아니라는 겁니다. 우리는 숨겨진 기호 체계를 읽어냄으로써 시루떡 같은 구수한 맛, 여러 켜에 가려서 보이지 않던 떡고물의 그 다양한 맛을 맛볼 수가 있는 것이지요.

여러분들에겐 지금 질문을 하고 싶은 것들이 많을 것입니다. 그 질문에 일일이 답변하려고 하다가는 앞으로 할 강의를 오늘 이 자리에서 한꺼번에 다 털어놓아야 될 것입니다. 그러므로 한 가지 질문만, 즉 그 분석의 결론이 무엇이냐는 그 물음에 대해서만 간단히 답변하고 책장을 덮기로 합시다.

예수가 광야에서 기도를 할 때, 악마가 돌을 주면서 이것으로 빵을 만들어보라고 하였습니다. 예수는 그 요구에 답하지 않고 그가 요구하는 방식 자체를 바꾸려고 하였습니다. 문학에 대한 질문도 이따금 악마의 시련 같은 것으로 다가올 때가 있는 것입니다.

그러한 질문에 답하려고 했다가는 우리는 다시 그 첫머리의 수수께끼로 되돌아가야 할 것입니다. 그렇지요. 방원과 정몽주의 정치적 이념의 차이가 아니라, 그러한 이념이나 발화 행위가 어떻게 하나의 텍스트로, 언술로 이루어지게 되었는가를 밝히려는 데 이 분석의 의미가 있었던 것입니다.

언술은 비평하는 것이 아니라 그 유효성을 밝히는 데 있습니다. 야콥슨이 말한 대로 문법비평가라는 말은 없는 것입니다. 문법은 비평의 대상이 아니라 그 법칙성이나 구조의 유효성을 따지는 학문적 대상입니다.

그와 마찬가지로 기호로서의 문학 작품은 의미를 산출하고 있는 하나의 구조물이기 때문에 우리는 그것들이 산출한 의미를 놓고 이야기하는 것이 아니라, 그러한 의미를 만들어내게 된 그 작용에 대해서 이야기하려는 것입니다.

우리는 이 분석을 통해서 사라져가는 유일한 그 왕국을 죽음으로 지키려고 했던 정몽주가 의미를 만들어내는 언술의 세계에 있어서도 단일 기호monosemic 체계를 신봉하는 사람이었고, 그 코드를 지키고 강화하려는 노모스nomos의 충신이라는 것을 알 수 있었습니다. 그것이 「단심가」 언술입니다.

그러나 왕국을 무너뜨리고 새로운 왕국을 세우려 했던 방원의 텍스트는 다의적 기호polysemic 체계로 이루어져 있으며, 코드 일탈의 경향을 보여주고 있다는 피시스physis의 존재가 되는 것입니다.

그는 선조형의 평탄한 시조의 서술 양식을 바꾸어 병렬법의 은유 체계를 만들어내고 있습니다. 그리고 그는 청각보다는 시각을, 시간보다는 공간을, 그리고 경계를 만드는 것이 아니라 경계를 침범하는 기호의 파괴자로서 움직이고 있는 텍스트 생성의 지향성을 보이고 있습니다. 갈등이라는 말은 칡덩굴이 얼크러져 있는 것에서 비롯된 상투적인 은유로, 좋은 뜻이 아닙니다.

그러나 칡덩굴이 얽혀져 있는 것이 방원의 텍스트에서는 공존 공생하며 살아가는 긍정적인 뜻으로 변해 있습니다. 그의 기호 체계는 이렇게 기존의 코드에서 벗어나 있습니다.

그러므로 우리는 방원과 포은을 이데올로기나 역사의 한 분야로서 연구하는 것이 아니라, 언어를 산출하고 그것을 사용하는 발화 행위자로서, 그리고 문학적 텍스트의 한 산출자로서 연구할 수 있는 단서를 갖게 되는 것입니다.

우주론적 언술로서의 「처용가」

언술의 정의

여러분들은 나의 문학 강의나 혹은 다른 책들을 통해서 이미 언술이라는 말을 여러 번 들어왔을 것입니다. 그러나 기호학의 용어 가운데 이 말처럼 많이 쓰이고 있으면서도 그렇게 애매한 것도 드물 것입니다.

이런 경우 우리는 전문적인 사전보다는 중학교 학생이 보는 간단한 영한사전을 펴놓고 생각해보는 쪽이 더 좋을 것입니다. 얽혀 있는 실을 푸는 것처럼, 복잡하게 쓰이고 있는 말뜻 역시 그 시원의 실마리를 찾아내 단순화하는 작업이 필요할 것이기 때문입니다.

어느 사전을 보나 그 뜻은 다음과 같이 아주 간단히 적혀 있을 것입니다.

명사 – ① 화설, 강연. ② 논설, 논문. ③ 화설conversation.

문법 용어 – 화법narration.

자동사 – 이야기하다, 연설하다, 설교하다, 논술하다.

이 정도라면 누구라도 골머리를 동여매지 않아도 될 것입니다. 그러니까 말이든 글이든, 남에게 무엇을 알리고 주장하기 위해서 이야기를 하는 행위가 바로 지금까지 언술 또는 언설, 혹은 담론으로 번역되어온 그 까다로운 용어 'discourse'의 출생지라는 것을 알게 될 것입니다.

그리고 여러분들은 그 말 속에 그냥 말보다는 뚜렷한 방향, 즉 목표를 지니고 있는 어떤 생각의 틀과 그것을 달성하기 위한 행위가 들어 있다는 것도 눈치채게 될 것입니다. 그렇기 때문에 글이나 말이 아니더라도 일정한 의미를 펴나가는 표현 형식과 행위만 갖추고 있는 것이면 모두 discourse라고 부를 수 있습니다. 실제로 음악을 연주하는 것을 music discourse라고도 하는 것이 바로 그것입니다.

그렇지요. 이 말을 더 단순화시키기 위해서 discourse란 낱말을 dis와 course로 나누어놓으면 그 뜻이 더 명확해질 겁니다. 얼마나 쉬운 말이 되었습니까. 영어를 잘 모르던 초등학교 때라 하더라도 여러분들은 이 코스란 말을 곧잘 썼을 것입니다. 운동회 날 여러분들은 그 코스를 따라 뛰지 않았습니까. 바로 그것입니다.

discourse의 어원은 라틴 말의 "어떤 방향으로 여기저기 뛰어

다니다(A running and fro)"를 뜻하는 것이고, 그것이 명사가 되면 그렇게 뛰어다닌 과정과 그 방향을 나타내는 뜻이 되는 것이지요. 이런 뜻에서 그 말은 담화의 형식을 나타내는 수사학의 용어가 되기도 하고, 또 언어학 용어가 되어 화법이나 두 개 이상의 문文이 결합된 문 이상의 단위를 나타내는 뜻으로 쓰이기도 한 것입니다.

수사학, 언어학에서 쓰인 이 용어를 다시 라캉Jacques Lacan이나 방브니스트Emile Benveniste와 같은 사람들은 좀 더 넓은 기호학적 영역으로 끌어들였고, 이제는 텍스트라는 말과 함께 문학 비평 용어로 낯설지 않은 말이 된 것입니다.

그 뜻은 이렇게 수많은 변신과 거듭된 전용으로 오늘에 이르렀지만, 오히려 그 어원의 뜻은 더욱더 생생하게 살아 있다고 할 것입니다. 그것이 방브니스트의 경우처럼 파롤parole의 발화 행위의 개념으로 쓰이든, 혹은 문文과 문이 결합되는 문 단위 이상의 언어 활동의 층위를 나타내는 말이든, 혹은 시적 언술poetic discourse이니 서사적 언술narrative discourse이니 하는 문학의 양식을 뜻하는 말로 사용되든, 그 뿌리에는 어딘가를 향해 내닫는 언표 행위의 특성과 그 과정을 담고 있습니다.

그러므로 만약 일정한 체계나 법칙(코드)이 없는 언술은, 술을 마시고 아무 데나 갈지자로 걸어 다니는 주정꾼의 발걸음과 같을 것입니다. 즉 술 취한 사람이 횡설수설하는 말이나 그 걸음걸이는 결국 같은 discourse라고 할 수 있습니다.

이 말을 뒤집으면, 정상적인 언어 활동이란 정상적으로 길을 걷는 보행 행위와 같은 discourse라고 할 수 있을 것입니다. 그것은 출발점과 도착점을 갖고 있으며, 그사이에 연속되는 과정과 그 목표에 이르는 보행의 질서가 있게 마련입니다. 아리스토텔레스가 모든 서사체의 언술을 시작, 중간, 종결로 요약한 것처럼 말입니다.

그러므로 우리가 문학 작품을 분석한다는 것은 그 의미의 도달점을 분석하는 것이 아니라 거기에까지 이른 도정道程의 연속보행의 질서, 그리고 그 방향에 대해 따져보는 작업이라고 할 것입니다.

처용 설화의 언술

호랑이 굴에 들어가야 호랑이를 잡을 수 있다는 소박한 속담대로, 우선 언술의 세계가 어떤 것인지를 알기 위해서 그 굴로 직접 들어가보기로 합시다. 그리고 그러한 모험을 하기에 가장 적합한 장소로, 처용이 춤을 추는 『삼국유사』의 언술을 분석해보는 것이 좋을 것입니다. 왜냐하면 『삼국유사』의 처용랑은 하나의 역사적 언술이면서도 시와 소설과 같은 또 다른 언술이 그 속에 상감되어 있기 때문입니다.

무엇보다도 우리는 승 일연一然이 쓴 「처용랑 망해사조處容郎望海寺條」의 이야기를, 지금까지 그 언술 전체를 분석하지 않고 그 기술 속에 들어 있는 시(향가)만을 떼어내서 읽어왔습니다. 말하자면 처용 이야기의 언술 전체를 분석하지 않고, 그 일부의 내용만을 가지고 연구해온 일이 많았다는 사실입니다.

잘 알고 있듯이 처용의 노래는 승 일연이 신라 제49대 헌강왕憲康王의 시대를 다룬 기록 중의 한 토막으로 나오는 것으로, 그것은 텍스트의 일부 요소를 구성하고 있는 한 조각에 지나지 않는 것입니다.

처용이 등장하는 전후 대목을 전부 읽어보면, 그것은 공룡의 화석에서 나온 어금니와 같은 것이라는 사실을 깨닫게 될 것입니다.

그 처용랑을 기술한 텍스트는 다음과 같은 대목으로부터 시작됩니다.

A : ① 제49대 헌강왕 때에 신라는 서울을 비롯하여 시골에 이르기까지 즐비한 주택과 담장이 잇달아 있었고 초가집은 한 채도 없었다[第四十九 憲康大王之代 自京師至於海內 比屋連墻 無一草屋]. ② 거리에는 항상 음악[笙歌]이 끊이지 않고[笙歌不絶道路], ③ 사철 기후는 순조롭기만 했다[風雨調於四時].

이러한 기술은 헌강왕의 시대에 대한 진술과 묘사로서, 나라 안이 태평하다는 언표를 나타내고 있습니다. 그러니까 처용의 텍스트에서 주인공은 처용이 아니라 역사의 주체자인 헌강왕이며, 그 배경 역시 처용의 방이 아니라 "서울을 비롯하여 시골에 이르기까지"로 기술된 신라의 전 국토를 대상으로 삼고 있다는 사실을 알게 됩니다.

그리고 그 텍스트의 첫 대목인 A의 언술은 그 태평성대를 나타내는 예증의 세 가지 요소 ① 물질적인 부의 환유[無一草屋], ② 그 물질에 대응하여 마음의 풍요를 나타내는 문화적 환유[笙歌不絶道路], ③ 이러한 인간 사회와 대응되는 자연의 환유[風雨調於四時]로 구성되어 있습니다.

즉 A의 언술은 목록의 나열로서, 어느 요소가 먼저 오든 상관이 없는 글입니다. 그러므로 A 대목의 언술은 태평성대를 나타내는 패러디그마틱한 선택적 요소를 결합적으로 배열해놓은 성격을 띠고 있습니다.

생활의 태평 ① 기와집 – 공간, 가시적, 물질적(의식주 목록의 대표)
마음의 태평 ② 음악 – 시간적, 가청적, 정신적(예술 놀이 목록의 대표)
자연의 태평 ③ 풍우 – 자연을 대표하는 목록(질병, 천재지변 등)

여기에서 우리는 도시와 시골, 물질과 정신, 그리고 인간과 자연이 하나가 되어 있는 태평성대의 목록이 환유적으로 구성되어 있는 역사적 언술을 읽을 수가 있습니다.

'놀이'의 언술

그러나 이러한 기술 방식이 다음 단계 B1로 오면 판이한 언술로 바뀝니다.

B1 : ① 이때 왕은 어느 한때를 타서 개운포 바닷가로 놀이를 나갔다
[於是大王遊開雲浦].

라는 대목입니다. A와는 달리 B1에서는 일반적인 서술이 개별화되고 특정화됩니다.

헌강왕의 나들이로서, 비인칭적 기술 방식은 소설과 같은 서사적 언술로 변화되어가고 있음을 발견할 수 있습니다. 그래서 도시와 시골을 하나의 공간으로 묘사한 신라는 개운포라는 특정한 장소로 설정되고, 사계절의 총괄적 서술은 "어느 한때를 타서"로 일정한 시간으로 분절화됩니다. 모르면 몰라도 그 상황 묘사로 보아, 봄이었을는지도 모릅니다.

그리고 행위 역시, 모두가 기와집에서 잘살고 항상 거리에는 음악이 흘러나오는 것과 같은 일반적인 성격이 아니라, '놀러 가

다'라는 뚜렷한 목적과 동기를 지니고 있는 하나의 이벤트로 바뀌는 것입니다. 쉽게 말해서 역사적인 언술에서 소설적인 언술로 바뀌어가는 것입니다.

그래서 B의 대목은 다음과 같은 사건으로 발전되는 것입니다.

B1 : ② 놀이를 마치고 서울로 행차를 돌리는 길에 왕 일행은 물가에서 쉬고 있었다. 그때 갑자기 바다에서 구름이랑 안개가 자욱이 끼어 덮여오면서 훤하던 대낮이 컴컴히 어두워지고 행차가 나아갈 길조차 어둠 속으로 흐려 들어갔다[王將還駕 書歇於汀邊 忽雲霧冥曀 迷失道路].

B1-①이 B1-②로 이어지는 행위의 기능적 요소를 살펴보면 ①은 "遊開雲浦"로서 가다(놀다)고, ②는 "王將還駕"로서 돌아오려 하다(쉬다)로, 그 행위가 가다/돌아오다의 대립항을 이루고 있음을 알 수 있습니다. 그러므로 개운포로 놀러 나간 것은, 태평성대와 놀이가 의미론적으로 동위태를 이루는 것으로 볼 수 있습니다.

그러므로 놀이를 마치고 돌아오려 한다는 행위는 그 자체가 앞의 항과는 의미론적 반환섬이 되는 것으로, 놀이의 중단 또는 놀이의 종결이 되는 것입니다. 그 놀이의 중단이 처음에는 쉬다가 되고, 다음에는 햇빛이 갑자기 흐려지고 어두워지는 변괴를 맞는 것으로 발전됩니다. 태평성대와 놀이의 장애적 요소입니다.

그러나 그것은 일종의 수수께끼와 같은 변괴로서, 일종의 수수께끼 풀이라는 면에서 보면 놀이와 같은 성격을 띨 수가 있어, 놀이의 연장이 될 수 있습니다(태평성대의 연장). 그러므로 ③은 전형적인 수수께끼 풀이와 같은 해석적 코드hermeneutic code의 문답 내용으로 되어 있습니다.

B1 : ③ 이 변괴에 놀라 왕은 좌우의 신하들에게 물어보았다. 일관이 있다가 왕의 물음에 답했다. 이것은 동해의 용이 부린 조화입니다. 뭔가 좋은 일을 베푸시어 풀어주셔야 하겠습니다.

이에 왕은 당해 관원에게 명하여 동해의 용을 위해 그 근경에다 절을 지어주게 했다. 왕의 그러한 명령이 내려지자 구름이 개고 안개가 사라졌다. 그래서 왕 일행이 머물렀던 그곳을 개운포開雲浦라 이름지었다[怪問左右 日官奏云 此東海龍所變也 宜行勝事以解之 於是勅有司 爲龍剙 佛寺近境施令已出雲開霧散因名開雲浦].

이렇게 갑작스럽게 몰아닥친 어둠은, 놀이의 코드로 보면 놀이의 중단입니다. 그리고 의미론적으로 보면 수수께끼―난문이 됩니다. 그리고 안개가 걷힌다는 것은 반대로 놀이의 지속, 그리고 수수께끼 풀이가 됩니다.

말하자면 행위와 해석, 그리고 의미의 세 가지 복합적인 코드가 이 이벤트 속에 숨어 있는 것을 찾아낼 수 있습니다. 무엇보다도 이 세 번째 단위에서 그것이 놀이의 중단이면서도 동시에 그 것을 지속시켜준다는 강력한 양의성을 읽을 수 있습니다.

개운포라는 지명의 기원을 풀이해준 대목에서도 여실히 나타 나 있듯이 이 대목은 수수께끼 풀이의 놀이적 성격을 지니고 있 음을 알 수 있습니다. 더구나 그것이 놀이의 중단에서 반전하여 놀이의 지속으로 급전하는 아이러니는, 동해의 용이 춤을 춘다는 ④의 절편에서 극명하게 드러납니다.

B1 : ④ 자기를 위해 절을 세우기로 한 결정에 동해의 용은 유쾌했다. 그래서 그는 그의 일곱 아들을 데리고 왕의 수레 앞에 나타나 그 덕을 찬양하며 춤을 추고 노래했다[東海龍喜 乃率七子現於駕前 讚德獻舞奏樂].

변괴 때문에 도리어 놀이는 계속되어, A에서 제시되었던 끊임 없이 거리로 흘러나온다는 음악이 동해용의 춤과 노래로 이어지 고 있음을 알 수 있습니다.

그러므로 헌강왕의 개운포 놀이의 이야기는 A의 첫 대목과 상 응되는 태평성대의 요소와 동위태를 이루고 있으며, 그 일련의 행위를 추출해보면 '왕이 개운포에서 놀다' → '돌아오려고 하 다' → '수수께끼를 풀다' → '동해용이 춤추고 노래하다', 그리고 바로 그다음에 이어지는 이야기가 바로 우리가 잘 알고 있는 처 용 설화입니다.

춤과 노래의 반복 구조

지금까지 처용 설화는 그 앞뒤 이야기와 연결된 고리새로서, 즉 전체의 서사적 언술의 한 단위로서 연구되어온 적이 거의 없었다고 해도 과언이 아닙니다. 단지 동해용이 나오는 앞부분의 일부 내용만 가지고 처용랑이 남방 이주민일 것이라든가, 일식신(日蝕神, Rahu)과 관련을 짓는 것과 같은 시도가 있었을 뿐입니다.

그러나 처용 설화의 서술적 언술을 분석해보면, 처용랑의 그 설화가 비록 길이는 길다 하더라도, 형식상으로는 헌강왕이 개운포에 놀이를 나갔다가 돌아오는 길 속에서 일어난 이야기에 삽입된 삽화라는 엄연한 사실을 부정할 수 없습니다.

그 대목 전체를 흐르는 서술적 언술은 신라의 번영과 태평스러움을 서술한 총체적 묘사 A에 이어지는 B1으로서, 왕의 개운포 놀이 이야기 속에 등장하는 동해용의 곁가지에 속하는 이야기인 것입니다.

말하자면 처용랑 설화는 왕이 개운포에서 돌아오고 난 한참 뒤에 일어난 후일담이지만, 언술의 세계 속에서는 개운포에서 돌아오는 길목에서 일어난 이야기 도중에, 이른바 주네트Gérard Genette가 말하는 전설법(前說法, prolepse) 형식으로, 뒤에 생긴 일을 미리 이야기하거나 환기시키는 꾸밈새에 속하는 것입니다.

그러므로 한문본을 보면 왕이 놀러 갔다 돌아온 그 행위의 요소 연쇄를 크게 세 부분으로 구분 짓고 있는 뚜렷한 구절 遊→

將還 → 旣還을 뽑아낼 수 있습니다.

　　행위 1. 왕이 놀러 가다(王遊開雲浦)
　　행위 2. 왕이 돌아오려고 하다(王將還駕)
　　행위 3. 왕이 돌아오다(王旣還)

로 요약됩니다. 그리고 B2 처용의 이야기는 그중 '개운포에서 돌아오려고 하다'의 행위 2의 코드에 속하는 이야기며, 동시에 그것은 B1의 이야기 구조와 병행되는 반복성과 상동성을 보이고 있는 이야기라는 놀라운 사실을 깨닫게 됩니다.

　우선 동해용이 춤을 추며 헌강왕의 덕을 찬미하였다는 다음에 나오는 이야기의 연속을 직접 읽어보기로 합시다.

　B2 : ① 동해용의 그 일곱 아들 중 한 아들이 왕의 행차를 따라 서울에 들어와 왕의 정사를 보좌했다. 이름을 처용이라 했다. 왕은 미녀 한 사람을 그의 아내로 짝지어주었다. 그것은 그가 동해로 되돌아가지 않도록 마음을 잡아두기 위해서였다. 그리고 또 그에게 급간의 직위를 내려주었다. ② 처용의 아내는 아름다웠다. 역신이 그 아내를 흠모하여, 사람으로 화하여 밤에 이르러 그 집으로 몰래 들어가 그의 아내와 잤다. 처용은 밖에 나가고 집에 없었다. 들어와 잠자리에 두 사람이 있는 것을 보았다. 처용은 노래를 지어 부르고 춤을 추며 물러 나왔다. ③ 처

용이 지어 부른 노래는 다음과 같다. 동경東京 밝은 달에 밤드리 놀다가 들어와 자리 보니 다리가 네히어라 둘은 내해이고 둘은 뉘해인고 본대 내해다마는 앗아날 어찌하릿고. ④ 그러자 역신은 현신現身하여 처용 앞에 무릎을 꿇고 말했다. 제가 공의 아내를 탐내어 오늘 일을 저지르게 된 것입니다. 그런데도 공은 성난 기색 하나 나타내지 않으시니 참으로 감복하고 탄미했습니다. 이제 맹세컨대 앞으로는 공의 얼굴을 그린 화상만 보아도 그 문엔 들어가지 않겠습니다. ⑤ 이것을 연유로 하여 나라 사람들은 문간마다 처용의 얼굴을 그려 붙여 사귀를 물리치고 경복을 맞아들이게 되었다.

B3 : 헌강왕은 개운포에서 돌아와 곧 영취산 동쪽 산록에다 좋은 터를 잡아 절을 세웠다. 이름을 망해사라고 했다. 또는 신방사라고 하기도 했는데 바로 그 동해의 용을 위해 세운 것이다.

이상의 텍스트에서 우리가 무엇보다도 흥미를 느끼게 되는 것은 이미 앞에서도 약간 언급을 한 바 있지만 처용의 이야기는 헌강왕의 개운포 놀이의 한 과정을 서술하는 이야기 속에 끼여 있는 삽화라는 점일 것입니다. 즉 그 이야기는 B1의 괄호 안에 들어가 있는 형식으로 헌강왕과 동해용의 이야기에 삽입되어 있는 것으로, 위에서 밝힌 텍스트의 분절을 그 부호대로 기술하면,

$A \rightarrow B1_{(B2)} \rightarrow B3$

로 되어 있습니다. B2 처용의 이야기는 왕이 개운포에서 돌아온 뒤에 일어난 사건인데도, 텍스트의 서술적 세계Diegesis에서는 왕이 개운포에서 돌아왔다는 B3의 서술보다 앞에 기술되어 있다는 것을 명백히 알 수 있습니다.

그러한 서사적 언술을 눈치채지 못한 까닭에 많은 사람들은 그동안 승 일연의 서사적 언술의 특이성에 대해 주목을 하지 않았고, 그 결과로 처용의 이야기를 제대로 이해할 수가 없었던 것입니다.

전체의 서사적 구조로 보면, 그것이 괄호 안에 삽입된 곁가지의 삽화임에도 불구하고 그 제목이 「처용랑 망해사」로 되어 있었기 때문에, 그리고 그 안에 향가로 기술된 시구가 있었기 때문에 사람들은 이야기의 본 줄거리를 잊고 오히려 처용의 이야기만을 독립된 형태로 파악해왔던 것입니다.

그러나 아무리 처용의 이야기가 드라마틱하고, 또 그것이 차지하고 있는 전체 양의 비중이 크다고 할지라도, 일연의 서술적 언술을 통해서 보면 어디까지나 그 이야기는 헌강왕을 주체로 하고, 그 놀이를 행위로 한 주술主述 관계에 의해 전개되고 있음을 알 수 있습니다.

그렇기 때문에 헌강왕의 개운포 놀이의 이야기에서 동해용이

등장하게 되고 거기에서 다시 처용랑의 설화로 이야기가 옮겨가
지만, 결국 맨 마지막에는 다시 왕이 개운포에서 돌아와 동해용
과의 약속대로 망해사를 지어주었다는 것으로 끝맺음을 하고 있
는 것입니다.

헌강왕 이야기와 처용 이야기는 동일한 언술의 세계

그렇다면 문제는, 왕의 개운포 놀이를 서술한 B1과 처용의 이
야기를 기술한 B2의 대목이 보통의 경우와는 아주 다르게 연결되
어 있다는 서술상의 그 구성을 따져보아야 합니다.

종래의 독서법으로 보면, 이 두 이야기의 연쇄는 종속적인 선
후 관계에 의해서만 설명될 수가 있습니다. 즉 처용과 역신의 이
야기(B2)는 헌강왕과 동해용과의 개운포 이야기(B1)의 후일담으로
생각되거나, 그 반대로 개운포 이야기가 처용의 이야기를 서술하
기 위한 도입부로 파악되거나 할 것입니다.

그러나 프로프Vladimir Propp나 그레마스Algirdas Julius Greimas와
같은 기호론적인 입장에서 그 이야기의 구조를 분석해보면, 이
미 지적한 바대로 B2는 B1의 이야기 안에 괄호로 묶여 있는 형태
로서, 그 관계는 등가적인 것이라는 것을 발견할 수가 있습니다.
단도직입적으로 말해서, 이 두 이야기는 어느 하나가 어느 하나
에 앞서거나 뒤서거나 하는 선형적 종속 관계syntagmatic order에 놓

여 있는 것이 아니라, 서로 병렬적 등가 관계parallelism-paradigmatic order를 이루고 있는 동일 구조의 이야기라는 것입니다.

여러분들은 아마 그 두 개의 이야기가 쌍둥이처럼 닮아 있는 동일한 구조로 되어 있다고 말하면[그것을 전문적인 용어로는 '상동성 homology'이라고 부르고 있지요], 적지 않은 충격과 거부 반응을 보일 것입니다. 당연한 일입니다. 지금까지 여러분들은 이야기의 경험적 내용만을 읽어왔기 때문입니다. 이야기를 만들어내는 능력이나 그 형식, 이를테면 이야기의 문법에 대해서는 별로 관심을 둘 기회를 갖지 못하였기 때문입니다.

경험 내용만을 가지고 이 이야기를 읽어온 사람들은 무엇보다도 그 주인공이 서로 다르다는 점을 들어, 서로의 유사성을 인정하려고 들지 않을 것입니다. 그렇지요. 한쪽은 왕이고, 또 한쪽의 이야기는 동해에서 온 용의 아들이지요. 처용과 헌강왕은 어느 모로 보나 공통성이 없습니다. 이야기대로 하자면 동격이기는커녕 이들은 군신 관계로 지배와 피지배(헌강왕은 그에게 벼슬과 아내를 내려주었다)의 관계에 있습니다.

그러나 사고의 층위를 바꿔 이야기의 내용이 아니라 그것을 전하고 있는 언술적 세계를 들여다보면 어떻게 될까요.

여러분들은 『설화의 형태학』에서 보여준 프로프의 코페르니쿠스적 주장을 기억하고 있을 것입니다. 그는 우리에게 인물이 서로 다른 이야기라 하더라도, 그 기능으로 보면 그것이 같은 형태에 속해 있는 것임을 밝혀준 바 있습니다.

가령 러시아 민담에서 어느 이야기에서는 악한이 공주를 훔쳐 달아나는 것도 있고, 또 어느 이야기에서는 용이나 바람이 공주를 데리고 날아간다는 것도 있습니다. 뿐만 아니라 다른 이야기들에서는 공주가 농부나 목사의 딸이 되어 있기도 합니다.

이렇게 인물은 달라도 그것들이 서로 작용하고 있는 행위의 관계는 모두 같다는 것이지요. A가 B를 납치해 가다라는 기능은 불변입니다. 즉 납치하다라는 서술어를 중심으로 해서 보면, 누가 납치를 했든 신분이나 성격에 관계없이 그 동작주는 납치자가 되고, 그 목적어가 되는 인물은 납치된 자가 될 것입니다.

이렇게 이야기를 구성하고 있는 기능적 단위에서 관찰해보면, 헌강왕의 이야기와 처용의 설화는 공통적인 하나의 술어, 즉 놀다라는 동사를 갖고 있다는 것을 알 수 있습니다. 더구나 놀다라는 서술어에는 밖으로 나아가다라는 부수적인 행위가 따르고 있습니다. 그러므로 놀다와 놀기 위한 바깥 공간으로 '나아가다'의 그 행위 사슬에 의해서 두 이야기의 발단이 이루어지게 됩니다.

헌강왕은 궁전을 비우고 개운포로 나아갔으며, 처용은 집을 비우고 서라벌의 밖으로 놀러 나간 사람들입니다. 즉 B1의 이야기는 왕이 개운포로 놀러 가다[大王遊開雲浦]의 말로 시작되어 있고, B2의 처용 이야기는 처용이 집 밖으로 나아가[處容自外至其家] 그가 노래 부른 대로 달밤에 놀러 다닌 데서부터[東京明期月良夜入伊遊行]

일련의 행위들이 이어지고 있습니다.

그렇기 때문에 두 이야기의 줄거리 형식, 그 행위의 사슬들은 완전히 두 짝의 평행선을 그으며 대응하게 됩니다.

방해자가 조력자가 되는 구조

자, 보십시오. 처용 설화의 언술 구조를 밝히는 데 있어 가장 귀중한 열쇠가 되는 요소는, 뒤에 다시 상세하게 언급되겠지만 헌강왕과 처용의 놀이 공간은 다 같이 안과 반대되는 바깥으로 되어 있고, 동시에 그 방위는 모두 동쪽으로 설정되어 있다는 공통성입니다.

개운포는 서라벌에서 동쪽에 있는 바다, 지금의 울산을 뜻하며 실제로 그 바다에서 일어난 변괴를 "此東海龍所變"이라 한 구절에서도 놀이의 공간이 동해임을 유표화有標化하고 있고, 東京明期月良"으로 시작되는 처용의 노래에서도 '東京'이란 말이 등장함으로써 그 방위의 공간적 요소가 뚜렷이 드러나 있습니다.

그러므로 그 이야기들을 일어난 사건대로의 단순한 역사적 배열이 아니라 언어의 음운적인 구조처럼 이항 대립으로 이루어진 구조체로 본다면, 적어도 헌강왕과 처용의 설화는 일하다에 대립되는 놀다, 안에 대립되는 바깥, 서쪽에 대립되는 동쪽이라는 구조적 의미소를 지닌 이야기임을 쉽게 관찰할 수가 있습니다.

또한 두 설화의 사건들은 다 같이 '나아가다'에서 '돌아오다'의 행위축에서 벌어지고 있다는 공통성도 찾아낼 수 있습니다. 헌강왕은 바다에서 놀이를 마치고 궁으로 돌아오려고 할 때, 구름과 안개가 끼는 변괴를 당하게 됩니다. 그와 대응하여 처용도 역시 달밤에 놀다가 돌아와서 집 안으로 들어오려고 할 때, 역신의 변괴를 만나게 되는 것입니다.

즉 "왕이 돌아오려고 할 때 갑자기 구름과 안개가 해를 가려"라는 대목에 해당하는 것이 처용 노래의 "들어와 자리 보니 다리가 네히어라"입니다.

처용의 노래(향가)를 자세히 분석해보십시오. 처용의 행위 연속을 이루고 있는 질서는 밖에서 안으로 들어오는 몇 개의 동사로 이어져 있습니다. 들어오다→자리 보다→다리를 보다→다리를 헤다의 네 가지 분절로 그 행위가 이어져 있으며, 그것을 공간적 이동으로 보면, 달→바깥→집→방 안→이불→네 개의 다리→역신의 두 다리로 내부의 구심점을 향해 들어오는 과정을 나타내고 있습니다.

역신의 변괴는 왕궁으로 돌아가려는 헌강왕의 길을 방해한 동해용의 그것과 같은 기능을 갖고 있는 것으로, '놀이로부터의 돌아옴'에 대한 장애로서, 인물의 축에서 보면 방해자가 되는 것입니다.

이미 헌강왕이나 처용의 놀이는 끝난 것으로, 그 행위항은 놀다와 반대되는 다른 대립극으로 옮아가고 있는 과정에 있습니다. '놀다'가 일상성에서 벗어나 다른 시간, 다른 공간으로 나아가는 것이라면, '놀이를 마치고 돌아오는 것'은 일상성으로의 회귀입니다. 왕은 궁으로 돌아와 정사를 돌보아야 하며, 처용은 집으로 돌아와 아내와의 가사를 수행(함께 자는 짓)해야 합니다.

놀이에는 성공하고 있으나 이 세속의 생활로의 돌아옴에 대해서는 장애에 부딪힙니다. 이 돌아옴의 중단은 일종의 혼돈으로, 헌강왕은 길을 잃게 되고[迷失道路], 처용은 네 개의 다리로 하여 일상의 잠자리로 돌아갈 수 없게 됩니다. 방해자는 미궁적인 것, 즉 수수께끼와 같은 의문을 띄우게 되고, 그 결락[缺落]에 대한 해결은 정체의 식별에 대한 풀이로서 해석적 코드에 의한 언술로 변한다는 것은 이미 앞에서 밝힌 바 있습니다.

헌강왕이 신하에게 묻고 일관이 그에 답하는 장면이 바로 그것인데, 처용의 노래에서는 "둘은 내해이고 둘은 뉘해인고"라는 질문과 그에 대한 스스로의 대답으로 "본대 내해다마는 앗아날 어찌하릿고"라는 말이 바로 그 문답 풀이에 대응하는 대목이라고 할 수 있을 것입니다.

그래서 '방해하다'는 '방해를 물리지다'로 이어지고 방해자의 신분 감추기는 '정체를 드러내다'로 연속되고 있습니다. 헌강왕도 처용도 정체불명의 방해자에 대하여 덕을 베푸는 것으로 되어 있고, 동해용이나 역신은 다 같이 상대방의 덕을 찬양합니다. 그래서 방해자opposant는 조력자adjuvant로 반전됩니다.

그리고 그 결과로서 중단되었던 놀이가 다시 지속되어, 춤추다로 이어집니다. 단지 헌강왕의 이야기 대목에서는 춤을 추는 것이 왕의 덕을 찬양하는 동해용인 데 비해서 처용의 이야기에서는 처용 자신으로 변형되어 있는 것이 다릅니다.

이렇게 이야기의 내용은 전혀 달라도 그 기능, 놀이에서의 복귀에 중단이 생기고, 그것이 하나의 새로운 전이를 가져오게 되는 기능 면에서는 동일한 구조로 부합되어 있습니다.

속俗의 공간에서 성聖의 공간으로

이 두 이야기는 놀이가 끝나려는데 어떤 위기가 오고, 그것을 풀어 새로운 놀이인 춤과 노래가 탄생하는 전환으로 이어집니다.

그러한 재개된 놀이, 발전되고 전환된 놀이의 출현으로, 놀이의 유희성은 덕이라는 새로운 종교성으로 승화됩니다. 동해용의 춤과 노래는 자신의 말대로 왕의 덕을 찬양한 것이고, 처용의 춤과 노래는 역신의 말에 의해서 덕으로 찬미됩니다. "公不見怒 感而美之"라는 대목이 그렇습니다.

놀이에서 돌아오는 길에 아무 일도 일어나지 않았더라면, 이 두 이야기에는 다 같이 춤과 노래가 생겨나지 않았을 것입니다.

놀이의 공간으로부터 일상의 공간, 궁전과 아내가 있는 집으로 돌아오게 되었을 것입니다. 그러나 그 복귀를 가로막은 한 방해자의 출현으로 결국은 춤이 탄생된 것입니다.

B1의 헌강왕의 이야기에서는 동해용의 춤이, 그리고 B2의 이야기에서는 처용의 춤이 탄생되는 것이지요. 그리고 그 춤은 주제의 층위에서 볼 때 다 같이 덕德이라는 말로 귀착되고 있습니다. 헌강왕과 처용의 놀이는 이렇게 '춤'으로 바뀌고, 그 춤(이때의 춤은 A의 대목에서 신라의 태평성대를 기술한 "笙歌不絶道路"의 의미소인 노래, 풍류와 통하는 것입니다)은 다시 '절을 짓다'와 '화상을 그려 문간에 붙이다'로, 각기 불교 신앙이나 축귀의 민간신앙의 종교적·초월적 힘의 건축 공간을 만들어내는 것으로 귀결됩니다.

쉽게 말하자면 놀이의 행위 코드는 놀이를 마치다, 일상적인 생활로 돌아오다, 일하다로 끝나게 되는 것인데, 이 설화에서는 그 코드에서 벗어나, 놀다의 행위가 세속적인 공간(집과 궁전)으로 이어지지 않고 성적聖的인 공간 만들기(절간과 문간에 화상을 그려 붙인 집)로 이어져 있다는 것입니다.

헌강왕과 처용의 주인공에 각기 대응되어 있는 동해용과 역신은 방해자와 조력자로서의 모순을 동시에 수행하고 있는 것으로, 매개자로서의 그 특성과 기능을 보여주고 있습니다. 인물의 축만이 아니라 행위축에서도 춤은 비상과 보행을, 그리고 노래는 운율이 없는 산문, 즉 보통 말에 대응하는 것으로 '놀다~일하다'의 그 대립항을 해소시키고, 그 모순을 통합 지양하는 매개적 행위로 기능하고 있습니다.

헌강왕은 놀이에서 돌아와 단순히 궁전으로 들어간 것이 아니라 망해사라는 새로운 집(종교적 공간)을 만들어낸 것이며, 처용은 그냥 아내의 잠자리로 들어가 잔 것이 아니라 역신을 물리치는 초자연적인 집(자신의 화상을 그려 붙인 집)을 태어나게 한 것입니다.

그리고 그러한 건축들은 이미 이 두 설화에 앞서 A 대목의 서두에서 제시된 "比屋連墻, 無一草屋", 신라의 부와 태평성대의 건축 공간의 의미소에 새로운 확장 또는 변전을 일으킵니다. 그렇게 됨으로써 비로소 A와 B의 대목은 하나의 언술적 질서에 의해 연결될 수가 있는 것입니다. 말하자면 승 일연의 교묘한 언술적 질서가 나타나게 되는 것이지요.

이상의 사실들을 가지고 보면, 등장인물이나 사건 내용은 서로 다르지만 B1과 B2의 이야기는 다음과 같은 하나의 연쇄로 요약 배치될 수가 있습니다.

① 밖으로 놀러 나가다 → ② 놀이를 마치고 돌아오려고 하다 → ③ 정체불명의 익명자로부터 방해를 받다 → ④ 숨겨진 비밀을 문답 양식으로 풀다 → ⑤ 덕을 베풀다 → ⑥ 익명자가 정체를 드러내다 → ⑦ 춤을 추다(덕을 찬양하다) → ⑧ 새로운 공간을 만들다(절을 짓다, 문간에 처용의 화상을 그려 붙이다)

이와 같은 행위 목록과 그 연쇄는 그레마스처럼 음운론적인 층위를 의미 구조론으로 옮겨놓은 이항 결합의 가능성을 보여주고 있습니다. 즉,

밖으로 나아가다 : 안으로 들어오다

놀다 : 일하다

은폐(정체를 숨기다) : 노출(정체를 드러내다)

방해자 : 조력자

주다(덕을 베풀다) : 받다(덕에 대한 찬양)

세속적 공간(궁전, 집)으로 : 초월적 공간을 만들다

돌아오다 : (절을 짓다)

등입니다.

그 이야기들은 무수한 이항 대립의 차이의 체계에 의해 구성된 설화라는 것을 확인할 수 있으며, 그것을 좀 더 정밀하게 체계화하기 위해서는 처용의 설화를, 여러분도 많이 보았을 그레마스의 행위자 모델에 적용시켜보면 될 것입니다.

그레마스의 행위자 모델로 본 처용 설화

그레마스는 행위자의 범주를 세 짝으로 된 이항 대립 관계로

설정하여 모든 서사적 구조를 모형화하고 있습니다. 즉 주체에 대한 객체, 보통 설화에서 공주와 공주를 구해주는 왕자(주인공)의 관계가 바로 그것입니다. 탐색의 범주에서 벌어지는 기능의 층위에서 실현되고 있는 이야기들로, 주인공의 욕망을 나타내고 있는 축입니다.

다음이 발신자와 수신자의 관계입니다. 이것은 전달의 축으로서, 프로프의 설화 분석으로 보면 왕이 납치된 공주를 구해주는 사람을 사위로 삼고 왕국을 준다고 할 때, 왕은 발신자가 되고 그 말을 듣고 모여오는 사람, 이를테면 공주를 구하러 온 왕자와 같은 주인공이 수신자가 됩니다. 이 축에서는 알리고 아는 그 기능에 의한 층위에서 실현되는 것들입니다.

그리고 마지막 것으로는 등장인물들로, 주체자의 욕망을 도와주는 조력자와 반대로 그것을 반대하는 대립자의 관계입니다.

이러한 축은 힘이라는 기능 위에서 실현됩니다. 그 세 가지 축은 다음과 같은 〈도표 1〉로 정리됩니다.

발신자 → 객체 → 수신자

↑

조력자 → 주체 → 방해자

〈도표 1〉

이러한 대립의 축을 응용하여 처용 설화를 보면 이야기의 언술만이 아니라 그 주제까지도 명백하게 드러납니다.

　우선 처용을 주체로 놓을 때, 그가 욕망하는 목적 그 객체는 무엇일까요. 처용의 노래를 보면 처용이 탐색하고 구하는 것은 달 밝은 밤에 밤새껏 노는 행위였습니다. 달이 그의 목적이고, 그 욕망의 실현은 놀이로 나타납니다.

　그렇다면 이 달이라는 대상, 달밤의 탐색을 가르쳐준 발신자는 누구입니까. 그것은 처용의 고향(동해 바다) 또는 불교적인 메시지라고 할 수 있지요. 달은 불교에서 월인천강의 불심, 또는 서방 정토의 사상을 나타내는 것이지요. 처용이 집을 비우고 밖으로 나가 달밤에 놀았다는 것은 그것이 향수든 불심이든, 결국 집 안에 있지 않고 거기에서 벗어나고자 하는 욕망의 대상인 것입니다.

　그것을 뒷받침해주고 있는 말이, 처용을 이곳에 머물러 있게 하기 위해서 왕이 아름다운 아내와 급간이라는 벼슬을 주었다는 그 구절입니다. 그러므로 처용이 달을 보고 집 밖에서 노닌다는 것은, 예쁜 아내와 벼슬(육체적인 쾌락과 권세)의 의미소인 세속성을 거부하여 거기에서 벗어나려는 욕망을 나타내는 행위라고 할 수있습니다.

　그렇다면 아내는 도리어 이러한 놀이를 중단시키고 그를 다시 세속의 자리로 돌아오게 하는(왕의 의도대로) 힘을 가진 자로서 방해자, 대립자가 될 것입니다. 그렇게 보면 도리어 아내를 범하여 처용의 귀가를 막고 춤과 노래를 부르게 한 역신이 조력자가 되는 것입니다. 역신 때문에 처용은 중단된 놀이와 춤을 새롭게 창출해낼 수가 있었던 것입니다.

세속적인 입장에서의 적대자가 불가나 초월적인 덕의 세계에서는 〈도표 2〉처럼 오히려 춤과 노래를 낳게 하는 조력자로서 바뀌게 되는 것이지요.

만약 그 발신자의 것이 유교라면, 〈도표 3〉처럼 수신자는 유교적인 선비, 남편이 되고 그 주체자인 남편의 객체는 아내가 될 것입니다. 물론 아내는 정절이 유교의 덕일 것이므로 처용은 춤과 노래가 아니라 아내와 역신을 고발하고 단죄할 것입니다.

불교 → 달 → 처용
↑
역신 → 처용 → 아내

〈도표 2〉 불교적 테스트

유교 → 아내 → 처용
↑
왕 → 처용 → 역신

〈도표 3〉 유교적 테스트

헌강왕의 개운포 놀이와 동해용의 춤 이야기(처용의 춤)는 B3 왕
은 돌아와 영취산 동쪽 둔덕에 망해사를 지었다는 서술로 끝맺고
있습니다. 그러나 그 이야기가 완결되었음에도 다시 그 이야기는
또 '又'라는 접속사로서 다음과 같은 이야기로 이어져가고 있습
니다. 텍스트를 보십시다.

C : 헌강왕은 또 포석정에 거동했다. 그때 남산의 신이 어전에서 춤
을 추었다. 좌우의 신하들에게는 보이질 않고 오직 왕에게만 춤을 추는
모습이 보였다. 왕은 남산신의 그 춤을 본떠서 몸소 추어, 그 춤이 어떤
모양의 것이었던가를 보여주었다. 어전에 나타나 춤을 춘 그 신의 이름
은 상심이라 했다. 그래서 지금까지도 나라 사람들은 이 춤을 전하여
어무상심御舞詳審이라 하고 있다. 또는 그 춤을 어무산신이라고도 하고,
어떤 설에는 신이 나와 춤을 추자 그 모습을 살피어 형상을 잡아, 장인
에게 명하여 부각시켜 후세에 보여주었기 때문에, 그 춤을 가리켜 상심
이라 한다고 하였다. 혹은 상염무라기도 하는데 이것은 곧 그 귀신의
모양으로 하여 일컬어진 것이다.

C로 표시해놓은 이상의 이야기는 보다시피 B1, B2, B3의 헌강
왕과 처용의 이야기와는 독립된 것인데도 어째서 '又'라는 등위
접속사로 함께 연결[又幸鮑石亭]되어 있을까요. 서로 다른 이야기들
이 같은 실로 꿰인 그 언술의 질서는 대체 무엇일까요.

여러분들은 우선 B와 C가 하나의 이야기로 묶일 수 있는 것은 이야기를 끌고 나가는 사건의 주체자가, 즉 주인공이 같은 헌강왕이라는 점을 지적할 수 있을 것입니다. 맞습니다.

사실 천년이나 멀리 떨어져 있는 승 일연의 언술을 오늘의 우리 입장에서 보면 매우 혼란스럽게 느껴집니다. 원근법으로 그려진 근대 서양화처럼, 단일적인 시점으로 쓰인 언술에 익숙한 우리들로서는 이미 분석한 바 있듯이 서술의 주체가 헌강왕에서 처용으로, 처용에서 역신으로, 그리고 그 이야기의 주체가 다시 처용의 화상을 문전에 그려 붙이는 나라 사람들[此國人……]로 옮겨가다가 다시 끝에 와서 원래의 헌강왕으로 돌아오는 동양화적 다시점(그렇지요. 동양의 산수화를 보면, 멀리 떨어져 있는 산꼭대기의 소나무 가지도 가까이 있는 정자 곁의 그것처럼 섬세하게 그려져 있지요. 화가가 어느 한자리에 서서 그림을 그리고 있는 것이 아니라, 한 화폭 속의 대상이 변할 때마다 옮겨 다니며 그린 것 같은 유동적 다시점으로 되어 있습니다)으로 그린 까닭입니다.

그러한 동양화의 언술처럼 일연의 언술도 이야기의 시점이 되는 주체가 바뀌어가고 있습니다. 그러나 아무리 그 언술의 시점이 유동적이라 하더라도 텍스트 전체를 끌어가고 있는 주체자는 동해용도 처용도 역신도 아니라 바로 헌강왕이었던 것입니다.

이들 이야기가 모두 헌강왕을 주체로 한 언술이라는 데 비로소 그 질서가 나타나게 된다는 것을 우리는 B에 이어지는 C의 새로운 대목을 접함으로써 분명히 깨닫게 됩니다. 즉 B와 C가 등위접속사에 의해 한 이야기로 이어질 수 있는 것은 서술적 기능과 그 의미론적 동위태가 있기 때문입니다.

　　B － 大王遊開雲浦
　　C － 大王幸鮑石亭

으로 '노닐다'의 '遊'와 '행차하다'의 '幸'의 동작주가 같은 대왕으로 되어 있기 때문이지요. 언술의 주체가 같다는 이야기입니다.

　그리고 또 여러분들은 그 기능이 또한 같은 연속성을 갖고 있다는 것을 지적할 것입니다. 즉 '遊'나 '幸'은 다 같이 놀이를 위해 나아가는 것이기 때문입니다. 그리고 그 행위들은 다 같이 어떤 놀이의 공간 위에서 펼쳐지고 있다는 동일성, 즉 B의 개운포는 C의 포석정과 대응되는 공간이라는 것을 금시 읽을 수 있습니다. 이러한 동일성을 더욱 확실하게 하는 것이 춤입니다.

　B의 이야기에서는 동해용의 춤과 처용의 춤이 등장했습니다. 그리고 C에서는 남산신南山神의 춤[御舞詳審]이 등장합니다. 쉽게 말해서 B나 C나 모두가 춤에 대한 기원 설화석 언술이라는 것이 확실해집니다.

　단도직입적으로 말하면, 그 언술의 성격은 헌강왕 치세의 태평성대에 있어서의 여러 가지 춤의 발생 기원을 서술하려 한 것이라고 할 수 있습니다. 그러나 우리는 이러한 동일성 위에 있는 차이를 밝혀야 합니다.

여러분들은 잊지 않으셨겠지요. 소쉬르로부터 약속된 기호학의 영역은 어떤 실질, 독립된 사물의 세계를 다루는 음성학적인 것이 아니라, 음운론적 원리처럼 상대적 관계 속에서 나타나는 대립소, 즉 이항 대립의 그 차이 속에서 나타나는 구조라는 것을 말입니다.

B의 개운포 이야기도 음성학적인 방법처럼 독립된 이야기로 관찰할 때에는 식별할 수 없었으나, C의 이야기와 관련해보면 음운론적 구조 같은 것이 드러나게 됩니다. B와 C의 이야기를 의미 있게 하는 것은 바로 그 두 이야기의 변별 특징으로 나타나 있는 공간의 방위성입니다.

B의 이야기에는 동쪽을 나타내는 말이 직접·간접으로 세 번이나 되풀이되어 있습니다. 개운포는 서라벌의 동쪽에 있는 포구고, 동쪽을 직접 나타낸 것이 동해용이라는 말이며, 처용의 노래에 동경이란 구절이 나오고, 제일 끝부분에 동해용을 위해 세운 망해사의 절터인 영취산의 동쪽 산록이라는 구절이 나옵니다[東麓勝地置寺].

그런데 C의 경우, 왕이 행차한 장소와 춤을 춘 신은 다 같이 남쪽으로 되어 있습니다. 개운포 이야기나 포석정 이야기를 독립된 것으로 읽으면 그 방위는 아무런 의미를 띠지 않지만, 전문용어로 하면 관여relevant하지 않지만, B와 C의 관계, 즉 차이의 체계에서 생겨나는 변별 특징을 보게 되면 그 이야기 속에 숨겨져 있던 방위가 유표화하게 되고, 또한 그것이 그 서사적 언술을 결정짓는 유효한 요소가 된다는 것을 발견하게 됩니다.

왕이 개운포에 놀러 갔을 때에 왕 앞에 나타나 춤을 춘 것은 동해용이었고, 포석정으로 나들이 갔을 때에 역시 왕 앞에 출현해 춤을 보여준 것은 남산신입니다[南山神現舞於御前].

B의 동해용에 대응되는 것이 C의 남산신이라는 것은 구조적으로 명백합니다. 그리고 B의 춤과 C의 춤에 음소처럼 그 변별적 특징을 부여하고 있는 것은 다음과 같은 이항 대립적인 공간의 차이화에 의한 것입니다.

B   C

東方：南方

水平(海)：垂直(山)

동해용의 춤과 처용의 춤은 다 같이 동쪽 방위와 바다에 속해 있는 춤이고, 남산신의 상심부는 남쪽 방위와 산으로 식별되는 춤입니다.

우리는 동과 남의 방위 분절에 의해 언술이 분할 배치되어 있음을 읽을 수가 있습니다. 그러므로 방위의 분절은 이 두 춤의 동일성과 차이성을 쉽게 알아낼 수 있게 합니다. 그리고 동쪽 다음에 남쪽이 나오는 방위의 순차성으로 이야기를 배치하는 서술적 언술의 서열 법칙까지도 쉽게 찾아낼 수가 있습니다.

우선 동과 남은 서와 북에 대립되는 방향으로서, 동일성 속의 차이를 나타내는 것입니다. 그러므로 춤 역시도 동의 처용무와 동해용의 춤은, 남의 그 상심무와 동일성 속의 차이를 보여준 것으로 파악됩니다.

우선 동일성은 왕이 초자연적인 존재로부터 춤을 전수받게 된다는 점입니다. 그러나 동방의 춤보다도 남방의 춤보다도 훨씬 더 적극적이라는 점에서 차이화됩니다. 그리고 그 의미도 추상화되지요. 사실 동해용의 춤과 처용무를 합치고, 초자연적 힘을 더욱 강화한 것이 남산신의 춤이라는 사실을 분석해낸다는 것은 별로 어려운 일이 아닙니다.

왜냐하면 동쪽의 경우, 단지 이야기의 구조적인 기능상 헌강왕은 처용과 평행 관계에 있기 때문에 춤을 추는 처용과 동일시되기는 해도, 실질적으로 왕은 춤을 추는 것을 구경하는 사람이지 춤을 추는 주체자는 아닙니다.

그러나 남쪽 남산신의 춤은 왕밖에 보이지 않았고, 그 때문에 왕은 그 춤사위를 스스로 옮겨 자신이 춘 것으로 되어 있습니다. 춤의 감상자가 아니라 이미 춤의 창출자가 되는 것이지요. 그런 점에서 B1(동해용의 춤)+B2(처용의 춤)=C(상심무)가 되는 것입니다. 동과 남은 밤과 낮처럼 대립이 아니라 아침이 대낮으로, 봄이 여름으로 변하는 것 같은 극화의 관계입니다.

더구나 처용의 춤은 가면을 낳게 됩니다. 이것은 춤과 탈과의 관계를 암시합니다. 그런데 남산신의 상심무에서는 춤과 탈이 보다 직접적으로 나타나서, 왕은 공장에게 명하여 그 모습을 새기도록 합니다. 춤과 탈이 직접적으로 결합 관계를 보여주고 있습니다.

산신→상심→상신→상염으로 그 춤을 나타내는 시니피앙이 변해가면서 그 의미 작용을 무수히 바꿔가는 그 다기호적인poly- semy 기술은, 춤이 덕을 찬미하거나 혹은 덕을 표시하는 단일적 기호로 작용하고 있는 B의 그것과 대비되는 것이라고 할 수 있습니다.

상심무를, 서리같이 흰 수염의 형상을 본뜬 것으로 상염무라고도 했다는 해석에서도 알 수 있듯이, 남산신이 추었다는 춤이나 그 가면은 노인(덕)을 나타내는 수염을 단 것으로, 완만하고 느린 템포의 춤이었을 것으로 짐작이 갑니다. 말하자면 덕을 찬미하거나 나타낸 동해용의 춤과 처용무를 합친 극단화한 춤이었으리라는 것을, 우리는 동과 남의 빙위가 갖고 있는 동기화에서도 알 수 있습니다.

음양오행에 기초한 동양의 우주론에서 동방은 '목木'이고 시간의 층위에서는 '봄'으로, 시작과 상승을 나타내는 운동을 표시하게 됩니다. 그리고 남방은 물질로는 '화火'고, 시간의 분절로는 '여름'입니다.

우주론적 언술의 모델

어떻습니까. 일연의 언술은 우주론적 공간의 방위, 그리고 그 운동의 계기성을 따라 구성되어 있다는 것을 누가 부정할 수 있겠습니까.

동에서 남으로 이행된다는 것은 공간적인 것으로 볼 때, 수평적인 것이 수직적인 것으로 되는 상승을 의미하기도 하는 것입니다. 동해용으로 상징되는 바다의 수평 구조가 남산신으로 표상되는 그 수직 대응의 변별적 특징으로 바뀐 것은 이미 우리가 보아 온 그대로가 아닙니까.

이러한 우주론적 언술은 C의 남산신의 춤 이야기에 이어지는 다음의 텍스트를 보면 더욱더 명백해집니다.

D : 왕이 또 금강령에 행차하니 북악의 신이 나타나 춤을 추었다. 춤의 명칭을 옥도령이라고 했다[又幸於金剛嶺時 北岳神呈舞 名玉刀鈴].

E : 또한 동례전에서 잔치를 할 때 지신이 나와 춤을 추었다. 춤의 명칭을 지백급간이라 했다. 어법집에는 그때 산신이 즐겁게 춤을 추고 그

리고 노래를 부르되 지리다도파도파라고 했는데, 그것은 대체로 지혜로써 나라를 다스리던 사람들이 미리 알아채고 많이들 도피해감으로 하여 도읍이 앞으로 깨뜨려질 것임을 말한 것이라고 했다. 즉 지신과 산신은 나라가 장차 망해갈 것을 알았으므로, 그 기미를 춤을 추어 경고해주었다는 말이다. 그런데도 조정에 있는 사람들은 그 기미를 깨닫지 못하고는 오히려 상서를 나타낸 것이라고 하여 환락이 갈수록 심해졌다.

　　F : 그리하여 나라는 끝내 망하고 말았다.

　보십시오. B의 춤에서 C의 춤으로 옮겨올 때에도 '又'라는 등위 접속사로 이어졌지만, D와 E의 언술 역시도 똑같이 '又王'이라는 같은 접속사로 유도되고 있습니다.

　그리고 이번에는 북악신과 지신이 춤을 춥니다. 두말할 것 없이 북악신은 남산신과 대립되는 것으로서 남과 북의 공간적 대칭을 나타내고 있습니다. 불행하게도 일연은 북악신의 춤이 어떤 것인지 자세히 기술하고 있지 않습니다.

　그러나 우리는 구조적으로 그 춤이 무엇을 기호 내용으로 삼고 있는지를 쉽게 알 수 있습니다. 남산신이 춘 춤이 동해용이나 처용의 덕춤을 극화한 것이라면, 북악신의 춤은 남산신의 춤과 정반대되는 대립적 의미를 갖게 될 것입니다. 결론 부분에서 자세히 언급하겠지만, 이 춤들은 우주론의 사방위를 기호 체계로 해서 전개하고 있으므로 의미의 차이화나 대립 역시도 그 우주론적 의미 체계와 같은 배치로 이루어져 있다는 것을 가려낼 수 있습니다.

즉 북악신의 춤은 동남춤과 대립되는, 덕의 반대되는 쾌락의 세속적 춤이라는 것을 알 수 있지요. 이름부터가 그렇지 않습니까. 동해용이나 처용은 덕을 찬양하거나 덕으로부터 생겨난 춤이고, 남산신의 춤은 노인의 하얀 수염을 단 것인데, 북악신의 춤은 옥, 칼, 방울입니다. 모두가 금속적 물질로 되어 있습니다. 오행에서 동을 나타내는 '목木'과 반대되는 것들이지요.

'금金'은 오행에서 음에 속하는 것으로, 동남의 '양陽'과 반대되는 서북을 뜻하며 가을과 겨울을 뜻하지요. 방울도 옥도 둥글게 결정되는 것, 움츠리고 단단하게 뭉치고 하락하는 것입니다. 더구나 칼은 덕을 나타내는 수염과 반대되는 것으로, 끊고 파괴하는 것이지요.

북악신의 춤은 그 뒤에 나오는 지신의 춤과 동일성을 띤 것으로 기술되어 있어, 같은 그룹의 것임을 알 수 있습니다. 즉 북악의 산신 다음에 나오는 춤은 E의 지신입니다. 동서처럼 여기에서는 북서가 짝을 이루고 있는 것으로, 지신의 춤은 곧 방위로서는 서방이라는 것이 명백합니다.

원래 오행이 5분절이었을 때에는 '지地는 중앙으로서, 양에서

음으로 변할 때도 표에서 보는 바처럼 여름에서 가을로, '화火'에서 '금金'으로 이행될 때 중앙의 자리로 매개하게 되지만, 여기에서는 '天=東'의 대립항으로 '地=西'의 관계로 구조화되어 있음을 알 수 있습니다.

즉 천, 지, 동, 서, 남, 북의 수평 수직의 우주 공간의 6분절을 4분절로 축약시킨 형태라고 할 수 있습니다. 동과 서가 '지地'의 방향을 동시에 내포하고 있는 형이지요. 그리고 이러한 공간의 6분절을 토대로 한 언술은 불교의 기술 방식과 일치합니다(〈도표 4〉 참조).

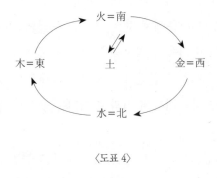

〈도표 4〉

동의 동해용과 처용이 동방과 동시에 천을 나타낸다는 것은 동해용이 해를 가렸다거나(용은 승천한다), 처용이 달과 관련을 맺고 있었다는 것으로 금시 알 수가 있지요. 북악신과 지신이 동일시되는 것은 동서에 대응하는 서북으로서, 일연은 그 춤의 성격을 한

꺼번에 정의합니다. 즉 겉보기에는 상서로운 것 같았지만, 산신(북악신)과 지신(서방신)은 신라 도읍의 멸망을 예고하는 춤으로 풀이되고 있습니다. 그것은 동남의 덕춤과 반대되는, 하강하고 움츠리고 쇠멸하는 환락의 춤으로 규정되어 있습니다.

이제 승 일연의 숨어 있던 언술을 여러분들은 분명히 손바닥을 들여다보듯이 들여다볼 수가 있게 되었습니다.

일연의 언술은 완전히 이항 대립의 음운론적 구조를 갖고 있는 우주론적 기술이라는 것은 의심의 여지가 없습니다. 그것은 토도로프Tzvetan Todorov와 이바노프Vsevolod Viacheslavovich Ivanov 같은 러시아의 문화 기호론자들이 우주수宇宙樹의 연구에서 밝힌 바대로, 신석기 시대에서부터 신화나 전설의 텍스트 기술이 동서남북, 하늘, 땅, 중앙의 7분절로 된 우주론적 언술로 이루어져 있음을 극명하게 보여준 바 있습니다.

즉 일연의 언술을 정리해보면, 언술의 시작은 신라의 부와 태평성대를 뜻하는 A에서 시작하는 것으로, F의 신라의 멸망으로 끝맺고 있습니다. 즉 처용랑과 망해사의 텍스트를 앞에서 분절한 표시대로 나열해놓고 보면, 그 언술의 순서는 "A(흥하다)→B東[(天), 水平]→C南(垂直)→D北(垂直)→E西(地)→F(망하다)"로서, 신라의 태평성대가 멸망하는 순환성을 동남북서의 상승과 하강, 봄·여름과 가을·겨울의 우주적 운행의 기호 체계에 의해 서술해간 것이라고 할 수 있습니다.

그리고 이러한 언술은 완전한 공간의 이항 대립 구조로 되어 있어서, 신태그마틱한 축으로 놓았던 것을 패러디그마틱한 것으로 정렬하면,

A - F 興 : 亡 …… 신라의 역사

B - E 天, 東 : 地, 西 …… 處容舞, 東海龍舞 : 地神出舞

C - D 南 : 北 …… 祥審舞 : 玉刀鈴舞

가 됩니다. 춤은 동남의 춤과 북서의 춤으로 분할되어 덕의 춤과 환락의 춤으로 대응되고 성聖의 공간, 상승하는 공간은 세속의 공간, 하강하는 공간으로 각기 대립됩니다.

춤은 두말할 것 없이 놀이[遊, 幸]처럼 양의성을 띤 행위로서 날다와 걷다의 중간적인 매개항을 이루는 것이지요. 이 매개가 상승할 때에는 동과 남의 춤으로 분할되어 흥하는 춤, 덕의 춤이 되어 종교적인 하늘의 언술이 되고, 그것이 환락의 춤이 되었을 때에는 땅으로 하강하여 세속적인 것으로 바뀌어 멸망하는 춤이 됩니다.

처용이나 헌강왕의 춤은 절 짓기나 역신을 쫓는 초월적 힘을 갖는 건축 공간을 창조하지만, 신라의 멸망을 나타내는 지신의 춤은 동례전이라는 궁전 잔치의 공간에서 출현되고 있습니다.

벌어진 행위의 선후에 따라 그 순차성이 결정되는 시간적 언술

과 논리적 인과 관계에 의해서 문文들의 집합이 이루어지는 논리적 언술과는 달리, 승 일연이 보여주고 있는 그 언술은 우주론적 기호 체계를 사용한 것으로서 신라의 흥망을 춤으로 구조화하고 있습니다.

즉 일연의 역사 기술은 건축 공간처럼 우주를 닮은 것이라 할 수 있습니다.

창의 공간 기호론 1

정지용의 「유리창 1」

집과 겨울

여러분은 의미란 하나의 차이라는 것을 이 강의를 통해서 수없이 들어왔을 것입니다. 그리고 그러한 차이는 분절에서 생겨나게 된다는 것도 여러 번 들어서 잘 알고 있을 것입니다. 공간이 언어처럼 어떤 의미를 나타내는 기호로서 작용하게 되는 것은 그것이 상과 하, 안과 밖 등으로 분절되고, 그러한 차이화가 음운처럼 이항 대립의 체계를 만들어내고 있기 때문입니다.

가령 『공간의 시학La Poetique De D'Espace』을 쓴 바슐라르Gaston Bachelard가 그토록 집을 강조하고 있는 것도, 바로 그 공간이 바깥 세계와 구별되는 차이화를 지니고 있는 까닭입니다.

바슐라르는 그 저서 2장 「집과 우주」의 첫머리에서, 집이 겨울의 공격을 받게 되면 내밀의 가치가 더 커진다는 점을 보들레르Charles Baudelaire를 통해 밝혀주고 있습니다.

밖이 춥고 황량할수록 집 안은 더욱 아늑하고 평화로운 것이 됩니다. 그래서 겨울은 어느 계절보다도 안과 바깥의 차이와 그 대립을, 말하자면 공간의 그 분절 작용을 용이하게 하는 것입니다. 바슐라르는 드 퀸시Thomas De Quincey의 오두막집을 묘사한 보들레르의 「인공 낙원Les Paradis artificiels」의 한 구절을 통해서, 그것을 아주 생생하게 그리고 감동적으로 보여주고 있습니다.

기분 좋은 주거는 겨울을 한층 더 시적인 것으로 만들고, 겨울은 또한 그 주거의 시취詩趣를 한결 높여주는 것이 아니겠는가. 그 하얀 오두막집은 꽤 높은 산들에 둘러싸인 작은 골짜구니 깊숙이 묻혀 있다. 말하자면 그것은 관목에 싸여 있는 것 같았다.

허전한 바깥 공간과는 달리 집을, 감싸주는 공간으로서 인식하고 있는 바슐라르에게 있어서 보들레르의 이 문장처럼 반가운 것은 다시 또 없을 것입니다. 그러나 우리가 주목해야 할 것은 그 골짜구니의 오두막집의 내면 공간은 바로 외부 공간과의 대립을 증폭시켜주는 겨울의 추위, 그리고 그 눈에 의해서 만들어진다는 점입니다. '밖이 춥기 때문에 우리는 아주 따뜻하다'는 것이지요.
그러므로 보들레르는 이 오두막집에서 살아가는 행복한 드 퀸시를 상상하면서, "그는 매년 있는 만큼의 눈과 진눈깨비와 서리를 모두 내려달라고 하늘에 빈다. 그에게는 캐나다의 겨울, 러시아의 겨울이 필요하다. 그것에 의해서 그의 집은 한층 더 따뜻하고 아늑하고 흡족해지리라"고 말했던 것입니다.

여러분은 웨일스 지방의 오두막집에까지 가지 않더라도, 더 겨울이 아니라도, 일상적인 거리의 한복판에서도 이따금 이러한 공간 체험을 해본 적이 있었을 것입니다.

가령 비가 오는 날, 택시를 탔다고 합시다. 어느 날보다 훨씬 더 기분이 좋을 것입니다. 밖에서 비가 많이 퍼부을수록, 그리고 을씨년스러운 습기가 온 도시를 잠식할수록, 그사이를 뚫고 달리는 자동차 안의 좁은 공간은 더욱더 아늑하고 기분 좋게 느껴질 것입니다.

"모순이 누적할수록 일체의 것이 생생하게 느껴진다"는 바슐라르의 말 그대로의 행복한 공간을 맛볼 수 있는 것입니다. 이른바 우산 속의 행복이지요. 그래서 T. S. 엘리엇Thomas Stearns Eliot도 「황무지The Waste Land」 속에서 "비 오는 날은 세단 속"이라는 아주 인상적인 시구를 남기고 있습니다.

추위, 눈, 비, 폭풍. 이러한 자연 현상은 그 자체의 이미지보다도 이렇게 공간을 분절하여 차이화하는 변별 특징으로 작용하고 있는 경우가 많습니다.

김현승 씨도 「겨울 실내악」에서 "겨울이 다정해지는/두꺼운 벽의/고마움이여/과거의 집을 가진/나의 고요한 기쁨이여"라고 노래 부른 적이 있습니다. 벽이 두꺼울수록 실내와 바깥 세계에는 확실한 경계선이 생겨나고 내부의 따뜻한 공간, 행복한 공간이 확보되는 것입니다. 벽으로 분절된 공간, 그것이 바로 집이라는 내밀의 공간이며 시의 의미가 건축되는 공간이라고 할 수 있습니다.

하이데거Martin Heidegger의 아름다운 비유처럼 시인은 집을 짓지요. 그래서 존재한다는 것은 곧 집을 짓고 그 속에서 산다는 것을 의미하는 것이기도 한 것입니다.

시의 공간 건축

모든 시인들이 다 그렇지만 특히 정지용의 시를 읽어보면 이러한 공간의 시학, 공간의 기호론이 시를 분석하는 데 얼마나 유효한 모델이 될 수 있는가를 깨닫게 됩니다. 우선 잘 알려진 「춘설」이라는 시를 두고 생각해봅시다.

문 열자 선뜻!
먼 산이 이마에 차라.

雨水節 들어
바로 초하로 아츰,

새삼스레 눈이 덮힌 뫼뿌리와

서늘옵고 빛난 이마받이 하다.
어름 금가고 바람 새로 따르거니
흰 옷고롬 절로 향긔롭어라.

옹숭거리고 살어난 양이
아아 꿈 같기에 설어라.

미나리 파릇한 새순 돋고
옴짓 아니긔던 고기입이 오믈거리는,

꽃 피기 전 철 아닌 눈에
핫옷 벗고 도로 칩고 싶어라.

—「춘설」

　이 시를 산문적인, 그리고 일상적·논리적인 층위에서 읽으면 우리를 당황하게 하는 것이 많습니다. 무엇보다도 "꽃 피기 전 철 아닌 눈에 핫옷 벗고 도로 칩고 싶어라"의 마지막 연은 '춘설이 하 분분하니 필동말동하여라' 투의 시조나 '춘래불사춘春來不似春'과 같은 것을 많이 들어온 사람들과는 정면으로 충돌하게 될 것입니다. 봄눈은 생명의 봄을 가로막고 꽃을 시샘하는 방해자로서의 이미지가 짙기 때문입니다.

그러나 춘설을 계절의 의미나 실질적인 지시 작용으로서가 아니라 공간의 기호 체계로서 관찰해보면, 이미 위에서 밝힌 대로 '안'과 '바깥'을 분절하는 변별적 요소가 된 것을 알게 될 것입니다. 이 시는 처음 연에서도 끝 연에서도 다 같이 열 감각을 나타내는 '차다'라는 말이 표면에 드러나 있습니다. 첫 연의 "먼 산이 이마에 차라"와 끝 연의 "핫옷 벗고 도로 칩고 싶어라"가 그것입니다. 지용은 캐나다의 겨울을, 러시아의 겨울을 필요로 하고 있는 드 퀸시의 오두막집처럼 겨울의 그 추위를 필요로 하고 있는 것이지요. 말하자면 때아닌 봄눈에서 겨울의 기억, 겨울의 연장을 몽상하고 있는 것입니다.

다시 첫 연을 읽어봅시다. 지용은 "문 열자 선뜻!/먼 산이 이마에 차라"라고 말하고 있습니다. 두말할 것 없이 문은 바깥 공간과 안의 공간을 가르는 경계입니다. 동시에 내부에서 외부로 나가고 외부에서 내부로 들어오는 연결의 통로지요. 그러므로 이 시가 문을 여는 데서 시작되어 있다는 것은 바로 내부와 외부의 공간을 의식하는 경계에서 출발해 있다는 것을 알려주는 것입니다.

'열다'와 '차다'는 거의 동시적인 것이며, 그 말 속에는 '닫다'와 '따뜻하다'의 대립항이 잠재되어 있습니다. '선뜻'이라는 부사와 감탄부가 바로 그러한 의미의 대립과 전환을 나타내주고 있습니다. 만약 밖에 춘설이 내리지 않았더라면 문을 열어도 그러한 의미의 차이와 전환은 이루어지지 않았을 것입니다. 말하자면 바깥과 방 안의 차이를 느끼지는 못하였을 것입니다.

문의 이쪽과 저쪽을 차이화하고 있는 것은 바로 '차다'라는 말이며 그것은 거꾸로 문을 닫고 있는 방 안의 따뜻한 공간, 아늑하고 폐쇄적인 공간의 잠재성을 드러내 보이는 말이기도 한 것입니다.

그러나 조심하여 읽어보십시오. 지금 집 안의 내밀한 공간을 만들어내고 있는 추위, 그 차가움이 소멸되어가고 있는 것으로 암시되어 있습니다. 차가움이 남아 있는 바깥은 먼 산이며, 그것을 느끼는 것은 전신이 아니라 이마입니다. 가까운 야산이나 얕은 산두덩에는 봄눈이 내려도 금시 녹아 없어지고 맙니다. 춘설은 먼 산과 그 높은 산마루에만 남아 있는 것이므로 그것은 이마로 감지되는 추위입니다.

놀랍지 않습니까. 이마라는 말을 물질적 층위에서 보면 높이를 함유하고 있는 기호로 발과 대립되는 것이지만, 그것을 정신적인 층위에서 풀이하면 다른 모든 육체와 대립하는 기억의 재생이라는 관념의 기호가 됩니다. 그러므로 이마가 차다는 것은 높은 산마루를 덮고 있는 춘설의 차가움이며, 겨울을 다시 기억하는 관념 속의 추위입니다.

우수절이라는 엄연한 봄의 계절을 나타내는 달력의 현실에 역행하는 춘설처럼, 시인은 오고 있는 봄의 따뜻함을 맞이하는 것보다도 남아 있는, 또는 철 아닌 추위를 강화해야 하는 것입니다. 그래야만 외부와 내부의 공간은 변별적 요소를 갖게 되고, '옹숭

거리고 살어난 양이 꿈 같기에 설어운' 시의 공간을 유지할 수가 있는 것입니다.

그것이 바로 "핫옷 벗고 도로 칩고 싶어라"라는 겨울을 향한 몽상입니다. 추위를 통해 아늑한 내면의 열기를 얻는 시인의 주거, 시인의 우주인 것입니다. '새삼스레', '철 아닌', '도로'와 같은 일련의 말들이 환기시켜주는 것은 공간만이 아니라, 현재의 시간 속에 역류하는 과거의 시간들입니다. 한마디로 봄 속에 부재하는 겨울을 끌어들임으로써 현실적인 공간과는 다른, 맞서는 시적 공간을 구축하고 있는 것입니다.

이 시를 자세히 관찰해보면 '열다', '이마받이 하다', '싶어라'와 같은 능동적이고도 의지적인 술어가 시의 언술을 이끌어가고 있다는 것을 알게 됩니다.

그가 문을 열지 않았더라면, 멀리 있는 뫼뿌리를 이마로 부딪치려는 적극적인 접촉의 운동을 보이지 않았더라면, 그리고 핫옷을 벗고 도로 칩고 싶다는 강렬한 추위에의 복귀를 나타내는 의지가 없었더라면 이 시는 존재하지 않았을 것입니다. 춘설은 바로 그러한 의지 자체며, 거기에서 출현된 공간입니다.

"도로 칩고 싶어라"라는 욕망은 보들레르가 몽상한 드 퀸시의 집, 겨울의 공격을 받음으로써 더욱 내밀의 가치를 증폭시키는 오두막에의 은신과 같은 의지를 나타내는 말입니다. 한마디로 겉으로는 보이지 않지만, 우리는 지용의 집을 상상할 수가 있는 것입니다. 그것은 하얀 눈과 겨울의 추위 속에서 핫옷처럼 부드럽게 싸여 있는 따뜻한 오두막입니다. 그것이 그의 시적 의미를 구축하고 있는 초언어超言語의 구실을 하고 있는 것입니다.

다만 그것이 철 아닌 춘설에 의해서만 겨우 흔적을 찾아볼 수 있는 숨겨져 있는 집, 기억의 집, 소실되어가는 집인 까닭에 사람들의 눈에 잘 띄지가 않는 것뿐입니다.

「춘설」에서도 문을 열고 내다보는 문밖의 차가운 산은 볼 수 있으나, 화자가 있는 방 안의 모습과 그 온도는 그려져 있지 않습니다. 단지 우리는 밖의 공기를 통해서 내부의 공간을 짐작할 뿐이지요.

차가운 공간이 있음으로써 비로소 감지될 수 있는 따뜻한 공간—그 기호 체계를 해독하기 위해서는, 마치 롤랑 바르트Roland Barthes가 쥘 베른Jules Verne의 문학을 읽었던 것과 같은 독서법을 필요로 하는 것인지도 모릅니다.

잠시 우회하더라도, 바르트가 그의 『신화론Mythologies』에 쓴 쥘 베른에 대한 분석을 읽어보면서 지용이 숨어 있는 공간을 탐색해가기로 하겠습니다.

바르트의 쥘 베른론과 배

『공간의 시학』을 통해서 본 바슐라르의 보들레르론을 롤랑 바르트의 공간 기호론(신화론)으로 옮겨보면, 바로 쥘 베른론이 될 것입니다.

우리가 알고 있는 상식과는 달리 바르트는 『해저 2만리』를 쓴 베른의 여행을, 드 퀸시가 구하고 있던 겨울 골짜기의 오두막과 같은 폐소cloture에의 탐험으로 보고 있는 것입니다. 즉 그의 말대로 하자면 베른의 모험은 어린아이와 마찬가지로, 무한한 모험의 신비성이라기보다는 오히려 외딴 오두막이나 텐트 속에 들어가 있고 싶어 하는 유한성의 일반적 행복감에서 비롯되는 것이라고 풀이하고 있습니다. '갇혀서 안정되는 것, 이것이 어린이와 베른의 실존적 꿈'이라는 것이지요.

그래서 베른의 신화 체계에서 그토록 중요한 자리를 차지하고 있는 배의 이미지 역시, 멀리 떠다니는 개방적인 의미보다는 '폐쇄의 기호'로서 존재한다는 겁니다. 그래서 선박의 취미는 언제나 완전히 안에 갇혀 있는 것, 물품을 가능한 한 많이 곁에 쌓아 두는 것, 절대적으로 한정된 공간을 소유하는 것 등의 기쁨으로 보고 있는 것입니다.

선박을 애호한다는 것은, 엄격하게 닫혀져 있는 것이므로 최상급의 집을 애호하는 것과 다를 바 없습니다. 그러므로 『해저 2만리』의 네모 선장은 덧없이 떠나는 대항해를 좋아하는 사람이 아닙니다.

배는 교통수단이기에 앞서 거주한다는 데 그 중요성이 있습니다. 그러므로 쥘 베른의 모든 배는 완벽한 아랫목이며(화롯가), 그 순항의 엄청남도 실은 집 안에 들어 있는 즐거움, 그 내부의 인간다움의 완벽함을 증대시켜주는 역할을 하고 있는 것입니다. 그러므로 바르트는 노틸러스 호를 '사랑스러운 동혈(洞穴, caverne adorable)'이라고 부르고 있는 것입니다.

틈새 없는 안전한 내부 공간 속에서 커다란 창을 통해 광막한 수중의 외부를 볼 수가 있으며, 그러한 반대물의 덕분으로 안에 들어 있는 호젓한 즐거움은 그 절정에 달합니다. '전설 또는 소설의 배의 대부분은 이 점에서 노틸러스 호처럼 즐거운 폐쇄를 그 주제로 삼고 있다'는 것을 알 수가 있습니다.

항해의 공간적 구조

이런 관점에서 보면, 정지용의 「해협」이라는 시가 겉보기에는 전혀 달라도 「춘설」과 동일한 안과 밖의 공간적 코드 위에서 만들어진 작품이라는 것을 알 수가 있습니다.

砲彈으로 뚫은듯 동그란 船窓으로
눈섶까지 부풀어 오른 水平이 엿보고,

하늘이 함폭 나려 앉어

큰악한 암닭처럼 품고 있다.

透明한 魚族이 行列하는 位置에
홋하게 차지한 나의 자리여!
망토 깃에 솟은 귀는 소라ㅅ속 같이
소란한 無人島의 角笛을 불고ㅡ

海峽午前二時의 孤獨은 오롯한 圓光을 쓰다.
설어울리 없는 눈물을 少女처럼 짓쟈.

나의 靑春은 나의 祖國!
다음날 港口의 개인 날세여!

航海는 정히 戀愛처럼 沸騰하고
이제 어드메쯤 한밤의 太陽이 피여오른다.

ㅡ「해협 海峽」

　지용의 항해와 그 해협의 의미 체계는 첫 연부터 두 개의 공간,
즉 안과 바깥의 이항 대립적 코드에 의해서 구축되어 있다는 사
실을 확인할 수 있습니다. 성급한 결론 같지만 쥘 베른처럼 지용
의 항해와 그 배도, 본질적으로는 밖으로 나가고 있는 것이 아니

라, 오히려 그 외부 공간을 빌려 사실은 폐쇄된 내부 공간을 탐험하고 있다고 할 것입니다. 자신의 내부를 감싸고 있는 「춘설」의 공간이 여기에서는 해협으로 나타난 것이지요.

문을 여는 데서부터 시적 공간이 출현되고 있는 「춘설」의 경우처럼, 이 시에서도 "포탄으로 뚫은듯 동그란 선창"을 통해 밖을 내다보는 데서부터 그 시적 언술은 시작됩니다. "포탄으로 뚫은듯"이라는 선창의 비유는 단순한 장식적인 기능이 아니라, 선실 안과 밖에 있는 바다를 변증법적으로 대비하고 연결하는 작용을 하고 있는 기능성을 지니고 있습니다.

이 비유 때문에, 닫혀진 선실 안에서 밖을 내다보는 지용의 시각은 아주 강렬해집니다. 「춘설」에서 문을 열고 먼 산과 이마받이를 하는 시각의 의지적인 행위가, 여기에서는 마치 포탄을 쏘아 벽에 구멍을 뚫는 것과 같은 행동적 이미지를 띠게 됩니다. 전쟁 무기라는 의미적 층위만이 아니라 음성적인 면에서도 "포탄으로 뚫은듯"이라는 시구는 'p', 't'의 파열음으로 되어 있습니다. 안과 밖의 두 공간이 부딪치는 소리를 느낄 수가 있지요.

동시에 이 포탄의 비유는 화자의 내부 공간(선실)의 내밀성과 그 밀폐성을 강화하고 있는 작용도 합니다. 포탄의 구멍은 큰 것이 아닙니다. 뒤따라 '동그란'이라는 보조적인 수식어가 첨가되어 있는 것처럼(동그란은 둥그런의 음성 모음과 대립하고 있습니다), 선실과 밖을 연결하는 그 경계의 통로는 넓고 크지 않습니다.

그리고 '뚫다'라는 말은 두껍고 견고함을 내포합니다. 그 비유의 의미를 분해하면 선명성, 원형성, 협소성, 견고성 등이 추출되고, 동시에 그 의미소들은 선실 공간의 밀도를 높여줍니다.

첫 행에 나오는 이러한 선실의 내부 공간은 바로 그다음 행에 이어지는 선창 밖의 바다와 이항 관계를 가짐으로써 변증법적인 대비를 나타내게 되는 것입니다. 즉 무한히 열려 있는 바다의 수평은 "눈섶까지 부풀어 오른"의 수식으로 팽창과 확산을 나타내고 있습니다.

포탄처럼 응결되고 응축되는 내부와 그것이 폭발해서 확산하는 수평선의 외부 공간은 이 시 전체에 평행선을 그리며 연장되어가고 있다는 사실은 누구나 쉽게 발견할 수 있을 것입니다.

닫혀진 내부 공간에 간여하는 것을 S1, 반대로 열려진 외부 공간의 변별성을 S2로 표시하면,

S1 : 1. 동그란

3. 함폭 나려 앉어

4. 암닭처럼 품고

6. 홋하게

7. 망토 깃

7. 소라ㅅ속

8. 무인도

9. 오롯한 원광을 쓰다

12. 항구

13. 연애

14. 한밤

S2 : 2. 부풀어

3. 하늘

4. 큰악한

5. 투명

5. 행렬

7. 솟은 귀

12. 개인 날세

13. 항해

13. 비등

14. 태양

거의 비등한 두 개의 대립된 공간성을 지닌 말들이 서로 대치되어 있음을 일목요연하게 알 수 있습니다. 이러한 어휘소들은 그대로 공간에 간여하는 공간적 대립소로 전환될 수가 있습니다.

그러나 위 표에서 알 수 있듯이, 서로 다른 두 계열의 공간적 변별성은 상반된 것끼리 서로 연결되어 하나의 모순 어법oxymoron의 수사법을 보이고 있다는 점이 더욱 중요합니다.

해협이란 말부터가 그렇습니다. 바다는 넓고 개방된 공간입니다. 그러나 해협은 바다면서도 좁고 밀폐된 내적 공간의 이미지를 갖고 있습니다. 해협은 바다의 골짜기이기 때문입니다. 그러므로 해협을 항해하는 지용의 배는 웨일스 지방의 드 퀸시의 오두막집을 연상케 하는 것입니다.

이 같은 모순 어법은 하늘을 크낙한 암탉이 알이나 병아리를 품고 있는 것으로 묘사한 비유법에서도 드러나 있습니다. 바다와 마찬가지로, 지용의 이 시에 나타난 하늘은 무한히 열려진 외부 공간이 아니라 닫혀진 폐쇄성을 갖고 있는, 방벽과도 같은 구실을 하고 있습니다. 안팎만이 아닙니다.

"망토 깃에 솟은 귀는 소라ㅅ속 같이"라는 직유에서도, 우리는 '솟다'라는 말과 '속'이라는 두 대립어가 하나로 연결되어 있는 것을 볼 수 있습니다. '솟은', '소라ㅅ속', '소란' 등 시니피앙의 음성도 유사성을 갖고 있지요.

마지막 두 연의 모순 어법은 내공간적인 것이 외공간적·확산적 이미지로 연결되어 있기도 합니다. 항구는 배들의 집이므로, 항해하는 바다에 비해 닫혀진 아늑한 내부 공간에 속하는 것이라 할 수 있습니다. 그러나 거기에 바로 "개인 날세여"라고 말함으로써 밖으로 출항하는 열려진 공간의 이미지를 부여하고 있습니다. 특히 "한밤의 태양이 피여오른다"라는 전형적인 모순 어법이 그렇습니다. 지용은 밤의 내밀한 공간을 태양에 비겨, 완전히 모순하는 열려진 대낮의 공간으로 전환시키고 있습니다.

앞의 8행이 공간적인 것이라 한다면 뒤의 6행은 시간적인 구조로 되어 있습니다. 공간의 대립은 시간의 대립으로, 그것 역시 안과 밖으로 되어 있습니다. 선실/바다의 안팎의 대립은 출발지/기항지로서 조국/타향이 되고, 그것은 결국 청춘과 미래의 시간적인 대응으로 나타나 있습니다. 거기에서 한밤의 태양이라는 시간적 모순 어법이 출현된 것이지요.

요컨대 「해협」에서 보여주고 있는 지용의 공간적 특성은 '투명한 어족이 행렬하는 위치'를 통해, 그 반대편의 '훗하게 차지한 나의 자리'를 찾는 작업이라고 할 수 있을 것입니다. 어족들의 행렬은 무한한 바다의 열려진 공간 속에 있으나, '훗하게 차지한 나의 자리'란 그와는 반대로 밀실과 같은 호젓한 폐쇄적 내공간에 붙박여 있습니다.

그러니까 지용은 항해와 어족들이 행렬하는 바다를 욕망하고 있다기보다 그것들이 일으켜주는 반대의 자리, 호젓한 자리, 고독이 오롯한 원광을 쓰게 되는 내공간을 탐구하고 있다는 것입니다.

창의 기호학

지용은 공간을 분절하고 동시에 그 공간의 대립을 접촉시키고 연결하는 모순의 상호 작용을 통해, 모든 의미를 생생하게 만들어내는 문지방에 서 있는 것입니다. 한 공간을 외부와 내부로 가르는 것이 벽이라 한다면, 그 이질적인 공간 관계를 극적으로 대비시켜주는 역할을 하는 것은 두말할 것 없이 창문일 것입니다. 지용의 시에 있어서의 그 공간적 특성은 무엇보다도 창을 노래할 때 가장 잘 나타나게 됩니다.

「춘설」에서는 문을 여는 데서부터, 그리고 「해협」에서는 선창으로부터 시가 시작되고 있다는 사실을 우리는 이미 보았습니다. 창이 직접 나오지 않더라도, 외부의 공간과 내부의 공간이 마주치는 그 경계가 지용의 시를 산출하는 장소라는 것을 알고 있었던 것이지요. 그러면 지용이 직접 유리창을 노래한 시 한 편을 놓고, 어렴풋이 짐작되던 것을 분명히 살펴보기로 합시다.

琉璃에 차고 슬픈 것이 어린거린다.
열없이 붙어 서서 입김을 흐리우니
길들은 양 언날개를 파다거린다.
지우고 보고 지우고 보아도
새까만 밤이 밀려나가고 밀려와 부디치고,
물먹은 별이, 반짝, 寶石처럼 백힌다.

밤에 홀로 琉璃를 닦는것은

외로운 황홀한 심사이어니,

고흔 肺血管이 찢어진 채로

아아, 늬는 山ㅅ새처럼 날러 갔구나!

—「유리창琉璃窓 1」

이 시에서도 우리는 화자가 어디에 있는가를 잊지 말아야 합니
다. 왜냐하면 유리창은 화자가 있는 방 안과 방 밖을 이어주고 있
는 것이지만, 다른 시와 마찬가지로 화자가 있는 공간에 대해서
는 말하지 않고 있으므로, 그 빈칸을 우리 스스로 메워나가지 않
으면 안 되기 때문입니다.

유리창을 경계로 하여 바깥과 안이 서로 대비를 이루고 있는
이항 관계를 보면, 우선 밖에서 유리창에 와닿는 것은 차고 슬픈
것이며, 안에서 유리창과 접촉하고 있는 것은 입김을 흐리우는
것입니다. 열없이 붙어 서 있는데도 입김이 창을 흐리우게 되는
것은 그만큼 밖이 차기 때문이지요. 그러니까 방 안은 상대적으
로 따뜻하다는 이야기가 됩니다.

시의 구성 자체가 유리창을 사이에 두고 바깥과 안의 차가움과
따사로움이 교체되어 있습니다. 즉,

   1. 바깥,   차가운 공기 = 바깥바람(어른거리게 하는 것)

2. 안,   따스한 공기 = 입김, 열기(창을 흐리게 하는 것)

3. 바깥,   차가운 것(언 날개)

4. 안,   입김, 열기(지우고 보고)

두 번째의 대립항은 창밖의 공간은 어둡고 그 안은 밝다는 것입니다. "새까만 밤이 밀려나가고 밀려와 부디치고"라고 한 말에서 우리는 창 안이 밝다는 것을 동시에 암시받게 됩니다. 즉 방안이 밝기 때문에 밤은 유리창 안으로 들어오지 못하고 밀려나가는 것입니다. 한/난의 대응이 5행 이후에 오면 암/명의 대비로 바뀌는 것이지요.

5. 바깥,   어둠

6. 바깥,   어둠 속의 빛(별빛)

7. 안,   밝음(유리를 닦는 것, 빛나게 하는 것)

8. 안,   밝음 속의 어둠(외롭고 황홀한 심사)

그리고 마지막 두 행에 이르면 폐혈관이 찢어져 산새처럼 날아가버린 죽음(전기적 비평에서는 딸의 죽음)이 등장함으로써, 바깥은 죽음, 안은 생으로서 이른바 이승과 저승의 두 관계항으로 연결되고 있습니다.

유리창은 결국 생사의 경계에 위치해 있는 것으로, 죽음을 통해서 생을, 생을 통해서 죽음을 나타내는 매개 공간이 되는 것입니다.

창이 차갑기 때문에 입김이 서리는 것입니다. 죽음의 차가움이 있기에 비로소 생명은 입김처럼 서릴 수 있지요. 생은 그 반대 쪽의 죽음의 감촉에 의해서 비로소 빛과 그 열기를 갖게 되는 것입니다.

추위를 통해서 방 안의 온기를 회복하는 「춘설」, 넓은 수평을 통해서 아늑한 선실의 밀폐된 고독을 느끼는 「해협」, 그것들은 모두 「유리창」의 공간이지요.

안전과 모험의 통로

이렇게 해서 우리는 시비오크Thomas Sebeok가 『창문의 공간 기호학』에서 결론에 도달한 것처럼, 안과 바깥의 드라마틱한 대비와 그 중간에 있는 창의 의미에 이르게 되는 것입니다. 시비오크의 창의 공간 기호론을 조금 더 훑어봅시다.

소련의 기호학자인 셰글로프Yuri Konstantinovich Shcheglov는 창을 안전 확보security complex에 관한 요소와 모험adventure에 관한 요소를 연결하는 대립으로 보고 있습니다.

말하자면 창의 안에는 셰글로프가 말하는 안전성, 안락성, 가정성domesticity, 정적성, 만족성, 친밀성, 따뜻함, 마음 맞는 사람끼리의 짝congenial company 등의 기본적인 특징으로 분해되는 폐쇄의 상징인 내부 공간이 있고, 그 폐쇄의 상징을 효과적으로 사용하기 위해서는 그와 대극에 있는 모험과의 대비에 있어서 충분히 기능하도록 배려하지 않으면 안 된다는 것입니다. 모험의 공간이란 기회, 위험, 행운의 역전, 대사건, 변천, 불안, 투쟁 등의 변별 특징으로 구성되어 있습니다.

"인간의 밀폐된 거처로부터 무한한 것으로 통하는 길을 열려고 할 때에는, 항상 그 변증법적 운동은 안에서 밖으로 밖에서 안으로의 통행을, 그리고 질서와 혼돈 사이의 통행(소리, 시선, 사물의 통행)을 가능케 하는, 즉 레비스트로스Claude Levi-Strauss가 여러 가지로 부연·역설한 자연과 문화의 고전적 대립 사이의 통행을 가능케 하는 통로, 문, 창 등을 필요로 할 것"입니다. 그것을 롤랑 바르트는 '진정한 의미로서의 탐구의 시학'이라고 부르고 있는 것이지요.

지용에게 있어서 시를 쓴다는 것은 바로 그 창을 찾고 닦는 일입니다. 그래서 바깥 공간과의 접촉으로 안의 공간을, 생명의 그 공간을 더욱 증대시키는 모순 어법, '외로운 황홀한 심사', '한밤의 태양' 등이 탄생되는 것입니다.

'윈도window'라는 영어는 바람wind과 눈eye을 합친 말이라고 합니다. 바람이 들어오고, 눈으로 밖을 볼 수 있는 곳이란 뜻이지요. 집의 내면 공간은 이 열려진 창을 갖고 있기 때문에 비로소 내면 공간일 수가 있는 것입니다.

「홍역紅疫」에서 지용은 "유리도 빛나지 않고/창장도 깊이 나리운 대로—/문에 열쇠가 끼인 대로—"의 상태를 보여주고 있습니다. 유리창, 커튼, 문은 모두가 안과 밖을 가르는 경계입니다. 그러한 통로를 차단하면, 안과 밖의 두 공간은 연결이 아니라 대립만으로 과잉적 의미를 보입니다.

"눈보라는 꿀벌 떼처럼/닝닝거리고 설레는데,/어느 마을에서는 홍역이 척촉처럼 난만하다"의 상황이 되는 것이지요. 안은 생의 과잉으로서의 위험한 열(홍역)로 가득 차 있고 밖은 눈보라의 추위로 떱니다.

그런데도 잘 보십시오. 홍역은 꽃으로, 눈보라는 벌떼로 비유되어 있지 않습니까. 그 비유(시)의 세계에서는 꽃과 벌로써 바깥의 추위와 안의 열이 매개되어 있습니다.

지용의 시는 이렇게 추위의 공간(죽음)과 열기의 공간(생)으로 나누어져 있으며, 그것들은 항상 창이라는 접촉점, 경계의 투명한 벽에서 대립과 연결의 드라마를 창출해내고 있습니다. 유리창의 탐색이야말로 그의 시적 의지인 것입니다.

그러기에 안과 밖이 하나가 되는 그 언어들이 항상 모순 어법으로 가득 차 있다 할지라도 조금도 놀랄 일이 못 됩니다.

참고 문헌

Gaston Bachelard, *La Poétique de L'espace*, Quadrige / PUF, 1957.

Roland Barthes, *Nautilus et Bateau Ivre*, *Mythologies*, Editions du Seuil, 1957.

Thomas A. Sebeok and Harriet Margolis, *Captain Némo's Porthole — Semiotics of Window in Sherlock Holmes*, Poetics Today; 3 : 1, winter 1982.

A. K. Zholkovsky, *The Window in the Poetic World of Boris Pasternak*, New Literary History Vol. IX, No. 2, winter 1978.

Yuri K. Shcheglov, *Towards a Description of Detective Story Structure*, Russian Poetics in Translation 1, pp. 51~77.

Lorenz Eitner, *The Open Window and the Storm — Tossed Boa*, Art Bulletin 37, 1955.

Robert Greer Cohn, *Mallarmé's Windows*, Yale French Studies, May 1968.

Hamon Philippe, *Zola : Romancier de la Transparence*, Europe, May 1968.

Naomi Schor, *Zola : From Window to Window*, Yale French Studies 42, 1969.

Philip Walker, *The Mirror, the Window, and the Eye in Zola's Fiction*.

창의 공간 기호론 2

수직으로 향한 유리창

창의 변이체

우리는 창을 다룬 정지용의 시를 통해서, 공간이 안과 밖으로 분절되고 그와 같은 대립항의 관계 속에서 색다른 시적 의미가 탄생되는 것들을 관찰해보았습니다. 이제는 그러한 창의 기호 체계가 여러 가지 변이체를 낳고 다양한 변화를 일으키는 운용의 세계로 들어가보기로 하겠습니다.

다행히도 시인 자신이, 이미 앞에서 읽은 「유리창 1」과 다른 또 하나의 「유리창 2」를 우리 앞에 보여주고 있습니다. 말하자면 같은 창이라도 「유리창 1」과 「유리창 2」가 어떻게 다른지 쉽게 비교할 수 있는 관찰 대상을 제공해주고 있는 셈이지요. 우선 「유리창 1」을 머릿속에 그려보면서 「유리창 2」를 함께 읽어보기로 합시다.

　　1. 내어다 보니

2. 아조 캄캄한 밤,

3. 어험스런 뜰앞 잣나무가 자꼬 커올라간다.

4. 돌아서서 자리로 갔다.

5. 나는 목이 마르다.

6. 또, 가까이 가

7. 유리를 입으로 쫏다.

8. 아아, 항안에 든 金붕어처럼 갑갑하다.

9. 별도 없다, 물도 없다, 쉬파람 부는 밤.

10. 小蒸汽船처럼 흔들리는 窓.

11. 透明한 보라ㅅ빛 누뤼알 아,

12. 이 알몸을 끄집어내라, 때려라, 부릇내라.

13. 나는 熱이 오른다.

14. 뺌은 차라리 戀情스레히

15. 유리에 부빈다, 차디찬 입마춤을 마신다.

16. 쓰라리, 알연히, 그싯는 音響—

17. 머언 꽃!

18. 都會에는 고흔 火災가 오른다.

　　　　　　　　　　　　　　　　—「유리창琉璃窓 2」

　시간이 밤으로 되어 있다는 것, 화자가 방 안에 있고, 외부와
내부를 갈라놓고 또 이어주고 있는 경계에 유리창이 있다는 것,

모든 상황이 다 같습니다.

그러나 조심스럽게 보면, 이 「유리창 2」에는 바깥과 안의 공간적 대립만이 아니라 화자의 움직임, 즉 행위가 선명하게 드러나 있다는 점입니다. 그렇지요. 「유리창 1」에서 화자의 동작이 우리의 주목을 끈 것이 있었다면, 아마 그것은 '닦는다'는 정도였을 것입니다. 이를테면 「유리창 1」에는 이렇다 할 행위의 연쇄, 그리고 그 묶음 같은 것을 찾아볼 수가 없습니다. 요컨대 공간만이 있을 뿐 서사적인 구조는 결여되어 있습니다.

여기에 비해서 「유리창 2」의 공간적 대립은 곧 화자의 행위, 그 일련의 연쇄성을 띠고 있는 것이 두드러진 특색으로 나타나 있습니다.

안과 밖의 공간보다 이 시에서는 화자가 안에서 밖으로 나가려고 하느냐 밖에서 안으로 들어오려고 하느냐 하는, 행위의 변별성에 의해서 공간의 의미 작용이 결정된다는 것입니다. 좀 어려운 이야기로 하자면, 「유리창 1」은 공간이 패러디그마의 축 위에 있으나 「유리창 2」는 신태그마 축으로 전개되어가고 있다고 할 것입니다.

즉 이 시의 언술적 구조는 화자가 방 안에서 밖으로 나가려고 하는 행위의 연쇄에 의해서 마치 서사의 경우처럼 선조적으로 이루어져 있는 것이 특징입니다.

"내어다 보니"로 시작되는 이 「유리창 2」는 지금까지 안에서 밖을 보는 행위에서 시가 발생되는 다른 작품과 조금도 다를 것이 없습니다. 그러나 '내어다 보다'는 바로 4행의 "돌아서서 자리로 갔다"의 서술로 이어지고 있다는 것을 놓쳐서는 안 됩니다. 그러니까 안에서 밖으로 움직이던 동작의 진행이, 반대로 밖에서 안으로 돌아오는 회기선으로 역행하고 있는 것입니다.

공간만이 아니라 행동에도 이항 대립 관계의 변별성이 생겨난 것이지요. '내어다 보다'의 행위축이 '밖으로 나가다'로 이어지는 것이라면, 그 반대축은 내부로 들어오는 행위의 연쇄물로서 '눕다', '자다'와 같은 것이 될 것입니다.

그러나 어떻습니까. '돌아오다', '자리로 가다' 다음에 '자다'라는 행위가 오지 않고, '목이 마르다'란 말이 등장하고 있습니다.

목이 마르다는 것은 두 가지 의미소로 분해될 수가 있습니다. 내부의 발열 상태와 수면의 방해라는 점입니다. 그것은 다 같이 내부로의 회기를 거부하고 화자를 밖으로 다시 끌어내는 동기성을 부여하는 게 됩니다.

그렇기 때문에 우리는 6행의 "또"라는 접속사에서, 그리고 "가까히 가"라는 구절에서 안과 밖의 반대극을 왕래하는 시인의 행동 곡선을 충분히 읽을 수가 있고, 지금까지 보아온 내부로의 회기와 유폐의 안정성을 거부하고 밖으로 나가려는 정반대의 행위 공간을 암시받게 됩니다.

'쪼다'의 행위소와 내부로부터의 탈출

밖으로 나가는 연쇄축의 서술어는 '가까이 가다'에서 7행의 '쪼다'로 이행됩니다. 창에의 최접근 상태와 거기에서 다시 밖으로 나가려는 의지의 극을 보여주고 있습니다.

그래서 유리창은 시각의 통로만이 아니라 몸 전체의 탈출구로서의 변이를 요구받고 있는 것입니다. '쪼다'는 경계 돌파의 시도므로, 이렇게 되면 안과 밖의 양의성과 그 균형은 깨지고 내부 공간은 부정적 가치를 띠게 됩니다.

「유리창 1」에서 유리창을 닦는 행위는, 여기에서는 유리창을 입으로 쪼는 것으로 변한 것이지요. '닦다'와 '쪼다'는 여러 가지로 다릅니다. 하나는 손이고 또 하나는 입이지요. 이때의 입은 벌써 손의 사실성과는 달리 인간에서 새로 은유적 변신을 나타내게 합니다. 동시에 화자와 유리창의 관계는 새와 새장의 상동성을 지니게 됩니다. "유리를 입으로 쫏다"의 시구는 새장에 갇힌 새가 밖으로 날아가려는 의지를 유표화하고 있습니다.

첫 행에서 밖을 내다본 것은 눈을 매개로 한 시각적 이동입니다. 그러나 그다음에 다시 유리창에 접근하였을 때에는 행위가 '눈'에서 '입'으로 옮아져 있습니다. 인체에는 아홉 개의 개구부가 있어서 그것이 외부와 내부를 연결하는 창문의 역할을 합니다. 그 가운데 외부로 열려져 있으면서도 그 통로가 가장 물질적으로 막혀져 있는 것이 눈이고, 그 반대의 극이 입입니다.

그러므로 1행의 "내어다 보니"(눈)가 7행의 재접근에서 "입으로 쫏다"(입-육체)로 바뀌게 되면, 외부와의 접촉도 그 층위를 달리하게 됩니다.

유리창이나 새장이나, 그것들은 투명한 벽이라는 점에서 공통소를 갖고 있습니다. 시각적 왕래가 아니라 직접 몸이 나가려면, 보는 것이 아니라 쪼아서 허물어야 합니다.

이렇게 시각적으로는 뚫려 있으면서도 육체적 층위에서는 단절되어 있는 것이 유리창의 패러독스입니다. 유리창의 이 유폐성을 강화해가면 결국 창살로 된 새장이 나타나고, 그것을 다시 또 발전시키면 어항이 되고 맙니다. 벽 전체가 투명한 유리창으로 된 것이 다름 아닌 금붕어가 갇혀 있는 어항이 아니겠습니까.

그렇게 되면 자연 그 공간의 변환 작용에 의하여 그 속에 갇혀 있는 사람도 새가 되고 금붕어가 됩니다. 자, 그 공간의 유추 작용에 의한 교묘한 패러다임을 보십시오.

공간	방 - 유리창	새장 - 창살	어항 - 유리벽
주체	사람	새	금붕어
행위	내다보다	입(부리)으로 쪼다	입맞춤 - 유리에 비빈다
감정 - 탈출 모티브	열(熱)	목이 마르다	갑갑하다
외부 공간	도회	대기 - 하늘	물 - 냇물/바다

겉으로는 전혀 나타나 있지 않습니다마는 안에서 밖으로 나가려는 행동의 연쇄가 진행될수록, 그 탈출의 의지는 인간에서 새로, 새에서 물고기(금붕어)로 옮아가고, 그 서술어의 촉매 작용 역시 내어다보다에서 시작하여 쪼다, 쪼다에서 입맞춤으로 그 서술어의 촉매 작용이 달라져가고 있습니다.

만약 밖으로 나가는 행위의 축을 더 발전시켜 유리의 벽이 부서지면, 화자는 새의 날개와 이어져 대기 속을 나는 것으로 변하거나 금붕어의 지느러미가 되어 냇물이나 바다를 유영하는 것으로 이어지게 될 것입니다. 이 시에서는 이러한 행위의 변별성이 창밖을 묘사하고 있는 9, 10행의 은유의 체계에 의해서 암시되어 있습니다.

쉬파람 부는 밤
소증기선처럼 흔들리는 창

의 시구가 그렇습니다. "쉬파람 부는 밤"이란 바람 부는 밤을 나타낸 것으로 대기의 움직임이고, "소증기선처럼 흔들리는 창"은 바다 공간의 물 위에서 유영하는 것을 나타내고 있습니다. 바람이나 배나 그것들은 다 같이 열려진 바깥 공간에서의 이동성, 항해성 등으로서 목마르고 답답한 유폐성과 정면에서 대립되는 이미지를 갖고 있습니다.

물론입니다. 쉬파람 소리로 은유된 바깥바람은 새의 잠재적인 행위축에 걸리고, 소증기선은 넓은 물속에서 헤엄치는 물고기의 확대된 이미지로 볼 수가 있습니다. 그래서 입으로 쪼던 유리벽은 '흔들림'으로까지 변하게 됩니다.

그렇게 해서 시각적 운동은 새와 물고기로 은유된 입, 즉 적극적인 몸의 근육 운동으로 옮아가고, 이윽고는 알몸의 상태 전체로 이행하면서 "이 알몸을 끄집어내라, 때려라, 부릇내라"의 호소 작용으로까지 도달하게 됩니다.

하나의 서술어로 환원시키면 '호소하다', '사정하다'로서, 물리적인 근육 운동이 기도와 같은 정신적 행위의 층위로 이행된 상태입니다. 산문적으로 그 행동을 옮기자면, 입으로 쪼다가 안 되니까 이제는 "투명한" 그 "누뤼알"을 향해서 탈출을 사정해보는 것입니다.

이러한 행위의 분절과 연쇄에 따라 내부의 유폐 상황을 나타내는 감정 층위의 언어도 변해가고 있다는 것을 관측할 수가 있습니다. 처음에는 '목이 마르다'고 다음에는 '갑갑하다'입니다. '목이 마르다'에서 쪼다라는 행위가 나온 것이므로 그것은 새의 패러다임으로, '갑갑하다'는 그 앞에 '금붕어처럼'이라는 말이 붙어 있으므로 물고기의 패러다임으로 보아야 할 것입니다.

그리고 유리창에 대한 최종적인 행위, 뺨을 비비고 입을 맞추는 상태에서는, '갑갑하다'는 '열이 오른다'로서 차이화됩니다.

여기의 열은 목이 마르다와 갑갑한 것을 모두 합친 것으로, 차가운 유리창에 의해 식힐 수가 있는 것입니다. 그러므로 목마름의 상황에서 창을 쪼다라는 행위가 나오고, 갑갑하다는 상황 의식에서 소증기선처럼 흔들리는 창을 생각하고 알몸을 끄집어내 달라는 절규를 했듯이, '열이 오른다'는 내부 공간의 상황은 뺨을 비비고 입맞춤하다로 표출되고 있는 것입니다.

그래서 밖으로 나가는 행위는 어느덧 몸을 식히는 것으로 변환되어 "차디찬 입마춤을 마신다"의 행위를 유발하게 됩니다. 이 시구는 「유리창 2」의 마지막 항위항이 되는 것으로, 좀 더 자세하게, 그리고 치밀하게 분석할 필요가 있을 것입니다.

더구나 이 시구는 한 문장으로 되어 있지만 ① 차디차다, ② 입맞추다, ③ 마시다의 이질적인 세 단위의 의미 그룹을 함유하고 있기 때문에 더욱 그런 것입니다.

보통 입맞춤은 차가움이 아니라 뜨거움입니다. 그런데 여기에서 그 입맞춤을 '차다'라고 한 것은 입맞춤의 동기가 '열'을 식히기 위한 것이기 때문입니다. 창은 차가움으로, 뺨을 유리에 비비고 입을 그 위에 맞춤으로써, 신열을 냉각시킬 수가 있는 것입니다.

그러나 ② 입맞추다라는 말 속에는, 입으로 유리를 쪼다라는 처음의 행위가 포함되어 있습니다. 공격적이고 파괴적인 행위가 끝에 와서는 "연정스레히"라는 말이 있듯이 애정 행위처럼 긍정적인 이미지로 전환되어 있는 것입니다.

③의 마시다 역시 "차디찬"이라는 말처럼 입맞춤에는 적합지 않은 말입니다. 그러나 앞에서 "목이 마르다"고 한 말을 연상해보면, 창과 입술의 접촉은 물을 마시는 행위 즉 목을 축이는 행위로서 이어지게 됩니다.

결국 이 「유리창 2」는 내부 공간에서 외부 공간으로 나가려는 화자의 행위와 거기에서 생겨나는 유리창과의 관계, 그리고 그 의미 변화의 과정이 열려진 구조로 발전되어 있다는 데 그 특성을 갖고 있습니다. 쪼다가 입맞춤으로, 나가다가 식히다로, 부정축이 긍정축으로 바뀌게 될 뿐만 아니라 유리창 바깥 공간을 그린 풍경도 처음과 끝이 아주 대조적입니다.

자세히 읽어보면, 이 시는 행위의 축만이 아니라 창밖의 외부 공간도 3단계로 변화되어 있다는 것을 알 수가 있습니다.

외부 공간의 변이

처음 2~3행에 나타난 창밖의 광경은 어둡고 뒤틀리고 또 공간도 좁은 뜰로 되어 있습니다. "아조 캄캄한 밤,/어험스런 뜰앞 잣나무가 자꼬 커올라간다"가 그것입니다. 그리고 중간에 오면 다시 "별도 없다, 물도 없다, 쉬파람 부는 밤/소증기선처럼 흔들리는 창"으로 묘사됩니다. 그러나 마지막에는 "머언 꽃!/도회에는 고흔 화재가 오른다"로, 깜깜한 어둠이 '고흔 불'로, 집 뜰이 '도회 공간'으로 바뀌고, 잣나무가 커올라가는 것이 끝에서는 화재가 '오르다'로 수직의 상승적 이미지를 나타내고 있습니다.

이미 「홍역」에서 본 것처럼, 지나치게 외부와 단절된 내부 공간의 과잉은 부정적 의미를 띠게 된다는 것을 잠깐 읽어본 적이 있습니다. 홍역이 철쭉꽃처럼 만발하는 마을이 여기에서는 도시가 되고, 몸의 발열은 화재가 됩니다. 그리고 그 위험한 내부 공간의 열과 불을 다 같이 꽃이라고 한 것도 유사하지요.

이렇게 화자의 행위에 의해서 공간의 의미는 달라질 수가 있고, 그 가치도 내부 공간과 외부 공간이 서로 뒤바뀌게 됩니다. 그리고 창의 경계적 이미지도 끝없이 흔들려서, 어느 때는 내부 공간의 내밀성을 도와주는 보호의 벽이 되어주기도 하고, 때로는 「유리창 2」처럼 내부 공간에서 외부 공간으로 나가는 탈출의 이미지로 쓰일 수도 있습니다.

화자가 안에 있느냐 밖에 있느냐의 화자 시점, 또 안에서 밖으로 나가느냐 혹은 밖에서 안으로 들어오느냐 하는 공간 이동의 분절과 그 결합에 의해서, 여러 가지 공간 체계의 변이체가 생겨나게 될 것입니다. 그리고 비시간적인 공간이라 하더라도 그것을 배열하는 순서에 의해서 공간은 하나의 순차적인 서조성을 갖게 되기도 합니다.

그러나 무엇보다도 공간의 변이체는 수평적인 체계가 수직 체계로 바뀔 때 일어납니다. 창의 공간 체계를 우리는 지금까지 안과 바깥의 분절을 통해서 읽어왔지만, 이미 「유리창 2」에서 보았듯이 수직으로 상승하는 창이 있다는 것을 알 수가 있습니다.

이미 읽은 시에서도 창밖의 별들은 모두 밖의 공간만이 아니라 수직이라는 또 다른 공간의 의미를 나타낼 때가 많은 것입니다.

「나븨」라는 시를 보십시오.

시기지 않은 일이 서둘러 하고싶기에 煖爐에 싱싱한 물푸레 갈어 지피고 燈皮 호 호 닦어 끼우어 심지 뛰기니 불꽃이 새록 돋다 미리 떼고 걸고보니 칼렌다 이튿날 날자가 미리 붉다 이제 차츰 밟고 넘을 다람쥐 등솔기 같이 구브레 벋어나갈 連峯 山脈길 우에 아슬한 가을 하늘이여 秒針 소리 유달리 뚝닥 거리는 落葉 벗은 山莊 밤 窓유리까지에 구름이 드뉘니 후 두 두 두 落水 짓는 소리 크기 손바닥 만한 어인 나븨가 따악 붙어 드려다 본다 가엾서라 열리지 않는 窓 주먹쥐어 징징 치니 날을 氣息도 없이 네 壁이 도로혀 날개와 떤다 海拔 五千呎 우에 떠도는 한조각 비맞은 幻想 呼吸하노라 서툴리 붙어 있는 이 自在畵한 幅은 활 활 불피여 담기여 있는 이상스런 季節이 몹시 부러웁다 날개가 찢어진채 검은 눈을 잔나비처럼 뜨지나 않을가 무섭어라 구름이 다시 유리에 바위처럼 부서지며 별도 휩쓸려 나려가 山아래 어닌 마을 우에 총총하뇨 白樺숲 회부옇게 어정거리는 絶頂 부유스름하기 黃昏같은 밤.

—「나븨」

이 시에서도, 누에가 자기 변신을 위해 비단 고치를 짓듯이 지용은 시의 변용된 현실을 만들어내기 위해서 공간 만들기를 하고 있습니다. 방 안에는 난로를 지피고, 등피를 닦아 심지를 높여 불을 켭니다. 그리고 방 안에 있는 달력을 떼어 이튿날 날짜를 미리 표시합니다. 이런 모든 행위에 시인 자신은 "시기지 않은 일이 서둘러 하고싶기에"라고 주석을 달고 있습니다.

그러므로 그가 만들어놓은 그 방 안의 내부 공간은 「춘설」의 경우처럼 자연적인 계절이나 시간에 의존된 것이 아니라, 시인의 자율적인 의지가 투영된 공간이라고 할 수가 있습니다. 즉 기호화된 공간이지요.

여기서 여러분들은, 그가 난로를 피우고 등피를 닦고 달력을 떼는 일련의 행위는 모두가 바깥 공간과 내부 공간의 차이화를 인위적으로 더 증대시키고 유표화하려는 의미 작용이라는 것을 깨닫게 될 것입니다.

난로를 땜으로써 바깥은 춥고 방 안은 그만큼 따스한 것이 됩니다. 또 등피를 닦고 심지를 튀긴다는 것은 방 안을 더 환하게 하려는 의지로서, 바깥 어둠과 대조를 이루는 공간 만들기입니다.

뿐만이 아니라 달력을 미리 뗀다는 것은 계절을 더 심화하려는 것이고, 아직 휴일이 아닌데 일요일의 붉은 글자를 나타나게 함으로써 휴식 공간을 강화하려는 것입니다. 한마디로 가을 속에서 겨울 공간을 만드는 것이지요.

이미 앞에서 밝힌 바대로 겨울의 내부 공간은 우리에게 내밀한 비호 공간을 주기 때문입니다. 추위 속에 휩싸인 따스함, 어둠 속에 싸인 밝음, 노동 시간 가운데의 휴식, 이러한 공간을 더 강화하기 위해서 밖에서는 낙엽이 지고, 비가 내리고, 날개 찢긴 나비가 창에 붙어 방 안을 들여다보고 하는 이미지의 장치를 해놓고 있습니다.

특히 제목에도 「나븨」라고 되어 있듯이, 여기에서 나비가 연출하고 있는 공간적 기호의 의미 작용은 무엇인가를 따져야 할 것입니다. 난로, 등피, 캘린더와 같은 것들이 방 안이라는 내부 공간을 만드는 기호들이라면, 그것들과 이항 관계를 나타내는 바깥의 기호를 대표하는 것이 나비라고 할 것입니다.

밝은 방 안에서 따스한 온기에 휩싸여 휴식의 날을 즐기는 나는, 어두운 바깥 설령한 추위의 공간에서 비에 젖어 날지 못하는 나비와 대조를 이루고 있습니다. 더구나 나비는 봄의 시간을 나타내는 것이지만, 이 나비는 꽃이 아니라 가을철 낙엽과 동일시되어 있습니다. 안락한 내부 공간에 비해 나비는 무서움마저도 일으키는 위험의 기호이기도 한 것입니다.

지용은 그것을 시니피앙의 유사로서 교묘하게 기호화하고 있는 것입니다. 즉,

낙엽 – 식물
나비 – 곤충
잔나비 – 동물

　로서 이 세 가지 다른 생물의 영역이 '나'라는 음으로 서로 밀
착되어 있는 것입니다. 특히 나비와 잔나비는 의미론적으로 전혀
공통성이 없는데도, 음성 층위에서 보면 나비와 잔나비는 한 음
만이 다릅니다.

　나비가 창유리를 통해서 방 안을 들여다보는 것을 "활 활 불피
여 담기여 있는 이상스런 계절이 몹시 부러웁다"란 말로써, 유리
창을 사이에 두고 이쪽과 저쪽은 공간만이 아니라 시간이라는 계
절(시간)의 차이성마저도 갖게 되는 것입니다. 나비가 있는 밖의
공간이 겨울을 향해 추락할수록, 산장의 방은 봄이나 여름과 같
은 이상스런 계절이 되는 것입니다.

　그러나 나비는 안과 밖을 차이화하는 기호로서만 작용하고 있
는 것이 아니라 수직의 높이를 나타내는 변별적 특징이 된다는
사실입니다. 보십시오, 이 시는 안과 밖 못지않게 수직적 분절로
된 공간성을 중시하고 있습니다.

　우선 이 방은 그냥 방이 아니라 산장의 방인 것입니다. 이 시에
는 공간의 높이를 유표화하는 동위태isotopy의 언어군들을 많이
찾아낼 수가 있는 것입니다. "다람쥐 등솔기같이 구브레 벋어나

갈 연봉 산맥길 우에 아슬한 가을 하늘", "산장 밤 창유리까지에 구름이 드뇌니", "해발 오천척 우에", "절정 부유스름하기" 등이 그렇습니다.

그러고 보면 이러한 높이를 대표하는 것이 나비입니다. 지용은 나비를 나븨라고 씀으로써 그 가벼움을 강조하고 있습니다. 나비가 시간을 의미할 때에는 봄이지만, 공간적 기호성을 가질 때에는 높이 날아다닌다는 수직의 의미 작용을 합니다. 그러므로 창유리에 붙은 나비가 날지 못한다는 것은 봄의 상실과 동시에 공간 상실을 의미합니다.

"주먹쥐어 징징 치니 날을 기식도 없이 네 벽이 도로혀 날개와 떤다"라는 구절에서도 암시받고 있듯이, 지용이 만든 산장의 공간은 나비보다 높이 나는 방, 벽이 가벼운 날개처럼 진동하고 있는 방, 구름과 별을 향해 상승하고 있는 내부 공간인 것입니다.

지용의 산장을 수직으로 보고, 그것이 어떤 공간 체계 위에 있는가를 관측해보십시오.

"차츰 밟고 넘을 …… 연봉 산맥길 우에 아슬한 가을 하늘"이라는 구절에서 우리는 지용이 더 높은 곳으로 올라가려는 도정에서 이 산장에 머물게 된 것임을 알 수가 있습니다. 그러니까 해발 5천 척 위에 있는 산장이지만 하늘과 연봉 밑에 있음을 알 수 있습니다.

그러나 시의 끝부분에 오면 "아래 어늰 마을 우에"라는 말이 등장함으로써, 이 산장은 산봉의 하늘과 아랫마을의 중간에 설정된 공간임이 나타납니다. 유리창이 안과 밖의 경계를 나타낸 것이라면 이 산장은 상과 하의 중간 경계를 이루고 있습니다. 상과 하를 분할하는 수직의 경계지요. 산장 자체가 하늘과 땅을 매개하는 또 하나의 유리창인 셈이지요.

그러므로 산장의 방은 하늘의 별과 동일시되어 "구름이 다시 유리에 바위처럼 부서지며 별도 흽쓸려 나려가 산아래 어늬 마을 우에 총총하뇨"라는 마지막 구절에 그것이 구체적으로 나타나 있습니다.

지용이 만든 시적 공간은 나비가 패배한 바로 그 공간에서 시작되는 것이며, 가장 가벼운 나비가 머물지 못하는 공간 속에 지용의 은밀한 시의 방이 자재화처럼 걸려 있는 것입니다.

지용은 별의 주민이 되고, 가을비에도 젖지 않고 겨울 공간에도 나래를 펴는 이상한 계절의 나비가 되는 것입니다.

언술로서의 은유

서서 잠자는 말

아리스토텔레스로부터 지금까지 은유에 대한 많은 연구가 있어왔지만, 그것을 크게 둘로 나누어보면 '낱말로서의 은유론'과 '언술로서의 은유론'으로 요약될 수 있을 것입니다. 말하자면 은유를 낱말처럼 어휘 코드 중 한 기호로 다루고 있는 대치 이론과, 그와는 반대로 한 문장의 의미처럼 언술의 단위로 생각하는 긴장 이론이 바로 그것입니다.[11]

대체로 프랑스권에서의 연구는 전자에 해당하고, 영미의 문예

---

11) "은유의 수사학은 어(語, mot)를 지시물의 단위로 한다. 따라서 은유는 한 개의 낱말만으로 언술의 문채文彩 안에 분류되어, 유사에 의한 전의轉義 비유로 정의된다. 은유는 문채로 어의의 이동이나 확장을 구성한다. 이 같은 은유의 설명은 대치 이론(代置理論, théorie de la substitution)에 속한다." …… "언술로서의 은유론과 어로서의 은유론은 다른 것으로는 환원될 수 없는 대립 관계에 놓여진다. 이 이자 택일은 에밀 방브니스트로부터 차용한 의미론적인 것sémantique과 기호론적인 것sémiotique과의 구별에 의해 준비된다. 이 의미론적인 것과 기호론적인 것의 구별은 긴장 이론théorie de la tension과 대치 이론이 대응한다." Paul Ricoeur, La Métaphore Vive, Edition du Seuil, Paris, 1975, p. 8.

비평가들의 그것은 후자에 속하는 것이라고 폴 리쾨르Paul Ricoeur
는 말하고 있습니다.[12] 그리고 오늘날 새로운 은유 연구는 대부
분 이 언술로서의 은유론에 가깝다고 말해도 과언이 아닐 것입니
다. 그러나 우리가 늘 그래왔던 것처럼 어째서 은유를 고립된 낱
말의 층위에서 파악해서는 안 되는지, 그리고 언술의 층위에서
은유를 파악한다는 것은 과연 어떤 의미를 갖는 것인지, 추상적
인 이론보다 구체적인 시 읽기를 통해서 밝혀보기로 하겠습니다.
　　그리고 그 읽기의 예로서는 정지용의 「말 1」을 들기로 하겠습
니다. 왜냐하면 그 시야말로 직유가 딱 하나밖에 나오지 않으면
서도 시 전체가 은유적인 언술로 짜여져 있는 본보기가 될 수 있
기 때문입니다.

　　1. 말아, 다락 같은 말아,

　　2. 너는 즘잔도 하다 마는

　　3. 너는 웨그리 슬퍼 뵈니?

　　4. 말아, 사람편인 말아,

　　5. 검정 콩 푸렁 콩을 주마.

　　6. 이말은 누가 난줄도 모르고

12)　앞의 책, pp. 100~127 참조. 프랑스와 다른 I. A. Richards와 Max Black의 영미 이론
가들의 이론이 소개되어 있다.

7. 밤이면 먼데 달을 보며 잔다.

—「말 1」

"다락 같은 말"의 직유적 성격

정지용의 「말 1」은 "말아, 다락 같은 말아"의 직유로부터 그 첫
행을 시작하고 있습니다. 여기의 '다락'은 '다락집'을 일컫는 것
으로서, 사방을 전망하기 위해 높이 지은 누각을 의미하는 말입
니다. 빌딩이 들어선 오늘날에는 죽은 말이 되어버렸지만, 옛날
에는 무엇인가 높은 것을 표현하려고 할 때에는 곧잘 '다락 같다'
는 비유를 많이 써왔습니다. 그래서 물건 값이 비싼 것을 보고도
사람들은 다락 같다고 말했던 것입니다.

그러나 지용은 이 사유화死喩化된 직유를 말[馬]에다 씀으로써
새롭고 독특한 은유적 의미로 소생시켰습니다. 다락은 인간이 거
주하는 보통 집들보다 높습니다. 그것처럼 말은 보통 짐승들보다
그 키가 큽니다. 그러므로 "다락 같은 말"이라고 하면 말의 큰 키
를 수식하는 비유가 됩니다.

그러나 물가를 수식하는 경우와 달리 "다락 같은 말"이라는 비
유 속에는 높다는 의미소 하나만이 있는 것은 아닙니다. 우선 집
을 떠받치고 있는 누각의 네 기둥은, 말의 헌칠한 네 다리와 암묵
적으로 연결됩니다. 날씬하면서도 육중한 말의 몸집은 누각 용마

루의 우아하면서도 중량감 있는 곡선과 어울립니다. 뿐만 아니라 인간에게 있어 누각과 말은 다 같이 '오르다'라는 서술어로(전문용어로는 촉매 작용이라고 합니다) 이어질 수 있습니다. 우리가 누각에 오르는 것은 말 잔등에 올라타는 것과 유사한 행위입니다. 누각도 말도 그 위에 오르면 사방을 조망할 수 있는 것입니다.

그러나 이 같은 시각적 유사성이 정반대의 차이성 위에 뿌리를 두고 있다는 사실을 간과해서는 안 될 것입니다. 그것은 동물 중에서도 가장 잘 뛰어다니는 말이, 그와는 정반대로 뛰지도 움직이지도 못하는 무생물과 동일시되어 나타나 있다는 점입니다. 즉 동물이 건축물에 비유된 "다락 같은 말"은 우리에게 관습화된 뛰는 말과는 다른, 움직이지 않는 말, 우두커니 서 있는 말의 모습을 드러나게 합니다.

물가와 비유된 다락이 '높음'을 나타내는 일의적一義的 기호라면, 말과 비교된 다락은 높다, 서다, 부동성 등의 여러 가지 의미를 지닌 다의적 기호라 할 수가 있습니다. 그렇기 때문에 이때의 비유는 X를 Y로 대치해놓은 낱말이나 이름의 전용과는 달리, 시 전체의 언술 속에서만 비로소 그 정당한 해석과 의미를 창출하게 될 것입니다.

결국 첫 행에 등장한 "다락 같은 말"의 직유는 그것으로서 완결된 닫혀진 비유가 아니라 앞을 향해 열려져 있는 비유이기 때문에, 그것이 무엇을 의미하는 것인지 시 전체의 언술을 참조하지 않고서는 누구도 대답할 수가 없을 것입니다.

틀짜기 이론 — 체계로서의 은유

벤저민 흐루쇼프스키Benjamin Hrushovski의 틀짜기 이론이나[13]
할리Michael Haley의 메타포 공간 이론[14]을 빌려 설명하자면, 여기

13) Benjamin Hrushovski, Poetic Metaphor and Frames of Reference, Poetics Today Vol. 5, No. 1, 1984.

그의 틀짜기 이론은 언어가 아니라 언어가 지시하는 세계의 의미 범주를 틀(frames of reference)로 만들어, 메타포의 언술의 단위로 삼는다. 이때 의미의 범주의 틀을 'fr'로 표기하고, 각기 다른 틀을 1, 2의 표시로서 구별한다. 이 논문에서의 부호 역시 같은 방법으로 기술된 것이다.

14) Michael C. Haley, Noncrete Abstraction : The Linguistic Universe of Metaphor : Linguistic Perspectives on Literature, pp. 13~154.

할리 역시 비유를 사물의 범주에 의해서 고찰한다. 그는 비유가 발생하는 의미의 범주를 9등분으로 나누고, 명사와 술어 작용에 의해 구체적으로 그 범주를 차이화하고 있다. 아래 도표를 보면, 정지용의 시는 animation에 속해 있는 말을 shape의 범주에 속해 있는 단락과 intellection의 범주인 인간으로 각기 이동시킨 비유임을 알 수 있다.

Noun Examples	Category	Predicate Examples
truth, beauty	BEING	to be, to seem
space, a point	POSITION	to be here, to be there
light, force	MOTION	to move, to cross
hydrogen, anti-matter	INERTIA	to push, to pull
water, dust	GRAVITATION	to fall, to rise
rock, ball	SHAPE	to break, to strike
tree, flower	LIFE	to grow, to die
horse, fish	ANIMATION	to run, to swim
man, woman	INTELLECTION	to think, to speak

의 이 비유는 낱말 차원이 아니라 '말'이라는 동물의 틀(fr1)과 '다락'이라는 건축물의 틀(fr2) 사이에서 빚어지는 것이라고 할 수가 있습니다.

그리고 그 비유는 단순한 의미의 내용만이 아니라 그 음성의 층위에서도 상호 연관을 맺고 있습니다. "말아 다락 같은 말아"의 시행에서 우리는 mARA~dARA~mARA의 반복음을 느끼게 되는데, 그것은 다름아닌 '말'과 '다락'의 두 단어의 음의 유사성에서 기인되고 있는 것입니다.

따라서 비유의 체계는 시를 서술하고 있는 화자의 시점에서도 생겨납니다. "말아, 다락 같은 말아"는 화자가 말을 부르고 있는 것으로, 그것을 이인칭 시점으로 서술하고 있다는 것을 알 수 있습니다. 원래 부름에 속하는 언술은 문답형의 커뮤니케이션을 전제로 한 것으로, 말을 주고받을 수 있는 인간들 사이에서만 가능한 화법입니다. 그러므로 동물이나 자연물을 돈호법頓呼法이나 이인칭 대명사로 부르게 되면, 야콥슨의 지적대로 애니미즘의 주술적인 텍스트가 되고, 그것들은 모두 의인화되는 은유적 성격을 띠게 마련입니다.[15]

그렇기 때문에 "말아, 다락 같은 말아"라고 한 그 첫 행의 시구 속에는, '말은 건축물이다'라는 언술의 체계에 대응하여 '말은 인

---

15) Roman Jakobson, Linguistic and Poetics, Selected Writings Ⅲ, Mouton, 1981, p. 24.

간이다'라는 의인화의 비유적 틀(fr3)이 숨겨져 있다는 사실을 알게 됩니다. 즉 이 짧은 첫 행의 시구에는 동물의 틀(fr1)과 건축의 틀(fr2), 그리고 인간의 틀(fr3)의 세 가지 의미론적 영역이 내재되어 있고, 그것을 약호로 표시하여 분석해보면,

말(fr1)아(fr3), 다락(fr2)같은 말(fr1)아(fr3), ⇒ fr2

로 될 것입니다.

'점잖다'와 '슬프다'의 은유적 구조

첫 행에 나타난 두 비유 체계 $fr2$와 $fr3$는 2행과 3행("너는 즘잔도 하다 마는/ 너는 웨그리 슬퍼 뵈니")으로 각기 이어지면서, 점차 그 은유적 의미를 뚜렷하게 그리고 더욱 깊이 있게 생성해갑니다. 즉 돈호법에 의해 잠재적으로 의인화된 1행의 '말아'는 2행과 3행에서 직접 '너'라는 이인칭 대명사로 불리어지게 됩니다. 각 행마다 첫머리에 되풀이되는 이인칭 대명사는 화자의 시점을 겉으로 드러내, 말을 더욱더 인간의 틀 안으로 가까이 끌어들이는 작용을 합니다. 그래서 "다락 같은 말"의 외관 묘사 역시 내면화되어 '점잖다', '슬프다' 등의 성격화로 옮겨갑니다.

'점잖다'라는 것은 감정을 억제하는 지적인 힘이며, '슬퍼 뵌

다'는 것은 희로애락의 정감의 움직임을 표시하는 요소 중의 하나입니다. 이 같은 지知, 정情의 영역은 모두가 동물과의 차이화를 나타내는 인간 고유의 변별성에 속하는 특징입니다. 그러므로 '점잖은 말', '슬픈 말'은 동물의 틀에서 벗어나 인간의 틀로 이동해가는 의인화 과정을 극명하게 반영해주고 있습니다.

그러나 '점잖다', '슬프다'라는 말의 성격화는 의인화 작용만이 아니라 첫 행에서 직유로 제시된 건축의 틀(jr2)을 지속시키는 역할을 하고 있습니다.

"다락 같은 말"은 달리는 말이 아니라 우두커니 서 있는 말의 부동성을 나타내는 것이라고 했습니다. 이 부동적 특성을 내면화하면 바로 '점잖은 말'이 될 수밖에 없습니다. 뛰는 말을 까부는 말이라 한다면, 가만히 서 있는 말은 그 반대의 점잖은 말로 표시되어야 하기 때문입니다. 슬퍼 뵌다는 말 역시 마찬가지입니다. 말이 뛰는 것이 기쁨이라면, 다락처럼 한곳에 서 있는 것은 슬픔이 됩니다.

정지용의 「말 2」의 경우처럼 바다를 가르고 달리는 말, 영웅이라고 불리운 말에는 슬퍼 뵌다는 말이 결코 어울리지 않을 것입니다. 우두커니 한자리에 누각처럼 서 있는 말의 정지 상태에서만 비로소 그 '슬프다'는 표현은 의미론적 동위태를 지니게 될 것입니다. 특히 말을 슬프다고 하지 않고 슬퍼 뵌다고 한 것은 인간과 말의 동일과 차이, 즉 같으면서도 같지 않은 갭 필링gap feeling

을 보여주는 것이고, 동시에 말을 커뮤니케이션 대상으로 바라보는 화자의 시점을 보여주는 이중적인 기능을 담고 있다는 점을 눈여겨보아야 할 것입니다.

이렇게 밖에서 관찰되었던 1행의 말은 2행에 이르러 내면적인 말로 바뀌게 되고, 건축의 틀과 인간의 틀은 '점잔'과 '슬픔'이란 말로 제각기 그 비유적 특성을 증폭, 발전시켜갑니다. 그래서 다락같이 높이 서 있는 말은 인간처럼 생각하고 느끼는 말이 되고 동시에 점잖은 말, 슬픈 말이 되는 것입니다.

그러므로 2, 3행의 시를 비유 체계로 약술하면 말의 의인화(fr3)가 겉으로 드러나면서 사물화(fr2)된 말의 의미와 팽팽한 경합 관계를 벌이고 있는 것을 알 수가 있습니다.

너는(fr3) 즘잔도 하다 마는(fr3, fr2)
너는(fr3) 웨그리 슬퍼 뵈니(fr3, fr2)

건축과 인간의 병렬적 구조

4행에서는 지금까지 화자의 시점을 통해 간접적으로 보여주었던 의인화 작용이 "사람편인 말아"라는 직접적인 언표 행위를 통해서 사람의 틀을 표층으로 노출시킵니다.

특히 4행은 콩을 준다는 5행과 짝을 이루며 1행에서 보여준 건축의 틀(fr2)을 인간의 틀(fr3)로 바꿔놓습니다. 비유적 언술은 다락에서 사람으로 옮겨진 것입니다. 그러면서도 4행의 시 형태는 1행의 시구와 병렬적 대응 구조를 이루고 있기 때문에, 여전히 그 두 비유 체계는 메아리처럼 따라다닙니다.

    1. 말아, 다락 같은 말아(fr2)
    4. 말아, 사람편인 말아(fr3)

  이 두 시행은 통사 구문, 자수와 음성적 구조, 그리고 반복의 수사법과 그 비유의 형태 등 뚜렷한 병렬성을 보여주고 있습니다. "다락 같은 말아"는 "사람편인 말아"로 대응되어, 그 비유의 두 축을 이루는 다락과 사람이 병립되어 강렬한 대조를 보이고 있음을 간파할 수 있습니다. 즉 "사람편인 말아"를 "사람 같은 말아"로 옮겨놓으면 그 비유 형태의 유사성까지 뚜렷이 드러나게 됩니다.
  그리고 1행의 음운 형태가 mARA~dARA~mARA로 되어 있는데, 4행 역시 mARA~sARA~mARA로 유사한 음의 반복을 보이고 있는 것입니다. 이러한 병렬 구조를 이룬 두 시행을 통해서 우리는 이 시의 패러디그마틱한 비유의 지층을 볼 수 있게 됩니다.
  첫째는 이미 앞에서 언급한 대로, 동물의 틀에 속하는 말(fr1)이 건축물(fr2)과 인간(fr3)의 두 범주의 평행 관계에 의해서 빚어지는 비유의 긴장성입니다. 건축의 틀은 말을 외면적으로 그리고 있고, 인간의 틀은 말을 내면화하고 있습니다.

그리고 말이 다락이라는 건축물의 틀 안에 들어오면 그 동물적인 속성을 빼앗겨 사물화로 퇴행해가는 데 비해서, 그것이 사람의 틀 안에 들어오면 반대로 동물적 속성에는 지·정의 인간적 정신이 부가되어 고양된다는 점입니다. 그러므로 이 1~4행의 병렬성은 반대의 두 극으로 진행되고 있는 말의 은유적 긴장을 가장 잘 구조화하고 있는 것이라 볼 수 있습니다.

둘째, "다락 같은 말"은 상사성의 법칙에 의해서 만들어진 비유, 야콥슨의 분류에 의하면 은유(메타포)에 속하게 되는 것이고, "사람편인 말"은 문자 그대로 인접성에 의해 이루어진 환유me-tonymy에 속하는 비유입니다.

말이 사람과 동일성을 이루는 것은 사람이 말을 타기 때문입니다. 그래서 사람의 몸과 말의 몸이 하나로 밀착되는, 문자 그대로의 인접성을 보여주는 것입니다. 몸만이 아니라 말을 타고 갈 때 사람과 말은 동일한 방향성을 향해 같은 의지로 움직여갑니다. 그러므로 인마人馬는 등가적인 존재물로 이따금 서로 구별 없이 한데 쓰이는 예가 많습니다. 김유신이 자고 있는 동안 그 말이 천관녀의 집으로 향했다는 유명한 일화처럼, 김유신의 말은 김유신의 잠재의식이기도 한 것입니다. 「말 2」에서 정지용은 "내형제 말님을 찾아갔지"라고 자기의 분신처럼 말하고 있습니다.

1~4의 병렬 시행은 이렇게 서로 대응하는 두 가지 대표적인 비유의 축을 보여주고 있는 것으로서, 이 시가 내용만이 아니라 그 형식에 있어서도 은유와 환유의 총체적 구조로 이루어져 있음을 보여주는 것이라고 할 수 있습니다.

이 병렬 시행이 은유와 환유의 구조로 이어져 있다는 것은 바로 모든 의미를 생성하는 선택과 결합, 상사성과 인접성, 대치와 연쇄, 의미론과 통사론, 그리고 코드와 메시지의 두 체계를 대조적으로 보여주는 것이라고 할 수 있습니다.

셋째로 이러한 병렬법은 1행에서 이미 끝난 비유를 다시 환기시키는 역할을 하여 "다락 같은"을 "사람편인"과 같은 위치에 놓이도록 합니다. 그러므로 말($fr1$)~다락($fr2$)~사람($fr3$)의 세 가지 다른 범주를 동시적으로 중층화하는 기능을 갖게 합니다. 그래서 인간과 말의 관계처럼 인간과 다락의 관계에도 같은 환유적 효과가 생겨나게 됩니다.

그래서 인간을 축으로 한 말의 인접성과 다락의 인접성 사이에 기묘한 상동 관계가 빚어지고, 그 결과로 "다락 같은 말"은 은유에서 환유적인 비유로 옮겨지는 특이한 변이 현상이 생겨납니다. 즉 누각은 같은 건축물이면서도 인간이 주거하는 일반적인 가옥과는 떨어진 곳에 위치해 있는 경우가 많습니다. 주로 경치를 조망하기 위해 세워진 누각은 자연 영역과 거주 영역(문화)의 경계적 공간에 위치해 있습니다.

그와 마찬가지로 말은 사람과 함께 사는 동물이면서도, 개와 고양이처럼 방 안에서 사는 애완동물과는 다릅니다. 그것은 다락집처럼 집에서 떨어진 경계 공간에 놓여 있는 것입니다. 말은 인간의 영역 안에 있으면서도 끝없이 야성의 밖을 향해 달려가고 있는 가축입니다. 고양이나 개가 인간이 거주하는 집의 공간과 같은 것이라면, 말은 누각처럼 인간이 거주하는 영역 바깥을 향해 있는 것으로 그 인접 거리가 같다고 할 것입니다.

이와 같은 말과 인간의 인접 관계는 5행의 "검정 콩 푸렁 콩을 주마"라는 시행에 의해서 더욱더 분명하게 드러납니다. 인간과 말의 인접성은 콩이라는 곡물에 의해서 보강되고 있기 때문입니다. 콩을 준다는 것은 말이 인간의 편이라는 것을 확인하는 행위입니다(야생마 길들이기를 생각해보십시오). 말에게 콩을 준다는 것은 말이 야생적인 자연으로 돌아가게 할 수 없도록 하는 것입니다. 콩은 풀이나 야생의 열매인 머루, 다래와 대립되는 의미소를 지니고 있는 까닭입니다.

인간이 먹는 것을 말에게 준다는 것은 말과 인간을 동일시하는 것이면서도 동시에 차이를 강조하는 행위기도 합니다(아직도 말은 인간의 편이 아닌 데가 있기 때문에, 인간과의 동일성을 위해서는 말먹이 대신 콩을 주어야 하는 것입니다).

두보의 「한별」 — 달을 보며 자는 말

다락이나 이인칭으로 불리던 말이 둘째 연의 6행에 이르면 갑자기 "이말은"으로 바뀝니다. 삼인칭의 객관적 시점으로 서술되는 '이말'은 이미 다락 같은 말도 아니며, 사람같이 의인화된 말도 아닌 것입니다.

이말은 누가 난줄도 모르고
밤이면 먼데 달을 보며 잔다.

말은 말 그 자체로 그려져 있습니다. 1, 2, 3행이 주로 건축적인 틀에 의해서 묘사된 말이라면 4, 5행은 인간의 틀에 의해 그려진 말입니다. 그러나 마지막 6, 7행은 본래의 동물적 틀에 의해 묘출된 말이라고 할 수 있습니다(fr2 1, 2, 3→fr3 4, 5→fr1 6, 7).

그러나 그 비유의 틀은 여전히 지속되어 있을 뿐만 아니라 오히려 이 마지막 연에 이르러 건축과 인간의 비유는 하나로 통합되어 완성됩니다. 말이 밤에 달을 보고 자는 하나의 비유적 이벤트figurative event를 통해서 말과 다락, 그리고 말과 인간의 은유적 구조는 하나로 통합되어, 은유적인 세계를 현실의 세계로 옮겨놓고 있기 때문입니다.

사람이나 모든 짐승들은 밤이 되어 잠을 잘 때에는 눕습니다. 그러나 말만은 선 채로 잠을 잡니다. "밤이면 먼데 달을 보며 잔다"는 시구는 바로 말이 서서 자는 동물이라는 특성을 유표화한 것이며, 이 대목에 와서 비로소 왜 말을 다락에 비유했는지 확실히 알 수가 있게 됩니다.

누각은 밤이 되어도 낮과 마찬가지로 그 자리에 그대로 서 있습니다. 그러므로 우리는 이따금 달밤에 기둥을 받치고 서 있는 누각을, 서서 자는 말처럼 바라볼 수가 있습니다. 그렇지요. 달밤에 서서 잠들어 있는 말의 모습은 살아 있는 작은 누각이기도 한 것입니다.

첫 행에서 한 번 등장했던 다락의 비유가 끝없이 지속되어 오다가, 이렇게 마지막 행에 이르러 달이 등장함으로써 비로소 그 높이와 부동성이 현실의 말로서 매듭을 맺게 되는 것입니다.[16]

그러나 '달'은 건축의 틀에 관련된 비유만을 현실화하고 있는 것이 아니라 '인간의 틀(의인화)'에서도 같은 빛을 비추고 있습니다.

즉 6행의 "이말은 누가 난줄도 모르고"에서, 지금까지 의인화된 말을 말 그 자체로서 돌려보냅니다. 말은 짐승이기 때문에 자기를 낳아준 부모나 자기가 태어난 생지生地를 모르는 까닭입니다. 그러나 이 같은 말의 조건 때문에 지금까지 의인화되었던 말

---

16) 1행의 "다락 같은 말"에 내재된 술어 '서다'는 '달리다'에 대응하는 의미를 갖고 있지만, 마지막 행의 '먼 달을 보며 자는 말'과 관련된 술어는 '눕다'에 대립하는 의미의 차이를 보인다.

의 속성이 더욱 분명해지는 것입니다. 누가 난 줄도 모르는 말은, 사람으로 치면 천애의 고아 혹은 고향을 모르는 유랑민과도 같은 존재가 될 것입니다. 그런데도 먼 달을 바라보며 선 채로 자기 때문에, 말은 의인화 이상으로 절실한 고독과 그리움을 보여주고 있습니다.

'먼 달을 본다'는 것은 객지에서 고향을 생각하는 망향의 정을 나타내는 정형구입니다. 그렇기 때문에 비유가 아닌 현실적 묘사인데도, 먼 달을 보며 자는 말의 모습은 고향 상실자의 절대 고독의 내면 세계를 생생하게 드러냅니다.

왜 말을 슬퍼 뵌다고 했는지 역시 이 마지막 행에 이르러서야 비로소 깨달을 수 있게 됩니다. 그러므로 6행과 7행의 비유 체계는 이렇게 약호화할 수가 있을 것입니다.

6행 = ʃr3 → ʃr1
7행 = ʃr2 → ʃr1

달은 밤의 시간과 실향의 공간(그냥 달이 아니라 여기에서는 먼 달로 되어 있다)을 부여함으로써 말을 개별화합니다. 그래서 말 앞에는 '이'라는 지시대명사가 붙어 '이 말'이 되고, '이 말'로 한정된 말은 다락과 콩을 먹는 사람까지 흡수해 「한별恨別」을 쓴 두보와 맞먹는 시인과 동격이 되고 맙니다.

「한별」이라는 두보의 시를 직접 읽어보십시오. 거기에도 달이 뜨고 고향 집을 생각하며 홀로 밤중에 서 있는 다락 같은 그림자 하나가 나타나 있을 것입니다.

思家步月淸宵立
憶弟看雲白日眠
(고향 집을 생각하며 달을 보고 거닐다가 맑은 밤에 서고
아우를 그리워하며 구름을 보며 밝은 대낮에 존다)

그러나 아무리 집을 그리워하는 시인도, 달을 보며 걸음을 멈추고 설 수는 있어도 그것을 보며 선 채로 잠들 수는 없을 것입니다. 그러나 지용은 건축의 틀과 인간의 틀로 비유되어온 말을 하나로 통합시킴으로써 어떤 시인도 흉내낼 수 없는 고독의 절정을 그려냈습니다.

'서다'는 '눕다'와 대립형을 이루는 것으로서 그것은 인간의 마음을 표징하는 신체 기호라 할 수 있습니다. 그래서 슈트라우스는 "우리가 잠자기 위해서 몸을 눕히고 손발을 뻗는다는 것은 투항을 의미하는 것이다. 말하자면 눕는다는 것은 곧 세계에 대하여 자기 주장을 멈춘다는 것이다."라고 말하고 있습니다.[17]

17) Otto Friedich Bollnow, Mensch und Raum, Kohlhammer, 1980, p. 171.

눕는다는 것은 정지한다는 것, 생각도 행동도 중단하고 삶을 향해 눈을 감는다는 것이기도 합니다. 그러나 서 있다는 것은 반대로 끝없이 희구하는 것이며, 싸우는 것이며, '세계와 자기 자신을 형성하는 가능성을 획득'하는 것이라고 할 것입니다.

> 다락 위에 떠 있는 달 – (fr3)
>
> 달을 보며 서서 잠자는 말 – (fr1)
>
> 달을 보며 고향을 생각하며 서 있는 시인(실향민) – (fr3)

정지용의 「말 1」은 이러한 세 가지 언술이 상호 작용을 통해 복합적인 비유의 구조를 만들어낸 것입니다. 건축, 동물, 인간의 각기 다른 범주가 달에 의해 서로 경계 침범을 하며 의미의 벽들을 무너뜨립니다. 급기야 그 달빛은 그 여러 가지 목소리들을 하나로 통합하여 최고 경지를 이루는 지순한 향수의 빛깔을 던져줍니다.

그 그리움이 얼마나 처절하고, 그 희구가 얼마나 절실한 것이기에, 잠들 때에도 누울 줄을 모르는가? 슬픔과 그리움이 극에 달했을 때, 우리는 지용처럼 먼 달을 보며 서서 잠드는 말 한 마리를 발견하게 될 것입니다. 다락집이자 시인인 한 마리의 말.

그리고 동시에 은유란 낱말이 아니라 언술 자체를 바꾸는 행위고, 현실 세계를 재기술하는 의미의 창조 행위라는 것을 깨닫게 될 것입니다.

병렬법의 시학

「용비어천가」와 「봄은 고양이로다」

반복적으로 회기하는 시의 언어

우리는 지금까지 언술이라는 말을 여러 번 써왔습니다. 말은 물과도 같은 것이어서 위에서 아래로 이어지면서 흘러가는 법칙을 지니고 있습니다. 이른바 계기성이라는 것이지요. 그래서 뒷말들은 앞에 있는 말에 종속될 수밖에 없습니다. '윗물이 맑아야 아랫물이 맑다'는 속담처럼 말입니다.

오랫동안 이렇게 말이라는 것은 냇물처럼 하나의 선을 그리며 흐르는 것이며, 그 순서는 절대로 뒤집어놓을 수 없는 불가역적인 관계로 이루어져 있다고 믿었던 것입니다.

가령 '바다'라는 낱말의 소리를 뒤집어서 '다바'라고 해보십시오. 무슨 뜻인지 알 수 없는 말이 될 것입니다. 마찬가지로 '윗물'을 '물윗'이라고 말의 형태를 바꿔놓거나 '윗물이 맑아야 아랫물이 맑다'고 한 글을 '맑다 아랫물이 맑아야 윗물이'라고 통사구문의 순서를 뒤집어놓아도 똑같은 현상이 벌어집니다. 이미 그것은 말이라고 할 수가 없을 것입니다.

그것처럼 문장과 문장을 이어가는 보다 높은 층위의 언술에서도 이와 같은 앞뒤의 순서가 있어서, 그 순서의 계기성을 바꿔놓으면 뜻이 통하지 않게 되는 경우가 많습니다.

만약 "그는 암에 걸렸다. 그는 죽었다"라는 언술이 있었을 때 그 순서를 바꿔 "그는 죽었다. 그는 암에 걸렸다"고 거꾸로 접속시키거나, "그는 태어났다. 그리고 국민학교에 들어갔다"라는 것을 "그는 국민학교에 들어갔다. 그리고 그는 태어났다"라고 하면 말이 통하지 않게 될 것입니다.

논리적인 언술, 시간적 언술은 이렇게 모두 원인과 결과, 선과 후라는 앞뒤가 있게 마련이며, 그것을 뒤집어놓으면 그야말로 '말의 앞뒤가 맞지 않는' 무질서가 되고 마는 것이지요.

그러나 자연언어와 달리 시의 언어는 이러한 언어의 계기적 숙명성에서 벗어나려는 성질을 갖고 있습니다. 소쉬르가 말년에 애너그램Anagram 연구에 몰두하게 된 이유도 바로 여기에 있는 것입니다. 무엇인가 시적 언술이라는 것은 말의 계기성과는 다른 법칙을 가지고 씌어져온 것 같다고 눈치챘기 때문입니다.

소쉬르는 도중에 좌절하여 이 연구를 아깝게도 포기해버렸지만, 오늘날 언어 시학이라고 불리는 분야에서는 이 문제가 다시 활발하게 연구되기 시작하여, 시의 세계를 규명하는 새로운 빛을 던지고 있습니다.

이 같은 시각에서 보면, 산문과 시를 뜻하는 영어의 'prose' 와 'verse'처럼 의미심장하게 들리는 말도 아마 드물 것입니다. prose(산문)는 'oratio prosa > prosa > proversa'로 변환되어온 말로, '앞으로 전회하는 > 곧바로 나감 > 직선적인 말'로 바뀌어 오늘의 산문과 같은 뜻이 된 것입니다.

그런데 그와는 정반대로 운문과 시를 뜻하는 verse는 '전회, 회기'를 나타내는 'versus'에서 나온 말이라는 거지요.

그러니까 어원만을 살펴보더라도 시는 산문처럼 앞으로 똑바로 나가는 글이 아니라, 되돌아가고 반복하는 글이라는 것을 암시하고 있습니다. 이를테면 역류하는 물, 어느 경우에는 아랫물이 맑아야 윗물도 맑아지는 이상한 냇물이 되기도 하는 것입니다. 그래서 로만 야콥슨은 그 어원적인 뜻이 시사하는 대로 "시적 기법의 본질은 언어의 모든 층위에 걸쳐서 반복하는 회기를 나타내는 데 있다."고 말한 적이 있습니다.[18]

시적 언어의 특징인 병렬법
그렇다면 대체 언어의 선조적인 계기성에서 벗어나 회기하는

18) Roman Jakobson, Grammatical Parallelism and Its Russian Facet, Selected WritingsⅢ, Mouton, 1981, p. 98.

시의 언술이란 어떤 것인가 하는 것으로, 우리의 관심이 쏠리지
않을 수 없습니다. 그것을 도형으로 나타내보면 자연언어의 경우
처럼 직진하는 말은

A •——— B •———

와 같은 선조 형태로 나타낼 수가 있고, 시처럼 반복적으로 회
기하는 말은,

A •———
B •———

처럼 평행선, 즉 병렬 관계로 표시할 수가 있을 것입니다. 그렇
습니다. 산문을 흔히들 줄글이라고 하지들 않습니까. 그런데 시
는 일정한 시행이 있고 연이 있어, 글의 줄들이 나란히 서 있는
것을 볼 수가 있습니다.

글로 적을 때만이 아니라 말로 읊어도, 운이 있는 것이나 일정
한 율격이 있는 것들은 그냥 흘러갈 수가 없습니다. 앞에서 나온
소리가 뒤에서도 나오게 되면, 그것들은 서로 짝을 만들어 공시
적인 성격을 띠게 됩니다. 반복 순환하는 것은 언제나 출발점으
로 되돌아오는 것이기 때문입니다.

그렇기 때문에 고대 히브리어를 연구하던 로버트 라우스Robert Lowth는 성서에 나타난 이러한 회기적 반복 현상의 글들에 주목하게 되고, 1778년에 처음으로 그것을 병렬법parallelism이라는 이름으로 불렀습니다. 역사적인 그 대목을 여기에서 다시 한 번 읽어보기로 합시다.

"시의 어떤 일행이 다른 일 행과 대응하는 것을 나는 병렬법이라고 부르려 한다. 어느 명제가 나타나고 거기에 또 하나의 명제가 추가될 경우, 즉 그 밑에 그려져 먼저 것과 의미상으로 맞먹거나 또는 대립되거나, 또는 문법적 구조의 형태에 있어서도 서로 닮은 데가 있는 경우, 그것을 병렬 시행parallel lines이라고 부르려 한다. 그리고 그 짝을 이루는 시행에 있어서 서로 대응하는 말 또는 어구를 병렬 어구parallel terms라고 부를 것이다. 병렬 시행은 다음과 같은 세 종류로 정리된다. 동일적 시행parallel synonymous, 대립적 시행parallel antithetic, 종합적 시행parallel synthetic이 그것이다. 그러나 이런 종류의 병렬 시행들이 서로 섞여 여러 가지 형태로 얽혀져 있다는 점에 대해서 주목하지 않으면 안 될 것이다. 이러한 혼합이야말로 작품에 변화와 아름다움을 주고 있는 요소이기 때문이다."[19]

그리고 이러한 라우스의 연구는 뒤에 J. F. 데이비스Davis에 의해 이어지고, 그러한 병렬법은 히브리어로 쓰인 『성서』 속의 시

---

19) Roman Jakobson, 앞의 책, p. 99.

보다도 한시에 더 잘 나타나 있는 특성이라는 것이 밝혀지게 됩니다. 특히 라우스가 종합적 또는 구성적인 병렬법이라고 불렀던 병렬법은 중국인에게 가장 현저하게 드러나 있는 현상이라는 것이지요.

어렵게 이야기할 것도 없이 중국 시에서 가장 흔하게 쓰는 대구법이라는 것이 바로 이 병렬법의 하나라고 하면, 금시 납득이 갈 것입니다. 그 뒤에 많은 중국 연구가들에 의해 한시에 나타난 병렬법이 본격적으로 논의되었던 것입니다.

하이타워James Hightower는 9세기에 일본의 구카이[空海]가 편찬한 『분쿄히후론文鏡秘府論』에서 29가지 병렬법의 양태를 끌어내어, 그것을 토대로 한시에 나타난 단순 병렬법의 여섯 유형—반복, 동의, 반의, 유사(어휘적 문법적 유사), 상위(어휘적 상사성을 띠지 않는 문법적 유사), 형식적 대우(문법적 상사성을 지니지 않는 어휘적 의미에 있어서의 무리한 연결)—을 제시하고 있습니다.[20]

그런가 하면 한편에서는 중국을 형식의 병렬법, 히브리를 사상의 병렬법으로 대립시킨 노르덴Eduard Norden 같은 비교 연구도 출현하게 됩니다. 그러나 폴란드의 중국학자인 야브원스키Witold Jablonski는 중국 병렬법을 단순한 형식으로 보지 않고, 중국적 세

---

20) 구카이의 책에는 병렬법이 단지 對라고만 되어 있고, 그 대구의 성질에 따라 正對, 隔對, 雙擬對, 聯綿對 등의 명칭을 붙이고 있다. 특히 소리의 병렬은 聲對란 말 등을 쓰고 있다.

계관과 깊은 관계가 있는 것으로 해석하고 있습니다.

이렇게 병렬법은 동양의 시와 가까운 것인데도 여태껏 우리가 이 방면에 대해서 별로 관심을 기울여오지 못했던 것은 부끄러운 일이라고 할 것입니다. 특히 스타이니츠Wolfgang Steinitz의 연구 흐름을 통해서 보면, 우랄 알타이어권 대부분이 거의 문법적 병렬법에 입각한 구송 전통을 갖고 있다는 것을 알 수가 있습니다. 그러니까 바로 우리의 이야기라고도 할 수 있는 것이지요.[21]

「용비어천가」의 병렬법

그렇습니다. 병렬법은 중국만이 아니라 한국 시에서도 가장 현저하게 드러나 있는 특성이지요. 중국 시의 영향을 받아서만이 아니라 한국인의 세계관 자체가 대단히 병렬적이고 반복 순환의 구조를 갖고 있기 때문입니다.

순수한 한글로 되어 있는 「용비어천가」를 예로 들어보면 알 수가 있습니다. 「용비어천가」는 노래 전체가 대구 형식의 병렬법으로 구성되어 있지만, 특히 그중에서도 누구나가 잘 아는 제2장째의 시가 가장 뛰어난 전형으로 꼽힐 수 있을 것입니다.

현대역으로 하면 그 음운적 병렬 현상이 파괴되기는 하지만,

---

21) Roman Jakobson, 앞의 책, p. 105.

여기에서는 편의상 현대역으로 읽어보도록 하겠습니다.

A. 뿌리 깊은 나무는 바람에 아니 움직일새 꽃 좋고 열매를 많이 맺나니
B. 샘이 깊은 물은 가뭄에 아니 그칠새 내에 이러 바다로 가나니

「용비어천가」 제2장의 두 문장의 통사적 구조는 동일합니다. 즉 원인을 나타내는 종속절을 내포한 주절의 복문 구조로서, 두 문장은 대구를 이루고 있습니다. 각 복문은 주제어(나무/물)가 관형절(뿌리 깊은/샘이 깊은)의 수식을 받으면서 주문장 서술어(꽃 좋고 열매를 많이 맺나니/내에 이러 바다로 가나니)와 종속절(아니 움직일새/아니 그칠새)의 주어 기능을 하고 있는 구조입니다.

통사적·문법적 특성만이 아니라, 성점을 찍은 원본을 보면 음운적 층위에서 이 두 시행은 서로 완벽한 대응 관계를 갖고 있다는 것을 알 수가 있습니다. 그리고 동일 주제를 반복하고 있는 의미의 대응은 말할 것도 없습니다.[22] 그러므로 이 두 시행은 앞뒤가 종속적인 관계로 맺어져 있는 것이 아니라 대등한 가치로서

---

22) 베셀로프스키Alexander Veselovsky는 "병렬법은 주어진 자연 그대로의 인간 생활과 일치되는 것도 아니며, 그렇다고 비교되는 대상들에서 동떨어진 생각을 전제로 한 비교도 아니다. 그것은 시를 쓰는 활동에서 생겨난 어떤 특성을 지닌 용어들의 비교인 것이다"라고 말하고 있다. 그리고 오스테를리츠Robert Austerlitz는 병렬법을 "불완전한 반복"이라고 말하였다. Yuri Lotman, Analysis of the Poetic Text, p. 88.

서로 나란히 짝을 짓고 있습니다.

우선 맨 처음 A행의 "뿌리 깊은"은 B행의 "샘이 깊은"과 대응합니다. 뿌리와 샘은 다 같이 주격 조사 '이'를 갖고 있습니다. 그러므로 문법적으로나 소리로나 같은 유사성을 갖고 있지요. 그러면서도 샘이란 말과는 달리, 뿌리의 경우에는 주격 조사 '이'가 축약되어 있는 고어형으로 기묘한 변화를 이루고 있습니다. 그리고 뿌리와 샘은 하나는 생물이고 하나는 무생물입니다.

그런데도 그것이 병렬될 수 있는 동일한 의미소를 갖고 있는 것은, 그것들의 촉매 작용이 다 같이 깊다/얕다의 이항 대립으로 되어 있기 때문입니다. 그러므로 이 병렬 어구는 다음에 오는 진짜 주제어인 나무와 물을 수식하는 작용을 합니다. 수사학적으로 볼 때 그 수식 관계는 모두 환유적인 것이지요. 왜냐하면 뿌리는 나무의, 그리고 샘은 물의 부분을 이루는 요소이기 때문입니다.

나무와 물은 소리로 보나 문법적 특성으로 보나 의미의 축에서 보나, 이 시행에 있어서 거미줄처럼 얽혀 있는 복합적·병렬적 관계를 이루고 있습니다. 우선 소리를 통해서 봅시다.

나무의 고어는 나모 또는 낡이고, 물은 믈로서 모두 그 체언의 끝음절이 폐음절로 되어 있습니다. 그러나 동시에 낡의 끝음절 모음은 양성 모음으로서 그 보조사는 '안'이 되고, 믈은 음성 모음이기 때문에 그와 대응하는 '은'이 되어 뚜렷한 대응 관계를 보여줍니다.

소리와 문법의 형태만이 아니라, 이 양성과 음성의 대립 체계는 의미에 있어서도 그 병렬적 관계를 더욱 확실하게 합니다. 민간신앙인 음양오행에서 화·목은 다 같이 상승하는 것으로 양이고, 금·수는 하강하는 것으로 음입니다. 그렇지 않다 하더라도 나무는 수직이고 물은 수평의 공간을 형성합니다. 프로이트적 해석을 하면 샘과 물은 여성, 뿌리와 나무는 남성 상징이 될 수도 있습니다.

전통적 문화 코드로 읽든 심리적, 시각적 또는 공간적 구조로 보든 그 의미는 대립적인 변별성을 나타내고 있습니다.

그러면서도 이 두 주제어는 다 같이 바람과 가뭄이라는 장애적 요소와 그것에 대한 부정적 반응을 원인으로 나타내고 있다는 점에서 동일한 병렬 관계를 보입니다. 앞 시행의 바람과 뒤 시행의 가뭄은 다 같이 첫 음절의 모음이 'ㅏ'고 끝 음절이 'ㅁ'으로 되어 있습니다. 그리고 문법의 형태가 같기 때문에 동일한 조사의 반복음이 많이 나오고 있습니다.

문법적으로 보면 바람과 가뭄은 다 같이 원인을 나타내는 '~에'의 격조사를 지니고 있고, 그것들은 부정사 '아니'와 이유·원인을 표시하는 접속 어미 '~ㄹ새'의 동일 어형의 자동사로 이어집니다.

여기에서 우리가 주목할 것은 유사 속의 상위성이지요. 즉 그 앞 행의 자동사 '움직이다'는 부정을 통해 부동성을 나타내고 있고, 그와 대응하는 뒤 행의 '그칠새'는 거꾸로 부정을 통해 유동성을 표시하고 있다는 사실입니다.

"아니 움직일새", "아니 그칠새."

놀랍지 않습니까. 반복되는 대응 속에서 슬그머니 이질적인 움직임이 동질적 구조 속으로 잠입하게 된 것입니다. 라우스의 말대로, 이러한 혼합 속에서 시는 다양성과 그 아름다움을 갖게 되는 것이라고 할 수 있겠지요.

뿌리의 깊이는 부동성으로, 샘의 깊이는 유동성으로 나타나, 반대의 움직임을 보이면서 같은 주제를 반복하고 있는 것입니다. 바람과 가뭄의 부정적·수동적인 행위를 거쳐 그 결과로 긍정적·능동적 욕망의 세계로 시구는 발전되어 갑니다.

그래서 앞 행은 뿌리→나무→(바람)→꽃→열매로 바뀌어가고, 그와 대응하는 뒤 행은 샘→물→(가뭄)→내→바다로 나아가게 됩니다.

원인과 결과의 논리적 구조와 앞과 뒤의 시간적 서술 구조를 한눈으로 볼 수가 있습니다. 뿌리에서 나무가 움트고, 그 나무에서 꽃이 피고, 꽃이 열매를 맺습니다. 그리고 샘에서 물이 솟아나고, 그 샘물은 냇물이, 냇물은 바닷물이 되어갑니다.

시가 진행될수록 그 병렬 구조는 유사에서 차이로 심화되어 가는 것을 느낍니다. '깊다'라는 동일한 속성이 뒤에 갈수록 이질적·대립적 관계로 대응되어 부동성과 유동성으로 되고, 그것이 다시 응축과 확산의 대립으로 번져가고 있기 때문입니다.

나무는 꽃으로 응축되고 꽃은 다시 열매로 응축됩니다. 그것은 점점 작아지고 닫혀지고 동그래지는 공간으로 변하면서, 그 세계를 완성해가는 것입니다. 거기에 비해 샘물의 깊이는 냇물에서 바다로, 점점 그 공간이 넓어지고 그 움직임도 커지면서, 끝내는 열려진 무한의 공간으로 나아가게 됩니다.

위로 위로 상승하던 나무의 욕망은 땅으로 떨어지게 될 것이고, 아래로 아래로 흐르던 물의 하강은 바다에 이르러 높은 파도로 솟아, 구름이 되어 상승할 것입니다. 나무도 물도 순환 구조를 갖고 있으며, 그 순환에 의해서 나무의 끝이 물의 시작으로, 물의 끝이 나무의 처음으로 연결될 수가 있는 것이지요. 하락하는 나무 열매는 곧 상승하는 물, 바다와 대응하게 되는 것이니까요.

한 시행 속에 갇혀 있던 모든 결합축에서 생겨난 환유 체계, 즉 뿌리, 나무, 꽃, 열매와 뒤 행의 샘, 물, 내, 바다의 그 환유 체계들이 병렬성을 이루고 나란히 마주 서게 되면, 결합축에서 선택축으로 향하는 은유적 체계가 생겨나게 됩니다. 즉 뿌리와 샘, 나무와 물, 꽃과 강, 그리고 열매와 바다가 병렬적 구조에 의해 등가 관계를 갖고 수직적으로 대응하게 되는 까닭입니다.

산문의 직진적 언어가 파괴되는 순간이지요. 그리고 실질의 자연적 경험의 세계로부터 벗어나, 순수한 언어 형식에서 빚어진 시적 언술 속에 몸을 던지게 되는 순간이지요.

보십시오. 열매는 '나무의 바다', 그리고 바다는 '샘물의 열매'로 바꿔놓을 수가 있지 않습니까. 이상하고도 새로운 은유가 생겨나게 되는 것이지요. 동시에 샘은 '바다의 뿌리'고 뿌리는 모든 '열매의 샘'이 되는 것이지요. 그러므로 「용비어천가」는 초현실주의자들의 그 메타포와 조금도 다를 것이 없습니다.

물론 이것은 병렬법의 의미적 층위만을 대상으로 한 것이고, 여기에 문법적·음운적 상사성 또는 대조성을 가미하면, 자연언어의 산문과는 확연히 구별되는 시학적 양상을 읽을 수가 있을 것입니다.[23]

뿌리 → 나무 → (바람) → 꽃 → 열매

↕   ↕   ↕   ↕   ↕

샘 → 물 → (가뭄) → 내 → 바다

→ : 근접, 결합축 ⋯ syntagmatic axe

↕ : 유사, 선택축 ⋯ paradigmatic axe

[23] 병렬법을 통합(결합)과 계합(선택)의 구조로 보고 그것을 도식으로 나타낸 것은 프랑수아 쳉François Cheng이다.

   Le Langage Poetique Chinois : La Traversée des Signes, Seuil, 1975, p. 63.

원래 병렬법은 그 이론을 근대화하여 야콥슨의 이론적 토대를 마련해준 홉킨스Gerard Manley Hopkins의 정의대로, 운율상의 회기를 대상으로 한 것이었으나, 본질적으로는 위의 도식에서 보는 바대로 언어를 구성하는 결합의 인접성과 선택의 유사성 또는 상이성에 기초를 둔 것으로, '이른바 등가의 원리를 선택의 축에서 결합의 축으로 투영시키'는 시적 기능을 가장 잘 반영시키고 있는 것이라 할 수 있습니다.[24]

그러므로 시의 운율만이 아니라 은유 체계 역시도 모두 병렬법의 구조적 산물이라는 것을 알 수가 있습니다.

이와 같이 등가의 원리를 인접의 결합의 축으로 투영시킨 것이 시적 언술이라는 것을 밝히기 위해서, 「용비어천가」처럼 2행 대구로 이루어진 시만이 아니라 여러 행과 연으로 된, 그러나 그것이 모두 병렬법의 연속으로 된 현대 시 한 편을 분석해보기로 합시다.

그렇게 함으로써 우리는 시적 기능을 개별적인 이미지가 아니라 근본적인 언어의 구조 면에서 포착할 수가 있는 것입니다.

봄과 고양이의 병렬법

이러한 병렬법이 한국의 현대 시에서 가장 잘 드러나 있는 것

---

[24] Roman Jakobson, Linguistics and Poetics in Selected Writings, p. 39.

중의 하나가, 바로 우리가 잘 알고 있는 이장희의 「봄은 고양이로다」입니다. 지금까지 이 시는 감각적이라든가 이미지의 시라는 말로 정의되어왔고, 그런 시각에서만 읽혀져왔습니다.

그러나 그 시를 시의 본질이라는 병렬법의 구조로 읽어보면 어떻게 되는가를 함께 관찰해보기로 합시다.

1. 꼿가루와 가티 부드러운 고양이의털에
2. 고흔봄의 香氣가 어리우도다.

3. 금방울과 가티 호동그란 고양이의눈에
4. 밋친봄의 불길이 흐르도다.

5. 고요히 다물은 고양이의입술에
6. 폭은한 봄졸음이 써돌아라.

7. 날카롭게 쑥쌔든 고양이의수염에
8. 푸른봄의 生氣가 쒸놀아라.

　　　　　　　　　　　　　　　—「봄은 고양이로다」

이 시는 전체가 8행 4연으로 되어 있습니다. 행이나 연의 수가 이렇게 짝수로 되어 있다는 사실만 가지고도 이 시가 병렬 시행으로 구성되어 있음을 짐작하기 어렵지 않습니다. 그리고 의미의 구성을 보더라도 기수 행은 고양이, 우수 행은 봄으로 짝을 이루고 있다는 것도 첫눈에 띄는 특징입니다.

이 시를 문장 구문상으로 보면 한 문장이 2행으로 나누어져 있고, 기수 행에는 고양이가, 우수 행에는 봄이 기술되어 있습니다. 그리고 기수 행과 우수 행은 통사 구문이 같고 반복적 요소를 지니고 있으며, 의미론적 특성도 각기 대응되는 병렬법으로 되어 있습니다.

그러므로 1, 2, 3, 4행의 기수·우수의 병렬로 교체된 시행을 다시 5, 6, 7, 8행에서 똑같이 반복하고 있으므로, 이 텍스트는 행과 행 사이에서, 그리고 전체 연과 연 사이에서 각기 대응되는 병렬 관계를 보여주고 있는 것입니다. 직접 시를 분석해가기로 합시다.

1. 꽃가루와가티 부드러운 고양이의털에
3. 금방울과가티 호동그란 고양이의눈에

1행 : 3행은 음절 수에 있어서도 똑같고 문장의 구문이나 수사학적 면에서도 동일성을 보여주고 있습니다. 이 두 시행은 '~같이'란 말로 매개되는 직유를 갖고 있고, 그 공통항을 나타내는 접합점intersection인 "부드러운/호동그란"이 겉으로 직접 드러나 있는 것도 같습니다. 그리고 "고양이의털에/고양이의눈에"의 대응

은 고양이의 부분이 되는 신체어에 장소를 나타내는 격조사 '에'
를 붙인 것으로 문법적 동일 어형을 보이고 있습니다.

그러나 1행의 고양이와 3행의 고양이는 의미론적 층위에서는
날카로운 대조를 이루어, 이른바 대조의 병렬법을 이루고 있습니
다. 1행의 고양이는 꽃가루로, 3행의 고양이는 금방울로 비유되
고 있는데, 꽃가루는 부드럽고 가볍고 분산적인 데 비해서 한쪽
은 딱딱하고 무겁고 응집적인 양괴성을 갖고 있습니다. 감각의
차이로 변별성을 주자면, 꽃가루는 촉각적인 데 비해서 금방울은
시각적·청각적입니다.

그러나 이 같은 표면상의 대립항은 그것과 관련된 고양이의 털
과 눈의 대응에 의해서, 비로소 그 병렬어들이 변별성을 나타내
게 될 것입니다.

털은 덮는 것이기 때문에, 밖에서 안으로 향하는 내적 공간을
갖습니다. 꽃가루 역시 꽃 안에 묻혀 있는 것으로 내밀적 공간,
감싸주고 은폐하는 공간적 속성을 갖습니다. 그러나 눈은 내부에
서 밖으로 향하는 외적 공간, 더구나 호동그랗게 뜨고 있는 눈은
외부를 향해 창문처럼 열려져 있는 개방이 됩니다. 그러므로 꽃
가루와 털, 금방울과 눈의 병렬은, 고양이의 폐쇄적 내부와 개방
적 외부라는 대립되는 두 속성을 동시에 함유하기에 이릅니다.

여기에 봄을 나타낸 2행 : 4행의 병렬성을 살펴보면, 그 모순적
인 대응은 한결 더 심화됩니다.

2. 고흔봄의 향기가 어리우도다.

4. 밋친봄의 불길이 흐르도다.

봄이라는 말이 반복되면서 고운은 미친, 향기는 불길, 어리우
도다는 흐르도다로, 각기 병렬 관계를 나타내고 있습니다. 고운
봄은 얌전하고 여성적인, 내향적인 봄의 정적인 성격을 나타내
고, 미친 봄은 반대로 남성적이고 외향적으로 분출하는, 과격한
동적인 힘을 보여줍니다.

향기와 불길은 바로 부드러움과 호동그란의 차이처럼 내밀 공
간과 개방 공간의 속성을 드러냅니다. 그것은 곧 고양이가 털과
눈의 대립하는 신체 부위의 속성으로 이루어져 있듯이, 봄 역시
꽃(봄의 향기)과 햇볕(봄의 불길)의 정동을 함께하고 있는 계열임을 나
타내는 것입니다.

5. 고요히 다물은 고양이의입술에

7. 날카롭게 쑥쌔든 고양이의수염에

1행 : 3행의 기수 행의 병렬을 다시 반복한 것이 5행 : 7행의 대
응 관계로, 똑같은 통사 구조로 되어 있습니다. 그러나 1행 : 3행
의 고양이는 꽃가루와 금방울로 직유된 고양이었으나, 5행 : 7행
의 고양이는 직접 그와 관련된 동작, 또는 상태로 수식되어 있습

니다. 즉 환유적입니다.

그리고 고양이의 입술과 수염에 변별성을 주고 있는 것은 다물다/뻗다의, 의지를 지닌 서술어입니다. 그래서 1행 : 3행의 고양이의 특성은 외부에 의해서 수식된 수동적인 고양이지만, 5행 : 7행은 동작주인 고양이 자신의 행위나 의지에 의해서 능동적으로 표현되어 있습니다.

하지만 입술과 수염의 병렬 관계는 털과 눈처럼 대립적인 것입니다. 즉 '고요히 다물다/날카롭게 쭉 뻗다'는 정/동, 내/외, 유/강의 대립항을 만들어내고 있습니다. '다물다'는 내밀하고 조용한 침묵의 다져진 세계를 나타내고, '날카롭게 뻗은 수염'은 밖으로 향해 나가는 힘을 나타냅니다.

기수 행의 총 병렬 구조를 도식으로 나타내면 다음과 같이 됩니다.

$$\frac{눈(3)}{털(1)} \sim \frac{수염(7)}{입술(5)}$$

이상의 도형에서 보듯이 병렬 구조는 1행 : 3행~5행 : 7행의 대응 체계를 갖고 있어, 그 요소의 상호 치환이 가능해집니다. 즉 1행 : 5행과 3행 : 7행으로 병렬 구조를 바꿔놓으면, 이질적 병렬의 대립은 동질적인 병렬이 됩니다. 그래서 털에 싸여 있는 내밀성은 꼭 다문 입술의 의지적인 내향성으로 강화되고, 금방울의 금속적 구체의 빛은 강철처럼 쭉 뻗은 수염의 선과 외향성으로 증폭됩니다. 그 대립과 모순은 더욱 커집니다.

우수 행의 병렬적 구조에 대해서도 똑같은 현상을 발견할 수가 있습니다.

　6. 폭은한 봄졸음이 써돌아라.
　8. 푸른봄의 생기가 쒸놀아라.

2행 : 4행의 경우와 마찬가지로 6행 : 8행의 우수 행은 봄의 반복을 통해서 음성적·문법적 형태, 통사 구문, 그리고 의미론적 모든 층위에 걸쳐 병렬 구조를 나타내고 있습니다.

"폭은한/푸른"은 모두 첫음절이 p음이고 끝음이 n음으로 같으며, 문법적으로도 다 같이 주제어를 수식하는 관형어입니다. "봄졸음/봄의 생기"의 대응은 각기 주제어로서 주격 조사가 자음으로 끝날 경우에 붙는 '~이'와 모음으로 끝난 '~가'로 대응되어 있습니다. 앞의 우수 행 2행 : 4행의 병렬에서는 ~가, ~이로 되어 있던 것이 여기에 와서는 ~이, ~가로 뒤바뀌어 있다는 것에 대해서도 주목해둘 필요가 있습니다.

서술 종지형 부분에서도 역시 '~돌아라'와 '~놀아라'의 종지형은 첫 음절의 ㄷ과 ㄴ만이 다를 뿐 모든 음절이 똑같습니다. 그리고 이러한 반복형은 앞에 나온 2행 : 4행의 서술 종지형이 모두 '~도다'로 끝나 있는 것과 대조를 이루고, 차이를 만들어내는 구실을 합니다.

이러한 병렬 어구들은 모두 의미의 층위에서 보면, 앞의 것과 마찬가지로 서로 상반되는 체계를 나타내고 있습니다. 포근한 것은 내향적이고 푸른 것은 외향적입니다.

무엇보다도 그것들이 수식하는 봄졸음과 봄의 생기를 보면, 그 대립소가 무엇인지 알 수 있을 것입니다. 졸음은 행동축에서는 휴식과 정지를 의미하고, 공간적으로는 내부로 들어가는 것이라 할 수 있습니다. 졸음을 확대하면 죽음이지요. 그러나 봄의 생기는, 행동축에서는 다음의 서술어에서도 분명히 나타나 있듯이 뛰노는 활동성을 나타냅니다. 그리고 공간축으로 보면 외부로 나가는 것입니다.

모든 시행 중에서 그 대립이 가장 유표화한 것이 바로 이 졸음과 생기의 병렬 어구일 것입니다.

기수 행의 병렬 구조처럼 우수 행을 모아 그것을 구조화하면, 다음과 같은 관계식을 추출해낼 수 있을 것입니다.

$$\frac{\text{봄의 불길(4)}}{\text{봄의 향기(2)}} \sim \frac{\text{봄의 생기(8)}}{\text{봄졸음(6)}}$$

병렬법의 복합 구조

특히 우수 행은 모두가 환유 체계로 되어 있어서 봄의 향기는 꽃으로, 봄의 불길과 그 봄졸음은 따뜻한 봄볕으로, 푸른 봄의 생기는 새싹의 풀이 돋는 것으로 환원시킬 수가 있습니다.

그래서 기수 행에 기술된 고양이의 속성들은 털, 눈, 입술, 수염으로, 우수 행의 봄의 속성은 꽃, 봄빛, 봄볕, 새싹 등으로 요약되고 그 총체적인 집합이 이 시의 총체적인 의미를 구성하는 것이라고 할 것입니다.

그러므로 2행 : 4행~6행 : 8행을 2행 : 6행~4행 : 8행의 동일적 병렬로 재배치하면, 봄의 향기는 봄졸음으로 극대화되고 봄의 불길은 봄의 생기로 가치화됨으로써, 결국 고양이처럼 그 대립의 성격이 선명하게 드러납니다. 그래서 고양이와 봄은 여성과 남성, 유와 강, 정과 동, 응축과 확산, 내와 외, 그리고 죽음과 생명의 온갖 대립항을 다 같이 내포함으로써, 양성 구유적 양의성을 공유하게 됩니다.

봄은 겨울의 속성과 여름의 속성을 동시에 갖고 있는 계절로서 생과 사의 경계 속에 위치합니다. 부드러운 털과 꼭 다문 입술의 침묵 곁에 날카로운 수염과 호동그랗게 뜬 눈(꼭 다문 입술의 대립항)을 가지고 있는 것이 고양이입니다.

이러한 모순들은 병렬 구조에 의해서 차이화할 뿐만이 아니라, 그것들을 서로 변환하고 조화시키는 복합적이고도 다이내믹한 의미를 만들어냅니다.

　가령 언어 연쇄의 요소 간의 연관이 연속되어, 등가 관계를 만들어내는 병렬법만으로 구성된 이 시에서는 시행을 자유로이 대치시킬 수 있기 때문에, 기수의 시행을 우수의 어떤 시행과 결합시켜도 된다는 결론을 낼 수가 있습니다.

　그것이 의미상으로 등가면 강세 증폭의 효과를 얻게 되고, 이질적·대립적인 것이 되면 차이화가 커지면서 아이러니의 미학이 생겨나게 됩니다.

　그러므로 만약 3행 : 5행의 기수 행을 함께 합치면, 복합적인 이항 대립 체계의 구성 요소가 생겨나는 것입니다.

　3. 금방울과가티 호동그란 고양이의눈에
　5. 고요히 다물은 고양이의입술에

　눈과 입술은 다 같이 '뜨다/감다'와 '벌리다/다물다'의 대립항을 갖고 있는 것으로, 위의 병렬에서는 호동그랗게 '뜬 눈'과 고요히 '다문 입술'이 대립항을 이룹니다.

　그리고 다 같이 눈과 관련이 있는 것으로 3행의 뜬 눈을 6행의 봄졸음과 결합시키면, 고양이와 봄 가운데 잠재된 대립, 모순의 구조가 명백히 드러나게 됩니다. 3행과 6행은 뜬 눈과 감은 눈의 동시적 기술이 되기 때문입니다.

3. 금방울과가티 호동그란 고양이의눈에

　　6. 폭은한 봄졸음이 써돌아라.

　　와 같은 새로운 병렬이 만들어질 수가 있지요. 일일이 여기에서 이런 조립을 만들어가지 않더라도 시행들은 여러 가지 대응축을 만들어낼 수 있습니다. 얼마든지 새로운 조립과 새로운 시의 의미가 생겨나게 될 것입니다.

　　다만 마지막으로, 1행의 기수 시행과 7행을 서로 병렬시키면 어떠한 대응 관계가 생겨나는가를 조심스럽게 관찰해봅시다.

　　1. 꽃가루와가티 부드러운 고양이의털에

　　7. 날카롭게 쓱쌔든 고양이의수염에

　　봄 속에, 고양이 속에, 말하자면 이 시 속에 잠재되어 있던 날카로운 대립의 두 요소가 얼마나 명백하게 드러나 있습니까. "부드러운"이란 말은 "날카롭게"와 연결되고, 꽃가루의 구형적 입자들은 쭉 뻗은 수염의 가시 같은 선 모양과 대응합니다.

　　1행의 부드러운 내면적 털은 7행의 수염에서 공격적이고 외향적인 것으로 변합니다. 몸을 감싸던 털은 수염이 되어 바깥으로 뻗치는 반대 운동을 합니다. 그러면서도 수염은 털의 일종이기도 한 것입니다.

우수 행에서도 똑같이 새로운 배치가 가능해집니다. 2행을 6행과 관련시키면 향기는 졸음이 되어, 긍정적 가치는 약간의 부정적 요소를 띠게 되고, 또 4행 : 8행으로 배치해서 읽어보면 미친 불길의 난폭함은 봄의 생기로 바뀌어, 그 위험한 불의 부정적 가치가 긍정적인 활력으로 발전됩니다. 이상에서 드러난 병렬 관계를 도식으로 정리하면 다음과 같습니다.

$$\frac{\text{수염(7)}}{\text{털(1)}} \sim \frac{\text{뜬 눈(벌린 입)(3)}}{\text{입술(감은 눈)(5)}}$$

$$\frac{\text{졸음(6)}}{\text{향기(2)}} \sim \frac{\text{생기(8)}}{\text{불길(4)}} = \frac{\text{봄볕}}{\text{꽃}} \sim \frac{\text{풀}}{\text{봄볕}}$$

표층적인 병렬법은 이렇게 심층적인 것으로까지 확대시킬 수가 있습니다. 아닙니다. 본질적으로 병렬법은 숨어 있는 경우가 더 많습니다. 겉보기에는 병렬 관계가 없는 듯이 보이는 고립 시행이라도, 전체의 시 구조를 분석해보면 그것이 병렬 구조를 갖고 있다는 것을 발견하게 되는 경우가 많지요.

한마디로 「봄은 고양이로다」의 제목 자체가 암시하고 있듯이, 봄과 고양이는 같은 패러다임을 이루는 명사입니다. 즉 선택 관계에 있는 것이지요. 그런데 "봄은 고양이로다" 또는 반대로 "고양이는 봄이로다"라고 하면, 이 선택적인 것이 결합적인 것이 되어 고양이는 봄의 서술어, 또는 반대로 봄은 고양이의 서술부가 됩니다. 즉 홉킨스의 유명한 시의 정의, "시란 선택의 축에 있는 것을 결합축으로 놓은 것"[25]이라는 말을 문자 그대로 보여주고 있는 예라고 할 수가 있습니다.

자, 그러면 야콥슨이 그의 아내 포모르스카Krystyna Pomorska와의 대화에서 "병렬법의 테마는 무궁무진한 것으로, 학자로서의 내 생애를 통해서 이처럼 나를 열광시킨 것은 없다."[26]라고 한 말을 여러분들도 몸으로 실감했을 것입니다. 야콥슨이 산문을 환유 체계, 시를 은유 체계로 보게 된 근거도 홉킨스의 이론을 발판으로 한 병렬법의 구조를 시적 언술의 특징으로 보았기 때문입니다.

25) 각주 24와 같은 책
26) R. Jackobson, K. Pomorska, Dialogues, Flammarion, 1980, p. 99.

「旗빨」의 수직적 초월 공간

「旗빨」의 구조적 의미

이번 문학 강의에서는 청마青馬의 대표 시 「旗빨」에 나타난 공간 기호론적 의미 체계에 대하여 살펴보기로 하겠습니다.

1. 이것은 소리 없는 아우성
2. 저 푸른 海原을 향하여 흔드는
3. 영원한 노스탈쟈의 손수건
4. 純情은 물결같이 바람에 나부끼고
5. 오로지 맑고 곧은 이념의 표ㅅ대 끝에
6. 애수는 백로처럼 날개를 펴다
7. 아아 누구던가
8. 이렇게 슬프고도 애닯은 마음을
9. 맨 처음 공중에 달 줄을 안 그는

—「旗빨」

우선, 여기에 등장하는 깃발을 단독적으로 떼어낸 연속체con-tinuum의 한 실질(에틱etic 차원)로 볼 때, 우리는 이 시를 언어 외적인 현실로 환원시켜야 할 것입니다. 그래서 기旗의 의미를 알기 위해서는 그 깃발이 과연 어떤 종류의 기인가에 대해서도 상상해보아야 할 것입니다. 그리고 그 상황적 의미contextual meaning에 따라 그 해석과 느낌이 전혀 달라지게 될 것입니다.

청마 자신이 '기'라는 말을 기호론적 층위semiotic level에서 쓴 경우와 모사적模寫的 층위mimetic level에서 기술한 경우가 있습니다. 가령,

어제는 人共旗 오늘은 太極旗

關焉할 바 없는 기폭이 나부껴 있다[27]

또는 「화란기和蘭旗에 영원永遠히 영광榮光 있으라」[28]의 기의 의미가 바로 '실질'로서의 모사된 기들입니다. 이 「旗빨」을 그와 같은 모사 차원에서 본다면, 시가 쓰인 시대적 배경이 일제 강점기이므로 일장기가 될 가능성이 많아집니다. 그리고 그것을 일장기로 본다면 시 전체 이미지가 완전히 변질되게 됩니다.

---

27) 「기의 의미意味」, 『보병步兵과 더불어』, p. 28.
28) 「화란기和蘭旗에 영원永遠히 영광榮光 있으라」, 앞의 책, p 63.

그러나 청마 시의 이 「旗빨」을 읽을 때 사람들은 "그것이 어느 나라의 기인가?"라고 묻지 않습니다. 왜냐하면 그 시적 언술의 구조가 벌써 실질로서의 기와는 다른 차원으로 우리의 관심을 돌리고 있기 때문입니다.

공중에서 나부끼고 있는 그 기는 무엇을 지시하고 있는 기가 아니라 나부끼고 있는 자기 모습 자체를 나타냅니다. 즉 자기 지시적self-referential이라고 할 수 있습니다. 그러므로 기의 의미를 결정하는 것은 텍스트 밖에 있지 않고 텍스트 안에 있다는 것을 알게 됩니다.

분석해야 할 것은 '지시 작용referential function'이 아니라, 의미를 산출하고 있는 '의미 작용signification'입니다. 이때의 텍스트를 구성하고 있는 것이 바로 공간 기호 체계입니다.

왜냐하면 기에서 본래의 지시 작용을 빼내면 자연히 공중 속에 수직으로 서 있는 깃대와 깃발의 그 모습만이 남게 될 것이기 때문입니다.

그러나 이 「旗빨」을 공간 기호 체계와 관련시켜서 이해하려고 할 때, 다시 잡음noise 현상이 생기게 되는 것은 "푸른 해원을 향하여 흔드는"이란 구절 때문입니다. 대부분의 사람들은 이 시구 때문에 이 시가 '바닷가에 꽂혀 있는 기'를 모사한 것이라고 풀이하고 있습니다.

"이 시詩의 깃발은 바다를 향한 언덕 같은 데 세워져 있음을 짐작할 수 있다"[29]와 같은 풀이는 다시 이 깃발을 회화적 모사picto-rial mimesis의 단계로 환원시키고 있습니다. 그것 역시 기를 시의 기호 체계로 보지 않고 실질의 세계로 보려는 태도인 것입니다.

그리고 그림으로서의 시각 이미지를 문제삼게 되면, 작자가 이 시를 지었을 당시의(1936) 행적을 찾아 그것이 '통영의 바다인가, 부산 바다인가'를 밝혀내는 전기적傳記的 접근법으로까지 확대되어야 합니다. 그런 극단적인 예가 아니라도, 어린 시절 바닷가에서 나부끼던 깃발을 본 자기 자신의 체험담으로라도 환원시켜야 할 것입니다.[30]

그러나 그것은 두 가지 관점에서 유효성이 없다는 것이 드러나게 됩니다.

첫 번째의 관점은 이 텍스트의 통합적인 질서에 근거해 있는 것이고, 두 번째의 관점은 계합적인 데 그 기저를 둔 것입니다.

이 시의 통합적 의미는 "아아 누구던가/이렇게 슬프고도 애닯은 마음을/맨 처음 공중에 달 줄을 안 그는"이라는 마지막 시행에 의해서 작성되어 있습니다. 기의 공간적 의미는 바다가 아니라 '공중(하늘)'에 있다는 것이 이 시의 주된 메시지라는 것이 명백히 나타나 있습니다. 그리고 그 물음 역시 '누가 지금의 저 기를

29) 김현승, 『한국현대시 해설』, 관동출판사, pp. 94~95.
30) 김현, 「旗ㅅ발의 시학詩學」, 『한국현대시문학대계 15』, 지식산업사, 1981, p. 144.

꽂았는가'라고 묻는 것이 아니라, '기라는 것을 처음 만들어 공중에 매단 그 사람(최초의 창조자, 발견자)이 누구인가'를 묻고 있는 것입니다. 만약 바닷가라는 실정적實定的 장소가 유표적有標的인 것이 되어 '바닷가의 기'로 한정하는 것이 된다면, 바닷가가 아닌 곳에 꽂힌 기는 여기서 말하는 '기'에서 배제되어야만 할 것입니다. 그렇게 되면 최초로 허공에 달린 그 기와도 관계가 없어지고 맙니다.

어디에 꽂혀 있든, 여기의 기는 기호 영역 속의 '기'로서 불변항으로의 의미 작용을 갖고 있는 기입니다. 나무가 어디에 자라고 있든 그 수직성이라는 기호성에는 변화가 없습니다. 그런 공간 체계가 우주수宇宙樹라는 기호를 산출한 것입니다. 이 말은 기의 경우에도 똑같이 적용될 수 있습니다.

두 번째의 관점은 계합적인 질서 속에 나타난 의미에 의해서인데, 이 텍스트의 계합적 층을 이루고 있는 것은 기를 의미하는 여섯 개의 은유로 형성되어 있습니다. 그중의 한 은유 속에 나타난 것이 "저 푸른 해원을 향하여 흔드는/영원한 노스탈쟈의 손수건"입니다. 그러므로 그 해원이 관여된 은유 체계와 다른 은유들과의 상관성을 밝혀야 할 것입니다.

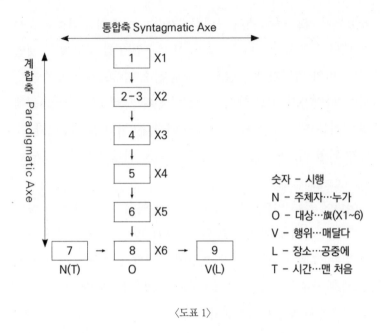

〈도표 1〉

이 두 가지 관점에서 「旗빨」을 읽어보면 '해원'의 뜻만이 아니라 이 텍스트의 구조, 그리고 「旗빨」의 기호론적 위치가 분명해지고, 그 결과로 텍스트 속에 잠재되어 있던 공간성이 윤곽을 드러내게 될 것입니다. 그러므로 기호를 배열하는 2대 양식樣式인 통합축과 계합축으로 이 시의 언술을 분석해보면, 〈도표 1〉과 같은 구조가 드러나게 됩니다.

〈도표 1〉에서 보듯이 시 「旗빨」의 통합축 구성은 N-O-V로 되어 있습니다. 그 구조에 어휘를 삽입해보면, 누가(N) 맨 처음

(T) 기를(O) 공중에(L) 매달았는가(V)의 뜻이 됩니다. 시행으로 치면 7-8-9행이 통합축의 의미 작용을 담당하고, 나머지 1-2/3-4-5-6-8행은 모두 '기'를 나타내고 있는 여섯 개의 은유(X1, X2, X3, X4, X5, X6)로서 계합축을 구성하게 됩니다.

야콥슨의 용어와 그 시의 정의를 적용하면, 이 시는 기를 나타내는 여섯 개의 선택항selection을 결합combination축으로 투영, 서열의 구성 수단으로 승격시킨 양상을 보여주고 있는 예입니다.

그러므로 이 시를 계합축으로 읽기 위해서는, '기'의 어휘적 층위의 선택에 속하는 그 여섯 개의 은유 체계부터 분석해내지 않으면 안 될 것입니다.

계합적 분석과 은유의 형태

그것이 은유든 직유든 심층적 구조로 보면, 메타포metaphor를 구성하고 있는 요소는 '비유하는 것(comparent=Ct)', '비유되는 것(comparé=Cé)', 그리고 두 집합의 '접합점(intersection=r)'의 세 부분으로 되어 있습니다.

메타포의 종류는 이 심층적인 구조가 어떻게 그 표층면으로 반영되느냐에 따라 결정된다고 말할 수 있습니다. 그러므로 그 구성 요소가 모두 표층에 드러나 있는 경우(제1형), 접합점만이 결락缺落되어 있는 경우(제2형), '비유되는 것'이 생략되어 있는 경우(제

3형), 접합점과 '비유되는 것'이 결락·생략되어 있는 경우(제4형), '비유하는 것'과 '비유되는 것'이 모두 생략되어 있고 오직 그 접합점만이 겉으로 드러나 있는 경우(제5형)의 기본 형태가 생겨나게 됩니다.

그것을 전통적인 비유법 '앵도같이 붉은 입술'을 예로 하여 도시해보면 〈도표 2〉와 같은 표를 얻을 수 있습니다.

이상의 메타포 형태를 놓고 볼 때, 청마가 「旗빨」에서 쓴 기의 비유는 모두가 '비유되는 것'이 결락되어 있는 3·4·5형의 비유 형태임을 알 수 있습니다. 그 비유의 형태와 성격을 각 항별로 검토해보면 「旗빨」의 계합적 의미가 자연히 밝혀지게 될 것입니다.

	Y 비유하는 것(c^t)	접합점 (∩)	X 비유되는 것(c^e)	용례
1형	+	+	+	그녀의 앵도같이 붉은 입술……
2형	+	−	+	그녀의 앵도같은 입술……
3형	+	+	−	그녀의 붉은 앵도를……
4형	+	−	−	그녀의 앵도를……
5형	−	+	−	그녀의 동그랗고 붉은 것을……

〈도표 2〉

X1의 비유는 기의 나부낌을 인간이 무엇인가를 절규하고 있는 아우성 소리로 나타낸 것입니다. 즉 시각적인 기의 나부낌(소리 없는)이 청각적인 인간의 목소리(아우성)에 유추된 것으로, '인간 : 기', '청각 : 시각'의 의미와 감각이 접합점을 만들어냅니다.

그러나 비유하는 것(Ct)도 비유되는 본체(Cé)도 다 같이 결락·생략되어 있어, 그 접합점만이 표면에 남아 있는 제5형의 비유 형태에 속하는 것이 되었습니다. 그러므로 이것을 직유 형태의 비유로 환원시키면 '사람들이 아우성치듯 나부끼고 있는 깃발'이 될 것입니다.

이렇게 결락된 부분을 채워보아도 여전히 엔트로피치(値)가 높다는 것을 알 수 있습니다. 왜냐하면 그 접합점 자체가 '소리 없는 아우성'의 모순 어법으로 되어 있을 뿐만 아니라, 아우성 하나만 놓고 보더라도 고통, 요구, 저항, 갈망, 불만 등 모든 감정의 표현 형식이 될 수 있기 때문입니다. 결국 이러한 비유 형태는 그것 하나만으로는 의미 작용을 할 수 없다는 것을 알게 됩니다.

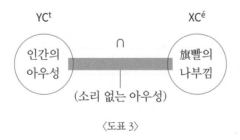

YCt   ∩   XCé

인간의 아우성   旗빨의 나부낌

(소리 없는 아우성)

〈도표 3〉

그러므로 이 메타포는 다른 보완 작용을 필요로 합니다. 그것이 텍스트 전체의 계합적 구조를 이루는 다른 비유들과의 연계성입니다. 비유와 비유 상호 작용에 의해서만 메아리처럼 그 의미를 만들어내게 되어 있는 것입니다.

결국, X1의 비유는 X2의 비유를 기다려야만 합니다. 그것이 "저 푸른 해원을 향하여 흔드는/영원한 노스탈쟈의 손수건"인데, 결락되어 있던 '비유하는 것(손수건)'이 등장함으로써 시각적 형태의 분명한 접합점이 생겨나게 되고, '흔드는'의 표현으로 깃발의 나부낌까지도 떠오르게 됩니다. 그러나 이것 역시 비유되는 것(c⁶)인 '기'가 생략된 것으로, 그 비유 형태는 제3형에 속하게 됩니다.

이 유추 작용을 환원시켜보면, '기(c⁶)는 바다를 향해 흔드는 영원한 노스탈쟈의 손수건(c¹) 같다'가 될 것입니다. 그러므로 비유 구조상 '해원'이란 말은 기에 걸리는 것이 아니라, 기를 비유하는 Y항(c⁶)의 손수건에만 관계된다는 것이 밝혀질 수 있습니다.

따라서 이것은 단순한 비유라기보다

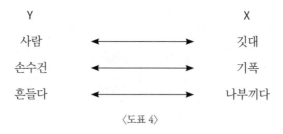

〈도표 4〉

와 같은 1 : 1의 대응 관계를 갖고 있는 병렬법parallelism이라는 사실과, 그 대칭을 이루는 두 개의 축 가운데 비유하는(Ct) 쪽만 나타내고 비유되는(Cé) 쪽은 모두 생략된 형태라는 것도 알 수 있게 됩니다.

그러므로 '바다↔손수건'의 관계는 '하늘↔깃발'의 관계가 됩니다. 바다는 역시 '실질'의 바다가 아니라 하늘과 등가 관계에 있는 비유어(Ct)라고 볼 수 있습니다. 그것을 도식으로 나타내면 그 관계가 더욱 확실해질 것입니다.

〈도표 5〉

즉 깃발이 푸른 공중(하늘)을 향해 나부끼고 있는 수직적 관계, 사람이 바다를 향해 손수건을 흔드는 수평적 관계로 나타낸 비유가 바로 X2의 기가 되는 셈입니다.

이렇게 보면 지금까지 이 시에 대해 갖고 있던 의문점이 풀리게 됩니다. 전체적인 구성으로 보아 이 시는 깃발 자체의 속성에만 초점을 두고 그 이미지를 묘사하고 있는 것인데, 어째서 갑자기 '해원(바다)'이란 말이 나왔는가 하는 점입니다.

「부산도釜山圖」[31]의 경우처럼 바닷가 언덕에서 나부끼는 깃발을 묘사하려고 한 서경적敍景的인 시라면, '해원'이란 말 이외에도 그와 관련된 표현들이 등장했어야만 합니다. 그런데 이 텍스트에서는 '해원' 말고는 바다와 연결될 수 있는 사항이 전무全無합니다.

마지막 시행에서 기의 특성이 분명하게 드러나 있듯이, 기는 공중에 매달려 있는 하늘과의 관계에 그 초점을 두고 있는데, 어째서 그 기를 수평적인 해원과 관련시켰는가, 그리고 김현의 말대로 보통 노스탈쟈[32]는 고향에 대한 정이므로 바다로 떠나는 사람이 물을 향해 손수건을 흔들 때 생겨나는 것인데, 왜 이 시는 그것이 반대로 되어 있는가? 하는 의문이 생기게 됩니다.

그러나 그것을 병렬법의 은유로 파악해보면 모든 의문에 대한 해답을 얻게 됩니다. 바다의 자리에 하늘을 놓고 거기에 기를 두게 되면, 수평 지향적이었던 깃발이 본래의 자세대로 꼿꼿이 수직으로 일어서게 되고, 그것은 하늘과 연결되는 우주수와 같은 공간적 의미 작용을 갖게 됩니다.

31) 「부산도釜山圖」, 『청마시초靑馬詩抄』, p. 81.
32) 김현, 앞의 책, p. 241.

그리고 노스탈쟈는 항상 수직적 초월을 위해 끝없이 하늘을 향해 발돋움하고 있는 깃발의 마음이 됩니다. 땅에 살면서도 땅의 중력을 거부하고 상승적인 삶을 희구하는 사람들은 모두가 하늘을 고향으로 삼고 있는 사람들입니다.

「旗빨」과 똑같은 「지연」[33]이라는 시를 보면, 노스탈쟈의 뜻을 정확하게 파악할 수 있습니다.

우르르면 滿滿한 寒天에 紙鳶 몇 개
나의 향수는 또한 天心에도 있었노라

—「지연紙鳶」

그리고 청마의 텍스트에서는 하늘과 바다가 항상 공간적 동위태를 이루고 있다는 점도 놓쳐서는 안 됩니다. 소리개가 하늘 높이 솟아오른 것을, '바다' 한복판에 나아가 닻을 내린 것으로 비유하고 있는 시(「소리개」)[34]를 보더라도, 수직의 하늘과 수평의 바다는 상호 교환 관계에 있음이 분명해집니다. 바다는 수평의 하늘이요, 하늘은 수직의 바다인 것입니다.

따라서 X2의 비유에 의해서 X1의 '아우성'도 그 의미 작용이

---

33) 「지연紙鳶」, 『청마시초』, p. 63.
34) 「소리개」, 앞의 책, p. 42.

뚜렷한 방향성을 갖게 됩니다. 그 아우성은 지상[下方]에 대한 거부와 천상[上方]을 향한 갈망의 소리고, 그 나부낌 역시 유한한 삶속에 구속된 지상의 육신이 무한하고 영원한, 자유로운 천공[上方]의 영혼으로 상승하려는 몸짓과 통하게 됩니다.

하늘은 수직이고 공기며, 바다는 수평이고 물입니다. 비유하고 비유되는 이 두 대칭적인 공간의 병렬 구조는 X3(4행)의 비유 체계에 있어서도 지속됩니다. 즉 "순정은 물결같이 바람에 나부끼고"의 비유 역시 인간의 마음과 기의 유추 작용으로 이루어진 것입니다. 그 형태는

C^t – 인간의 순정은 물결같이 흐른다.
$C^é$ – 旗빨은 바람에 나부낀다.

의 두 문장을 합쳐 비유되는 쪽($C^é$)을 생략한 것으로, 제3형에 속하는 비유입니다. 비유하는 쪽인 인간의 마음은 물과 관계되어 있고, 수평적 이동 또는 하강적 운동을 합니다. 이것이 '흐른다'라는 서술어에 나타나고, 순정은 이미 물의 직유에 의해서 수식되고 있습니다.

그런데 비유되는 깃발은 상방上方의 바람(공기)과 관련되어, 수직적 상승 의지를 나타내고 있습니다. 물은 바람(공기)에, 수평은 수직에, 그리고 하강은 상승에 대응하여 '흐르다'는 '나부끼다'와

대응 관계를 가진 채 하나로 융합됩니다.

이렇게 X2의 바다와 하늘의 관계가 여기에서는 물과 바람의 관계로 원소화되었고, 손수건과 깃발의 관계는 가시적인 데서 완전히 불가시적不可視的인 것으로 변환되었습니다. '깃발=순정'으로서, 추상에서 구상으로 나아가는 보통 비유법과의 역행 작용을 하고 있음도 보여줍니다.

X4(5행)의 비유는 인간과 이념을 깃대에 비긴 것으로, 깃발과 깃대가 분리되어 나타납니다. Y(이념)$\cap X$(깃대)$=r$(맑고 곧은)로, '비유하는 것(C^t)', '비유되는 것(C^e)', 그리고 그 '접합점(r)'을 처음으로 다 갖춘 제1형의 비유 형태가 등장하게 됩니다.

그러나 엄격한 의미에서 '표ㅅ대'는 깃대를 직접 가리킨 것이 아니므로, 그것은 "손수건~깃발"처럼 "표ㅅ대~깃대"의 비유로 나타납니다. 그렇게 보면 이것 역시 비유되는 것(C^e)이 생략된 제3형의 메타포라고 할 수 있습니다.

그리고 여기에서도 '물/공기', '수평/수직'의 공간적인 은유 체계가 그대로 잠입되어 있습니다. '맑고'는 '물같이 흐르다'의 비유의 연속이고, '곧은'은 하늘·바람(공기)의 수직적 상승을 직설적인 말로 나타낸 것이기 때문입니다.

이 '맑음'과 '곧음'은 '아우성', '노스탈쟈', '순정'과 같은 깃발의 심정에 수직적인 방향성을 줍니다. 즉 이념은 깃대가 되고 심정 언어들은 깃발이 되어, 감성 대 지성의 두 정신 영역이 깃발과 깃대의 대응성으로 나타나 있습니다. 깃발은 수직적인 깃대와는 달리 높이 매달려 있어도 '땅', '물', '수평'에 관계됩니다. 즉 '깃대 : 깃발'의 관계는 '이념 : 애수'의 상반된 모순 관계를 나타내게 됩니다. 그것은 X5(6행)의 단계에 오면, 깃발은 지금까지 인간의 마음에 비유되어오던 것이 처음으로 '유생적有生的'인 존재와 관계를 맺고 움직임을 나타내게 됩니다. "애수는 백로처럼 날개를 펴다"에서, 깃발은 직유에 의해 백로에 비유됩니다.

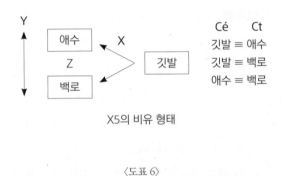

X5의 비유 형태

〈도표 6〉

그러나, 여전히 그 비유 형태는 비유되는 본체(Cé)가 생략된 것으로, 그 자리를 '애수'라는 추상어가 대신하고 있습니다. 그러므로 X5의 비유는 X4의 비유 형태에 또 하나의 직유를 더한 특수한 형태의 구조를 이루게 됩니다. 말하자면 '비유되는 것(Cé)' 하나에 '비유하는 것(Cé)'이 두 개인 이중적인 은유가 되는 셈입니다(〈도표 6〉참조).

그와 같은 구조에 의해서 인간의 마음으로 비유되어온 기폭은 변함없이 X5에서도 '애수'로 이어져, 인간의 심리를 나타내는 어휘적 층위의 통일성을 지속시키고 있습니다. 그러면서도 한옆으로는, '백로처럼'의 새로운 직유 형태에 의해서 지금까지 잠재해 있던 깃발을 표층 가까이까지 부상시킵니다. X1에서 X5에 이를수록, 그 비유 형태는 생략적이고 암시적인 데서 보완적이고 명시적인 것으로 전환되는 과정을 보여줍니다.

그러므로 청각적인 비유 '아우성'으로 시작되었던 깃발은 X4의 푯대와 X5의 백로로 시각화되고, 그 단계에 따라 점차 역동성을 띠어가던 은유적 동사들도 비상의 언어로 바뀌게 됩니다. 즉 '아우성치다(X1)', '흔들다(X2)', '나부끼다(X3)', '곧곧이 서다(X4)'가 X5에서는 '날개를 펴다'가 되는 것입니다.

이 비유의 다섯 단계는 바로 하늘을 향한 비약의 단계임을 알 수가 있습니다. 더구나 백로가 날개를 펴는 자리는 수직의 정점인 푯대 끝으로 되어 있어 더욱 그 비상의 역동성이 부여되어 있습니다. 그러나 높이의 절정인 푯대 끝에 '날개를 펴는' 움직임은, 동시에 그 높이와 상승의 한계를 나타내는 자리기도 합니다.

그러므로 그 비상의 단계를 따라 초월을 향한 인간의 심정을 나타냈던 '아우성(X1)', '노스탈쟈(X2)', '순정(X3)', '이념(X4)'이 X5에서는 '애수'가 됩니다.

깃발은 영원히 날개를 펴는 그 단계에만 머물러 있습니다. 그 단계에서 한층 더 나아가면 '날다'가 되지만, 기는 깃대에 묶여 있기 때문에 더 이상 날 수가 없는 것입니다. 기의 나부낌은 바로 이러한 상승의 극점, 자유와 구속, 무한과 유한, 영혼과 육체의 모순과 긴장을 나타내는 행위입니다. 그렇기 때문에 애수 역시 희망과 절망, 초월과 좌절 등 모든 이항 대립적인 감정의 복합성을 내포하고 있는 말이 됩니다.

비유적인 구조를 보더라도 '애수'는 '아우성'치는 마음에서부터 노스탈쟈, 순정, 이념 등의 말과 동위태를 이루게 됩니다. 그러므로 그 '애수'의 뜻은 사전이 아니라 중층적인 메타포의 계합적 구조를 통해서만 해독될 수 있습니다.

하늘과 땅 사이에 있는 그 공간의 위상으로밖에는 표현 불가능한 심리며 관념이고, 말라르메Stéphane Mallarmé가 '분수'로 나타내려고 한 공간적인 위상과 같습니다. 분수는 하늘로 솟아오르는 물, 수직의 물입니다. 그것은 수평적 존재를 거부하고 있는 물이고, 수동적인 물, 하강하는 물, 지상적인 중력에 굴복하고 있는 온갖 하방적下方的인 물에서 벗어나려는 초월의 물입니다.

그러나 이렇게 수직으로 뻗쳐오르던 물은 결국 어느 정점에서 다시 땅으로 떨어지지 않으면 안 됩니다. 그 경계점은 더 이상 오를 수 없는 허공 속에 존재하고 있습니다. 이러한 상승과 하락의 그 투명한 공중의 경계점이, 말라르메의 '무無'와 순수를 나타내는 시적 공간입니다.

청마의 '기' 역시 분수와 마찬가지로, 하늘과 땅 사이의 허공 속에 그 정점의 경계를 만들어냅니다. 그것은 이념과 애수가 공존하고 있는 다양성을 띤 중간 공간으로, '상/하'의 이항 대립적인 두 공간의 매개항적 기호로서의 의미 작용을 갖고 있습니다.

「旗빨」의 통합적 의미

기를 나타내는 이상의 다섯 가지 은유는 어디까지나 어휘적 층위에 속해 있는 것들로서, 겉으로는 하나의 통사적 구조를 갖고 있습니다. 그러나 X6의 비유에 이르러서는 정황이 달라집니다. 비로소 기를 나타내는 은유는 통사적인 위치를 차지하고 다른 사항들과의 결합 관계에 의해 그 의미를 나타내게 됩니다. 그것이 "아아 누구던가/이렇게 슬프고도 애닲은 마음을/맨 처음 공중에 달 줄을 안 그는"의 최종 시행입니다.

여기에서의 은유는, '슬프고도 애닲은 마음(c^i)'만이 명시되고 그 접합점이나 비유되는 본체(c^6)가 모두 생략되어 있는 제4형의 형태에 속하는 은유입니다. 그리고 그 내용에 있어서도, 지금껏 '기'를 인간의 마음에 유추해온 그 은유들을 그대로 연장시킨 것입니다.

그러므로 이론적으로 보면 앞의 모든 은유가 이 비유 속에 포함된다고 할 수 있습니다. 말하자면 X6=(X1+X2+X3+ X4 +X5)라고 표현할 수 있기 때문에, '슬프고도 애닯은 마음'이라는 은유 대신 '노스탈쟈'나 '순정'이라는 말을 환입換入시켜도 그 통사적인 기능에는 본질적인 차이가 생기지 않습니다.

그런데도 이 비유는 앞의 것들과 근본적으로 다른 의미 작용을 갖게 됩니다. 그것은 그 통사적인 위치가 주제부theme에서 서술부rheme로 옮겨져 있기 때문입니다.

형식적인 구문상의 위치가 아니라 문장 조직에 있어서, 이른바 프라하Prague 학파가 구분하고 있는 기정보(旣情報, given information)와 신정보new information의 상호 관계로 살펴볼 때, 앞의 다섯 개의 은유는 모두 '기'를 나타내는 신정보로서 인간의 마음이 기정보가 되고, 숨겨져 있던 기의 의미는 수수께끼처럼 신정보의 해답 기능으로 조직되어 있습니다.[35]

그러나 통합축에 오면 '슬프고도 애닯은 마음'은 기정보가 되고, 누가 그 기를 처음 공중에 매달았는가가 새로운 수수께끼의 신정보로 출현하게 됩니다.

계합축의 텍스트에서는 기란 무엇인가에 그 물음의 핵심이 있었지만, 통합축의 의미에서는 누가 기를 처음 공중에 매달았는가

---

35) 이 용어는 프라하 학파가 창안한 것으로, 우스펜스키가 『구성의 시학』에서 시점과 관련시켜 분석 방법의 하나로 사용하고 있다.

Boris. A. Uspenskii, Poétique de la Composition Poétique 9, 1973, p. 18

의 행위에 대한 것이 핵심을 이루는 부분입니다. 다른 말로 옮겨보면, 깃발의 계합축은 기의 기호 기능에 대한 질문이고, 통합축은 신호 산출sign production에 관한 물음이라고 할 수 있겠습니다.

그리고 이러한 차이를 확충시키면, 로트만Yuri Lotman이 말하는 부동적 텍스트와 동태적인 텍스트의 차이를 낳게 됩니다.[36] 쉽게 말해서, 깃발의 관심은 깃발로부터 깃발의 생산자로 옮겨가고 있는 것입니다.

이미 관찰한 바대로, 이 텍스트 안에 있어서도 깃발은 인간의 마음을 표상하는 일종의 기호로서 작용하고 있습니다. 깃대와 깃발은 기호 형식signifiant이 되고, 순정, 노스탈쟈, 이념 같은 인간의 정신이나 마음은 기호 의미signifié가 됩니다. 그런데 깃발의 변별 특징은 지표의 하방적 공간에도, 천공의 상방적 공간에도 속해 있지 않은 그 중간에 있습니다. 그것은 곧 매개적 또는 경계적인 양의성을 말합니다.

그러나 통합축에서 볼 때에는 이러한 기호의 기능과 현상을 만들어낸 인간의 행위, 즉 공중에 기를 매다는 행위가 텍스트의 초점이 되고 있습니다. 그것은 기호를 산출하는 예술과 같은 표현의 행위입니다.

36) Yuri, Lotman, On the Metalanguage of a Typological Description of Culture, Semiotics 14-2, 1975, pp. 102~103.

기를 시라고 할 때, 맨 처음 기를 공중에 매단 사람은 양의적인 삶의 의미를 처음으로 발견한 사람이고, 좁은 의미에서는 맨 처음 시를 쓴 시인이 될 것입니다. 여기에서 맨 처음이라는 말은 단순히 통시적인 기원을 말하고 있다기보다는 독창성을 나타내는 창조 행위, 즉 모방이나 관습적인 언어의 자동화에 대립되는 뜻으로서의 의미 작용을 갖습니다.

시의 언어를 통해서 우리는 그 뒤에 가려진 시인을 느끼고 있지만, 그 시인이 홀연 은유의 막을 찢고 대담하게 텍스트 밖으로 나옵니다. 아이를 보는 것이 아니라 아이를 낳는 자궁을 보는 놀라움이 바로 계합적인 질서가 통합축으로 바뀌는 마지막 행인 것입니다. 즉 여기에 나타난 '그'는 텍스트의 산출자로서, '언표 주체sujet parlant'를 뜻하게 됩니다.

크리스테바Julia Kristeva의 분류대로 하자면, 현상적 텍스트pheno text에서 생성적 텍스트geno text로 눈을 돌릴 때 나타나게 되는 바로 그 발화자입니다.[37]

결국 '말하는 주체(旗의 텍스트 생산자)'와 텍스트 속의 화자(시점) 사이에는 작은 틈이 하나 생기게 됩니다. 그것이 기의 '원발화자(맨 처음 공중에 매단 사람)'를 향해, "아아"라는 감탄사와 "누구던가"라는 의문부를 통해 텍스트 속에 틈입闖入한 화자의 마음입니다. '슬프

---

37) J. Kristeva, Polylogue : Noms de Lieu, Paris : Seuil, 1977, pp. 323~356.

고도 애닯은 마음[旗]'을 맨 처음 공중에 달 줄을 안 재능을 가진 자와 그것을 보고 감탄하는 자기와의 거리, 이것이 이 텍스트의 진정한, 그리고 최종적인 의미가 될 것입니다.

몸과 보행의 시학

「빼앗긴 들에도 봄은 오는가」의 구조 분석

A   1. 지금은 남의 쌍 — 쌔앗긴들에도 봄은오는가?

B   2. 나는 온몸에 해살을 밧고

    3. 푸른한울 푸른들이 맛부튼 곳으로

    4. 가름아가튼 논길을 짜라 쑴속을가듯 거러만간다.

C   5. 입슐을 다문 한울아 들아

    6. 내맘에는 내혼자온것 갓지를 안쿠나

    7. 네가끌엇느냐 누가부르드냐 답답워라 말을해다오.

D   8. 바람은 내귀에 속삭이며

    9. 한자욱도 섯지마라 옷자락을 흔들고

    10. 종조리는 울타리넘의 아씨가티 구름뒤에서 반갑다웃네.

E 11. 고맙게 잘자란 보리밧아

    12. 간밤 자정이넘어 나리든 곱은비로

    13. 너는 삼단가튼머리를 깜앗구나 내머리조차 갑븐하다.

F 14. 혼자라도 갓부게나 가자

    15. 마른논을 안고도는 착한도랑이

    16. 젓먹이 달래는 노래를하고 제혼자 엇게춤만 추고가네.

G 17. 나비 제비야 깝치지마라

    18. 맨드램이 들마꽃에도 인사를해야지

    19. 아주까리 기름을바른이가 지심매든 그들이라 다보고십다.

H 20. 내손에 호미를 쥐여다오

    21. 살찐젓가슴과가튼 부드러운 이흙을

    22. 발목이 시도록 밟어도보고 조흔땀조차 흘리고십다.

I 23. 강가에 나온 아해와가티

    24. 깜도모르고끗도업시 닷는 내혼아

    25. 무엇을찻느냐 어데로가느냐 웃어웁다 답을하려무나.

J 26. 나는 온몸에 풋내를 띄고

27. 푸른웃슴 푸른설음이 어우러진사이로

28. 다리를절며 하로를것는다 아마도 봄신령이 접혓나보다.

K　29. 그러나지금은— 들을쌔앗겨 봄조차 쌔앗기것네.

—「쌔앗긴들에도 봄은오는가」

숨은 그림 찾기 또는 그림 맞추기

누구나 어렸을 때 '숨은 그림 찾기' 놀이를 해본 적이 있었을 것입니다. 겉으로는 잘 보이지 않지만 그림 속에 여러 가지 그림들이 숨겨져 있는 경우 말입니다. 그림을 열심히 뒤지다가 나뭇잎 사이나 집과 집 사이의 무의미한 빈 공간들이 갑자기 한 마리의 나비나 사자와 같은 짐승의 모습으로 보였을 때, 사람들은 가벼운 흥분을 맛보게 됩니다.

또 '지그소jigsaw 게임'이라는 것도 있지요. 여러 쪼가리들을 맞추어 그림을 만드는 장난 말입니다. 무의미했던 선과 색채들이 조금씩 쪼가리를 맞추어감에 따라 하나의 구도를 이루며, 뜻하지 않던 그림으로 변해가는 것이지요.

우리는 그 지그소 게임을 하는 동안 두 개의 다른 정보 체계를 통해서 그림을 맞추어가게 됩니다. 하나는 쪼가리 자체의 모양들이고, 또 하나는 그 쪼가리 위에 그려진 색채와 선입니다. 이 두

정보가 서로 맞아야만 비로소 한 부분이 완성되고, 그 부분들은 전체의 구조를 암시해줍니다. 이 이중 구조의 정보 체계야말로 지그소 게임이 주는 경이로운 체험이라고 할 수가 있습니다.

시의 텍스트를 읽는 독서 행위, 그리고 그 즐거움은 바로 숨은 그림 찾기나 지그소 게임과 같습니다. 시의 텍스트에는 그림 속에 그림이 들어 있는 것처럼, 혹은 정보 속에 또 다른 체계의 정보가 얽혀 있는 것처럼 모든 언어들이 중층적 구조를 이루고 있기 때문입니다.

이상화의 「빼앗긴 들에도 봄은 오는가」는 매우 단순한 시처럼 보입니다. 대개 저항시나 풍자시 같은 것들은 구호처럼 그 의미가 평면적일 경우가 많습니다. 그 언어들은 총탄같이 어떤 공격 목표를 향해서 똑바로 날아가고 있지요. 우리는 그 날아가는 무수한 총탄보다도 하나의 표적을 보기만 하면 되는 것입니다.

「빼앗긴 들에도 봄은 오는가」는 표제만 보아도 그 표적을 분명히 알 수가 있습니다. '빼앗긴 들'은 일제에게 빼앗긴 우리 강토일 것이고, '봄은 오는가'라는 그 물음은 단순한 계절이 아니라 정치적 의미를 내포한 수사학적 의문입니다. 더 이상 우리가 그 시의 의미 속에 간여할 어떤 틈도 부피도 없어 보입니다.

그러나 이 시를 자세히 들여다보면 그야말로 무의미한 공백처럼 보였던 언어들 속에 여러 가지 그림들이 숨겨져 있고, 낱말들의 윤곽과는 다른 전체 그림 구도의 한 선과 색채가 칠해져 있음을 알게 될 것입니다.

두 개의 기둥 세우기와 그 문

내용을 읽기도 전에 이 시는 겉에 나타난 시의 외형만 보아도 어떤 구조로 되어 있는지 알 수가 있습니다. 이 시의 시작과 끝의 양쪽에는 마치 문기둥처럼 독립된 시 한 행씩이 서 있습니다.

　A　1. 지금은 남의땅 — 빼앗긴들에도 봄은오는가?

　K　29. 그러나지금은 — 들을빼앗겨 봄조차 빼앗기것네.

말하자면 이 시는 하나의 질문으로 시작해서 그 답으로 끝나고 있다는 것입니다. 첫 연의 그 '지금은' 이 시 전체를 여는 문고리고, '그러나'는 이 시 전체를 닫는 빗장입니다. 그러므로 A와 K의 그 첫 연과 마지막 연 속에 각기 3행으로 구성되어 있는 9연은 두 개의 기둥과 그 돌쩌귀에 걸려 있는 문짝과 같은 것이라고 할 수 있습니다.[38]

38) 《개벽》(1926. 6)에 실린 원시에는 마지막이 4행으로 한 연을 이루고 있으나, 이것은 조판상 마지막 한 행을 앞의 3행에 붙인 것으로 잘못된 것임, 즉 앞뒤에 단독으로 된 1행이 있고, 그 사이에 3행으로 구성되어 있는 시 연이 배치되어 있다. 이 대칭 구조를 도표화하

그러므로 처음과 마지막이 대칭 구조를 이루고 있는 「빼앗긴 들에도 봄은 오는가」는 일차적으로 그 형식이 닫혀진 구조로 되어 있다는 사실을 알게 됩니다. 그러니까 네모난 종이로 종이 접기를 하듯이 한가운데를 접으면 이 시도 접을 수가 있다는 것입니다. 그러면 좌우대칭이 생겨나고 양끝에는 A와 K, 그리고 그 한복판의 접힌 선에는 F가 오게 됩니다. 즉 F를 분수령 또는 반환점으로 하여, 질문에서 그 답변에 이르는 들판의 묘사가 대우_{對偶} 관계를 이루고 있다는 것입니다.

자, 그러면 겉보기의 구조만이 아니라 실제로 텍스트의 잠재된 구조를 읽어가보면서, 과연 이런 대칭성이 어떤 의미를 지니게 되는 것인지를 밝혀봅시다.

면 다음과 같다.

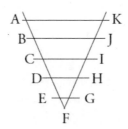

공간축과 행위축

B   2. 나는 온몸에 해살을 밧고

     3. 푸른한울 푸른들이 맛부튼 곳으로

     4. 가름아가튼 논길을따라 꿈속을가듯 거러만간다.

여러 번 언급했듯이, 시의 구조는 그것이 소리든 의미든 혹은 형태든, 차이의 체계로 이루어진다고 했습니다. 밤이라는 말은 낮이라는 말이 있으므로 비로소 구조화되는 것과 같지요. 그리고 그 차이를 만들어내는 가장 대표적인 요소가 이항 대립이라고 했습니다. 그러므로 봄의 들판을 묘사한 B 텍스트를 놓고 각 층위별로 이항 대립의 요소를 추출해보면, 지금까지 보이지 않던 숨겨진 그림들의 단서를 찾아낼 수가 있을 것입니다.

우선 첫마디의 '나'라는 말의 대립항은 무엇일까요. 두말할 것 없이 '너'겠지요. 그래요. 이 시의 나는 단순한 화자로서의 나가 아닙니다. 원래 한국말의 어법에는, '나'라는 주어가 인구어印歐語의 경우와는 달라서 생략되어 있는 경우가 많습니다. 그런데 여기의 이 시는 마치 영시라도 직역한 것처럼 여러 번 '나'란 말이 되풀이됩니다. 이 시에 '나'나 '내'가 몇 번 등장하나 한번 세어보십시오. "내맘에는", "내혼자" 등 직접적으로 표현되어 있는 것만 해도 무려 여덟 개가 됩니다.

더구나 이 시의 서술 형식 자체가 내가 너에게 이야기하는 대화 형식으로 되어 있다는 점을 놓쳐서는 안 될 것입니다. 그래서 이 시에서는 '너'라는 인칭 대명사가 여러 번 등장하기도 합니다. 그리고 다음 연의 분석에서 구체적으로 그 예를 밝히게 될 것이지만, 그 '너'는 의인화된 들판이라는 것을 알 수가 있습니다. 그러고 보면 '너-나'는 '말하는 이-듣는 이', '주체-객체'만이 아니라, '인간-자연'의 의미의 대응축을 형성하는 중요한 요소로 작용하게 됩니다.

신체의 축, 몸의 변이체

다음에는 "온몸에"라는 신체적 층위입니다. 여기의 이 '몸'은 전체의 시를 놓고 볼 때(그래요. 시는 '리파테르Michael Riffaterre'의 말대로 처음부터 순차적으로 의미를 축조·해석하여 끝부분에 도달해가는 것이 아니라, 동시적으로 전체의 구조 속에서 읽게 되는 것이지요) '마음'이나 '혼'과 관련된 중요한 열쇠 말이 됩니다. 이 '몸-마음'의 대립항은 우리에게 아주 익숙하게 내려온 '물질-정신', '육신-영혼'의 패러다임에 속하는 것이지요.

그러나 여기에서는 '몸-마음'의 대립항만이 아니라 몸의 하위 개념으로서의 신체적 대립항도 있다는 것을 눈여겨보아야 할 것입니다.

몸이라는 말에 '온'이라는 관형사가 붙어 있듯이, 몸 전체와 몸의 각 부위(눈, 귀, 손, 발목, 다리 등)가 이 시에서는 기묘한 대응적 구조를 이루고 있습니다. 이 온몸이 시의 진행과 함께 각 신체 부위로 개별화하며 해체되어가고 있다는 이야기입니다.

'햇살'은 무엇입니까? 지루하더라도 참고 이 들판 묘사의 시작 연을 한 자도 놓치지 말고 샅샅이 뒤져봅시다. 모든 구조가 그렇듯이 그 시작 속에 끝이 있고 전체가 있기 때문이지요.

햇살은 하늘에서 아래로 내려오는 것. 즉 공간적 층위에서 보면 땅에 대응되는 하늘에 속하는 요소입니다. 그렇지요. 상-하 관계의 대립 구조를 형성하는 기능입니다. 윤동주의 「서시」 분석에서도 보겠지만, 하늘·땅·사람으로 분할된 상·중·하의 그 공간 구조가 여기에서도 아주 극명하게 나타나 있는 것입니다. 다음 행의 '푸른 하늘·푸른 들'이 그렇지 않습니까.

그리고 "해살을 밧고"의 그 '받다'의 주체는 내 몸, 즉 인간이 아닙니까. 햇살과 온몸의 관계는 하늘과 인간의 관계로서 그것은 바로 하늘과 들의 중간에 위치해 있습니다. 그것을 정리하면 하늘(햇살)-인간(온몸)-땅(들)의 공간적 구조가 생겨납니다.

그리고 이 세 영역의 구조적인 틀을 넘나드는 것이 햇빛이요, 그 햇빛을 받고 있는 것이 나입니다. '받다'는 또 하나의 중요한 의미의 축을 구축하고 있는데, 그것은 바로 행위에 변별성을 주는 '능동-수동'입니다. 두말할 것 없이 여기의 '받다'는 수동에 속하는 행위지요.

'걷는다'는 것의 시적 의미

그러면 다음 시행은 저절로 그 구조의 실올들이 보이게 될 것입니다. '푸른 하늘·푸른 들'은 상－하의 공간 구조를, 그리고 '맞붙은 곳'은 그와 같은 상－하의 대립축을 매개하는 중간 공간, 화합의 공간인 지평선인 것입니다. 단절과 고립 체계의 반대축을 이루고 있는 영역이지요.

"가름아가튼 논길"은 두말할 것 없이 하늘과 땅(들)이 맞붙은 곳을 향해서 가는 것이므로, 윤동주의 「서시」에서도 보겠지만 일어서는 길, 아래에서 위로 향하는 상승 지향적 길인 것입니다. 그리고 길은 하나의 명사면서도 행위의 축에 걸리는 서사 구조에 관여하고 있습니다. 이 시행(B4)에서는 "거러만간다"와 관계됩니다. 앞의 말들이 모두 공간적 구조를 나타내는 것이라면, 이 '걷다'와 '가다'는 '받다'라는 말과 함께 서사 구조의 축에 관여하게 되는 행위적 요소라고 할 것입니다.

이 전체의 서사 구조는 '가다'라는 동사에 집약됩니다. 물론 가다라는 말은 걷다라는 행위에 의해서 이루어지지요. 들판을 걷고 있는 행위는 햇살을 일방적으로 받고 있는 수동적인 자세와는 달리 스스로 찾아 나서는 능동적인 욕망의 기호라고 할 것입니다.

그렇습니다. 이 보행의 멈춤은 이 시의 멈춤인 것입니다. 걷고 있는 행위와 그 욕망 속에서 이 들판의 풍경이 전개되고 있으며, 이 시의 통사적인 계기성이 있게 됩니다. 햇빛을 받고 있던 수동적인 몸은 "거러만간다"는 말에서 비로소 하나의 움직임과 의지, 그리고 들에 대한 나의 '부름'을 가능케 합니다.

걷는 목적이 바로 하늘과 들이 맞붙어 있는 곳의 제3의 공간, 융합의 공간이라는 것은 이미 말한 그대로입니다. '몸-나-사람'의 토포스topos는 그 지평적인 구조, 즉 상-하를 매개 융합하여 하나가 되게 하는 '맞붙음'의 상태로 정의할 수가 있습니다. 그리고 그 맞붙음의 구조를 강화하고 있는 것이 바로, 하늘과 땅을 연결시켜주고 있는 '푸른빛(푸른 하늘·푸른 들)'이며, 온몸과 들판으로 쏟아지고 있는 봄의 '햇살'인 것입니다.

꿈속 현실 대 비현실

하지만 여기에서 조심할 것이 있습니다. 그것은 이 '맞붙음'의 지평적 구조를 강화해주고 있는 시구들입니다. 즉 B4의 논길과 그 보행을 수식하고 있는 "가름아가튼", "꿈속을가듯"이라는 두 수식구들 말입니다.

"가름아가튼"이라는 비유어는 들판을 사람의 신체어, 특히 그 머리와 관련시키고 있습니다. 물론 '가르마'는 여성과 남성 모두에 걸리는 말이지만 시가 진행되어감에 따라 그 비유들은 "삼단 가튼머리"(E13)와 "젓가슴"(H21)과 같이 여성적인 몸으로 구체화해가고 있다는 것을 발견할 수 있습니다.

이 의인화 작용, 그것도 여성의 몸으로서의 의인화에 의해서, '나'는 들판을 '너'라고 부를 수가 있고 '맞붙은 공간'으로 나가는 욕망을 실현할 수 있는 것이지요. 여기에서 우리는 이 시 속에 숨겨져 있는 두 개의 몸뚱어리와, 시 전체를 지탱해주고 있는 그 구조적 의미를 찾아내게 되는 것입니다. 숨은 그림 찾기처럼 말입니다.

그 하나는 비유에 의해서 육화肉化된 들판의 몸이고, 또 하나는 화자의 말하는 몸, 걷고 있는 그 몸입니다. 이 두 개의 몸이 하나로 교감하고 융합함으로써 비로소 빼앗긴 들에도 봄은 오게 되는 것이고, '나'는 천-인-지의 합일 공간, 즉 위아래가 맞붙은 지평 공간에 도달할 수가 있는 것입니다. 논길의 공간축을 수식·강화한 것이 "가름아"라면, 걸어간다는 행위축을 수식해주고 있는 것은 "꿈속을가듯"입니다.

우리는 이미 이 시의 첫머리에서 화자로서의, 시인으로서의, 그리고 인간으로서의 그 몸이 행복한 햇살(하늘-상)을 받고 있었던 것을 기억하고 있을 것입니다. 그 '받다'가 다음 시행(B4)의 들판에서는 '걷다'로 이어집니다. 그리고 '햇살'은 '논길'로 대응됩니다(햇살은 하늘의 상부에 위치하면서 땅 아래로 내려오고, 논길은 땅의 하위부에 위치하면서도 하늘 위로 올라가는 교차적 이미지를 띠고 있습니다). 그리고 햇살은 받음으로써, 논길은 걸음으로써 내 몸은 그것들과의 융합을 나타내고 있는 것이지요.

그리고 '받다'가 수동적인 것이라면 '걷다'는 능동적인 행위에
속합니다. 실제로는 하늘과 땅은 단절되어 있으며, 그 들은 빼앗
긴 남의 땅입니다. 행위의 축이 수동에서 능동으로 옮아가고, 그
몸은 현실에서 비현실적 상황에 놓입니다. 즉 '꿈속'의 상태로 말
입니다. 꿈속이 아니면 현실 공간에서 벗어나 하늘과 들이 하나
로 맞붙은 그 지평 공간으로 이를 수가 없습니다.

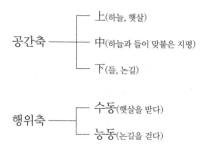

공간축 ── ┌ 上(하늘, 햇살)
           ├ 中(하늘과 들이 맞붙은 지평)
           └ 下(들, 논길)

행위축 ── ┌ 수동(햇살을 받다)
           └ 능동(논길을 걷다)

신체의 축 ── ┌ 몸 ── ┌ 너의 몸(화자의 몸) ── ┌ 온몸(전체)
             │   │   └ 신체의 부분(머리, 귀 등)
             └ 마음 └ 너의 몸(들판, 비유의 몸, 가르마)

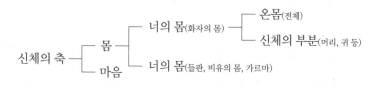

의미의 축 ── ┌ 긍정(비현실) ― 봄이 오다
             └ 부정(현실, 역사) ― 봄을 빼앗기다

그렇습니다. 가혹하고 냉엄한 역사적 공간을 시적인 상상적 공간으로 바꿔놓으려 한 것이 "꿈속을가듯"이라는 수식입니다. 꿈속이라는 비현실, 그 시적 상상력 속에서 그 걸음은 시작됩니다. 이 '꿈속의 보행'은 결국 현실 속의 보행과 대응적 구조를 띠게 마련이고, 그것에 의해서 구속될 수밖에 없습니다. 결국 여기에서 우리는 현실(역사)-비현실(꿈·상상), 긍정-부정의 또 하나의 새로운 축을 얻게 되는 것입니다.

지금까지 검증된 시의 구조, 즉 이항 대립 체계로 구축된 B연을 간략하게 도형으로 나타내보면 앞의 표와 같이 될 것입니다.

어떤 묘사와 무슨 행위가 나오든 「빼앗긴 들에도 봄은 오는가」의 그 공간 구조와 행위의 서술 구조, 그리고 그 의미 체계는 이상과 같은 틀 만들기에서 한치도 벗어나 있지 않습니다. 그게 사실인지 다음 시행들을 읽어봅시다.

최초의 좌절, 입 다문 존재들

이상과 같은 B의 텍스트 구조로 C를 조명해봅시다. 무엇보다도 그 첫 행에 나오는 "입술을 다문 한울아 들아"(C5)는 바로 B3의 "푸른한울 푸른들"과는 아주 다른 인상을 준다는 사실입니다. 이와 같은 전환은 곧 보행의 전진과 그 속도에 변화를 주고, B의 하늘과 들의 그 행복한 공간을 부정의 공간으로 전락시킵니다.

그리고 신체의 축은 햇살을 받고 있던 온 '몸'이 내 '맘'으로 바뀌고, 들판의 몸은 '가르마'에서 '입'으로 전이됩니다. 가르마로 상징되는 들판에서는 꿈의 길이 열리고 있었지만, 입으로 형상화된 들판은 내 마음과 단절된 침묵의 몸으로 변환됩니다.

행위의 축은 '걷다'에서 "말을해다오"의 요구로 발전됩니다. 앞으로 더 이상 나가지 못하는 보행의 머뭇거림과 정지가 엿보입니다. 총체적으로 C의 침묵 공간은 B의 꿈의 공간과 대치되고 있습니다. 그것은 비현실 : 현실, 자연 : 역사의 의미 공간 전체의 변화를 의미합니다.

C에서 처음 등장하는 '너'라는 호칭은 "내맘에는 내혼자온것 갓지를 안쿠나"(C6)에서 보듯이 '나'와의 괴리, '나'와의 단절을 의미하는 수렁을 나타냅니다. 그 수렁을 단적으로 표현한 말이 "답답워라"는 말입니다.

'내 혼자 온 것 같지 않다'거나 '누가 불렀느냐'와 같은 말에서 우리는 쉽게 화자의 마음을 읽을 수가 있지요. 불러서 온 것 같고 끌려서 온 것 같은데, 하늘과 들은 자신에게 아무 말도 하지 않고 있는 것이지요. 입을 다물고 있습니다. 혼자 온 것 같지 않다는 마음이 강렬할수록 "말을해다오"라는 행위의 강도도 높아집니다. 이미 그것은 온몸에 햇살을 받고 있는 나, 꿈속 같은 논길을 걷고 있는 나가 아닙니다. 하늘과 들이 계속 입을 다물고 있다면 그의 걷기는 실패하고 마는 것이고, 떨어져 있는 모든 것이 맞붙는 지평 공간으로 이를 수가 없게 됩니다. 즉 봄은 빼앗기고 맙니다.

B의 행복했던 긍정 공간이 침묵하는 위기의 공간, 부정의 공간으로 변한 것이 C의 텍스트라고 한다면, D와 E 같은 후속 텍스트들은 두말할 것 없이 "말을해다오"라는 C의 텍스트에 대한 응답이어야 할 것입니다.

그 응답은 둘밖에 없을 것입니다. '예스'냐 '노'냐, 그에 따라서 최초에 던진 그 질문 "빼앗긴들에도 봄은오는가"에 대한 해답도 나오게 될 것입니다. 만약 입을 다문 하늘과 들이 응답을 한다면 나는 혼자가 아닙니다. "거러만간다"는 그 최초의 보행은 자기 의지만이 아니라 부르고 끄는 하늘과 들의 힘에 의해서 계속될 것입니다.

응답하는 하늘과 들

그렇습니다. D의 텍스트는 C에 대해서 분명히 응답을 하고 있습니다.

"바람은 내귀에 속삭이며/한자욱도 섯지마라 옷자락을 흔들고"(D8, D9)에서 우리는 멈추었던 보행, 말을 해달라고 외치던 나에게 응답하는 '너'의 목소리와 그 손을 볼 수가 있습니다. '입을 다문' 하늘은 바람 소리와 종조리(종다리) 소리로 속삭이고 반갑다는 인사를 합니다. 그래서 신체의 텍스트는 '온몸'에서 '귀'로 옮겨집니다.

그리고 그 몸은 몸을 덮고 있는 '옷자락'으로 대치되어 있다는 사실을 발견하게 됩니다. 바람은 "한자욱도 섯지마라"며 나의 몸을 밀어주고 또는 옷자락을 흔들어 끌어줍니다. 혼자서가 아니라 바람의 부름 소리와 그 이끄는 손에 의해서 보행은 계속됩니다. 온몸으로 햇살을 받듯이 여기에서는 온몸으로 바람을 쐬고 있지요. D는 C2의 수동성과 행복의 그 텍스트를 회복시키고 있습니다. 앞의 텍스트들에서는 하늘과 들이 함께 병존해 있었지만, D 텍스트의 공간축은 하늘로만 국한되어 있습니다. 그리고 하늘은 바람과 종달새로 개별화되어 있습니다. 신체의 공간도 이러한 개별화에 따라, 하늘을 온몸이 아니라 귀와 옷자락으로 느끼고 있다는 사실에 주목해야 합니다. 즉 텍스트의 전개는 일반과 총체에서 특수와 개별로 옮아가고 있다는 점을 말입니다.

특히 나의 몸과 대응 관계를 갖고 있는 너의 몸(하늘과 들)의 비유에서, 우리는 점차 그 개별화·성격화해가는 텍스트의 분화를 읽을 수가 있습니다. 가르마로 상징되었던 너의 몸은 아씨에 비유된 종달새의 묘사로 '여성의 몸'이 됩니다. 뿐만 아니라 이곳에서는 "반갑다웃네"로, 직접 자기와 관계를 맺고 있는 여자의 몸으로 그 거리가 좁혀져 있습니다.

"말을해다오"에 대한 이 D의 텍스트는 공간적으로는 하늘의 텍스트며, 신체적으로는 주로 귀의 텍스트(청각)입니다. 바람 소리와 종달새의 우짖는 청각 묘사가 주류를 이루고 있으니 말입니다. 그러니까 걷다·말하다의 행위축은 듣다 혹은 쐬다(바람)로 이어지게 되는 것이지요.

그리고 의미 공간은 부정에서 다시 긍정으로, 침묵에서 소리로 반전됩니다. 그러나 B의 긍정적인, 행복의 텍스트와 비기면 어떻습니까. 그것은 총체적인 것이 아니라 매우 부분적이고 한정적이라는 것을 알 수가 있습니다.

B   햇살 …… 온몸 …… 받고
D   바람 …… 내 귀 …… 속삭이며, 옷자락을 흔들고

B에서는 햇살이 자기 몸을 감싸주었지만, D에서는 직접 자기 몸이 아니라 옷자락을 흔들어줍니다. 전신으로 느끼는 체감이 여기에서는 청각 하나만으로 분리되어 있고, 직접적인 접촉이 아니라 옷자락을 통해서 간접화되어 있습니다.

그리고 종달새의 모양과 소리 역시 그렇습니다. 종달새는 구름 뒤에서, 그리고 아씨는 울타리 너머에서 나와 교감을 하게 됩니다. 완전한 개방이 아닙니다. 반은 드러나 있고 반은 숨어 있습니다. 숨었다 나타났다 하는 것이지요. 때때로 구름과 담의 격벽이 가로막고 있기도 합니다. 노출과 은폐의 양의적 접촉으로 이 궁

정적 텍스트의 바닥에는 부정적인 그늘을 드리우게 됩니다. 그래서 비현실과 현실의 긴장을 읽을 수가 있지요.

땅의 응답과 머리의 동질성

  E   11. 고맙게 잘자란 보리밧아

       12. 간밤 자정이넘어 나리든 곱은비로

       13. 너는 삼단가튼머리를 깜앗구나 내머리조차 갑븐하다.

E의 텍스트에서는 하늘의 응답이 땅(들판)의 응답으로 이어집니다. 바람과 종달새로 개별화된 하늘의 공간축이 여기에서는 역시 보리밭으로 개별화된 들판으로 변해 있지요.

그리고 E의 보리밭 묘사에서 나의 몸은 너의 몸과 완전히 일체화되어 있습니다. 뿐만이 아니라 하늘·땅·사람의 세 공간이 하나로 융합되어 있기도 합니다. 왜냐하면 밤사이에 내린 비는 햇살과 마찬가지로 하늘에서 땅으로 내려오는 것이고, 그 비로 머리를 감았다는 것은 하늘과 땅의 접촉을 의미하고 있기 때문입니다. 거기에 "내머리조차 갑븐하다"라는 말이 뒤따릅니다. 비는 보리밭의 머리를 씻어주고 보리밭의 그 머리는 나의 머리를 가뿐하게 씻어줍니다.

두말할 것 없이 E의 가뿐한 머리는 C 텍스트의 답답한 가슴과 대립되는 것으로, 부정적인 텍스트가 D의 경우와 마찬가지로 긍정적인 텍스트로 회복되어 있음을 암시하는 것입니다. 하늘의 응답(D)과 마찬가지로 들의 응답(E)도 긍정적이라고 할 것입니다. 그리고 그 긍정의 의미 공간을 만들어내고 있는 것은 신체의 각 부분들입니다.

나의 몸은 '온몸'(B2), '내 귀'(D8)에서 '내 머리'(E13)로 되어 있습니다. 그리고 '가르마'(B4), '입술'(C5), '아씨'(D10)로 이어졌던 너의 몸, 비유 속의 잠재된 그 몸은 "삼단가튼머리"가 되었습니다. 그래서 들판의 몸은 점차 여체로 굳어져가게 됩니다. 가르마로 시작된 '들의 몸'은, "삼단가튼머리"라는 비유를 통해서 여성적 개별화를 강화하고 있다는 말이지요.

반환점 또는 경계의 텍스트

이 시의 형식이 대칭 구조로 이루어져 있다는 것은 이미 앞에서 설명한 그대로입니다. 그게 사실이라면 F는 꼭 대칭 구조가 접혀지는 부분인 한복판에 해당되는 텍스트여야 할 것입니다. 형식적인 분할만이 아니라 그 의미의 구조는 여기에서 중대한 건널목 같은 역할을 하게 될 것입니다.

우선 F의 첫 행을 보아도, 결코 F의 텍스트는 형식만이 아니라 실질적인 구조에 있어서도 분명 지금까지의 그 텍스트와 차이를 갖고 있다는 사실에 대해서 동의하지 않을 수 없을 것입니다. 하늘과 들의 묘사, 그리고 그 행위의 출발점인 B의 텍스트는 "꿈속을가듯 거러만간다"였으나 이 경계의 F 텍스트에서는, "혼자라도 갓부게나 가자"(F14)로 변환되어 있는 것입니다. 중대한 변화입니다.

가령 C에서는 '나 혼자'라는 말이 강력하게 부정되어 있지만 ("내혼자온것 갓지를 안쿠나") 여기에서는 '혼자라도' 가자로 되어 있기 때문입니다. 지금까지는 하늘과 들과 내가 함께 있고 함께 융합하려는 텍스트였지만 F는 그렇지가 않습니다.

단절의 상태, 혼자 있는 상태 속에서라도 가야 한다는 일방적인 선언인 것입니다. 이 단절의 상황을 더욱 농도 짙게 암시해주고 있는 것이 "제혼자 엇게춤만 추고가네"(F16)의 그 '혼자'입니다. 한 텍스트 안에 '혼자'라는 말이 두 번이나 나오고 있는 것은 결코 우연이 아닙니다. 그리고 하나는 나의 몸에 걸리는 혼자고, 또 하나는 너의 몸 들판 —도랑에 걸리는 혼자입니다. 나와 너가 제각기 혼자 떨어져 있는 상황을 전제로 한 텍스트입니다.

신체축에서 보면, F 텍스트의 너의 몸은 여체의 몸에서 모체로서의 몸으로 더욱 개별화되어 있다는 것을 알 수 있습니다. "마른 논을 안고도는," "젓먹이 달래는 노래"로서 비유되고 있는 도랑은 어머니의 육아와의 수유授乳 행위를 연상시켜줍니다.

육체축에서 보면, 처음으로 머리 부분에서 하위 부분으로 이행하여 '어깨'로 전이되어 있기도 합니다.

무엇보다도 F 텍스트가 다른 것과 차이화되어 있는 것은 나의 몸과 너의 몸이 아무런 접촉을 나타내지 않은 채 제각기 따로, 그리고 혼자서 가고 있다는 사실이지요.

혼자라도 갓부게나 가자(F14)

제혼자 엇게춤만 추고가네(F16)

그렇습니다. 도랑물은 나에게 속삭이지도 않고 옷자락을 끌거나 머리를 가뿐히 해주지도 않지요. 도랑물은 "마른논을 안고" 돌 뿐입니다. 도랑물은 젖먹이듯 마른논의 목마름을 축여줄 것입니다. 그 도랑물의 소리도, 나에게 들려주는 것이 아니라 들판을 달래주는 자장가일 뿐입니다. 그리고 춤도 혼자 추고 가는 춤입니다. 나와 너의 교차점은 어디에서도 찾아볼 수 없습니다.

이 텍스트는 긍정도 부정도 아닌 현실 그대로의 텍스트로 존재합니다. 답답하다거나 가뿐하다거나 하는 감정 표현도 없지요. 꿈속의 상황에서 펼쳐지던 뜨겁던 텍스트는 차가운 텍스트로 전환하고 있습니다. 꿈속의 비현실에서 혼자 가는 현실로 옮아가는 분수령과 같은 텍스트인 것입니다.

'걷다'와 '싶다'의 차이

그래서 F 다음부터의 텍스트는 '걷다'의 행동이 아니라 '……보고 싶다'(G19), '땀을 흘리고 싶다'(H22)의 내부적인 욕망을 나타냅니다. 묻고 응답하는 대화의 세계가 아닙니다. 자기가 자기를 향해서 이야기하는 독백의 세계인 것이지요. 실제로 그 텍스트와 접해보면 지금까지 읽어왔던 것과는 아주 다르다는 것을 느끼게 될 것입니다.

전반부의 텍스트에서는 바람과 종달새가 자기와 인사를 하였지만, G의 텍스트에 등장하는 제비와 나비(하늘의 공간적 요소)가 인사를 하여야 할 대상은 맨드라미와 들마꽃인 것입니다. 더구나 "깝치지마라"(G17), "인사를해야지"(G18)는 하늘과 땅마저도 따로 노는 단절의 징후를 엿보이게 합니다.

그리고 그 들판은 단순한, 의인화된 공간이 아니라 현실 공간·역사 공간으로 인식되고 있지요. 즉 꿈속의 "가름아가튼" 논길이 아니라 그 들판은 "아주까리 기름을바른이가 지심매든" 들인 것입니다. 노동의 공간, 생산으로서의 공간이지요. 이미 풍경으로서의 들만은 아닌 것입니다.

이러한 들의 변화, 비현실에서 역사의 공간으로 변이하고 있는 텍스트의 성격은 H에서 극명하게 드러나게 됩니다.

"내손에 호미를 쥐여다오"(H20), "발목이 시도록 밟어도보고 조흔땀조차 흘리고십다"(H22)가 바로 그렇습니다. 전반부의 텍스트 속에 잠재되어 있던 신체는 주로 귀와 머리 같은 상위부였으나, 보십시오. 여기에서는 '손', '발'입니다. 그리고 그 대상이 되는 너의 몸의 신체축도 "살찐 젓가슴"으로, 머리에서 하위로 내려와 있습니다. 이 두 개의 몸은 노동이나 생산을 통해서 접촉됩니다. 그것들의 교감은 꿈속이 아니라 '시도록'이니 '땀'이니 하는 고통의 언어를 통해서 이루어집니다.

공간축도 하늘에서 땅으로 하강하는 과정으로 전개됩니다. 나비·제비로 시작되는 하늘의 공간축은 '지심매는' 혹은 '호미질을 하는' 흙의 공간, 땅의 공간으로 내려오고 있습니다. 밟는다는 것은 걷는다는 것보다 훨씬 중력이 실려 있는 행위라고 할 것입니다. 그것은 벌써 전진적 보행은 아닌 것입니다.

몸의 변화, 상위와 하위

그러나 신체축을 이루고 있는 나의 몸은 후반 텍스트에 오면 점점 퇴행하여 아이의 몸이 되고, 이윽고 그 몸의 대상은 너의 몸(하늘·들)이 아니라 나의 마음, 나의 영혼 자체로 바뀌게 됩니다. 내 몸과 내 혼의 분리는 다음 두 시행을 비교해보면 확실히 알 수가 있습니다.

네가끌엇느냐 누가부르드냐 답답워라 말을해다오.(C7)

무엇을찾느냐 어데로가느냐 웃어웁다 답을하려무나.(125)

전반부에 속하는 텍스트에서는 너는 입을 다문 하늘과 들이었습니다. 그러나 거의 같은 병렬법으로 된 후반부의 그 텍스트는 바로 '나의 혼'인 것입니다. 그러므로 답을 하라고 묻는 대상은 하늘과 들이 아니라 바로 자기 자신의 '혼'인 것입니다. 몸과 그마음—혼은 대립 관계에 있습니다. 그리고 그 마음과 혼은 "짬도 모르고 끗도업시 닷는" 자신의 내면 세계입니다.

전반부의 텍스트에서는 밖에서 꿈속의 바람이나 종달새가 자신을 앞으로 내닫게 하였지만, 이 후반 텍스트에서는 바로 나의 영혼에 이끌려서 앞으로 가고 있는 것이지요. 몸뚱어리의 보행이 영혼의 보행으로 바뀌어 있는 것입니다. 그리고 답답함은 우스운 것으로 교체되어 있습니다.

여기에서 우리는 비현실(마음·혼) : 현실(몸)의 분할을 보게 됩니다. 현실과 역사의 공간을 뛰어넘어 모든 것이 일체화하는 맞붙은 지평 공간으로 도달할 수 있는 것은 몸이 아니라 영혼이지요. 정확하게 말하자면 자기 몸을 끌고 나가는 영혼의 힘인 것이지요. 그 영혼을 더욱 확산하고 심화하면, J의 텍스트에 나오는 바로 그 '봄신령'입니다.

그렇습니다. 신체축의 마지막 나의 몸을 보십시오. 처음에 온몸에 봄의 햇살을 받고 꿈속 같은 논길을 걸어가던 그 몸이 최종

적인 텍스트에 와서는 "다리를절며 하로를것는다"(J28)라고 되어
있습니다.

대칭적 텍스트와 병렬법

이러한 차이를 만들어내는 텍스트의 효과는 전반부와 후반부
의 절묘한 병렬법에 의해서 실현되고 있습니다. 자, 전반부의 시
작과 후반부의 끝을 서로 대조해보십시오.

지금은 남의땅 — 빼앗긴들에도 봄은오는가?(A1)
그러나 지금은 — 들을빼앗겨 봄조차 빼앗기것네.(K29)
나는 온몸에 해살을 밧고(B2)
나는 온몸에 풋내를 띄고(J26)

푸른한울 푸른들이 맛부튼 곳으로(B3)
푸른웃슴 푸른설음이 어우러진사이로(J27)

가름아가튼 논길을따라 꿈속을가듯 거러만간다.(B4)
다리를절며 하로를것는다 아마도 봄신령이 접혓나보다.(J28)

무엇보다도 전반부의 텍스트에서는 "푸른한울 푸른들이 맛부

튼 곳"을 향하던 보행이, 후반의 종결 텍스트에 와서는 "푸른웃
슴 푸른설음이 어우러진사이"로 전환되어 있다는 사실에 주목해
야 합니다. 물질적 두 공간(상·하로 분절된 대응 공간)이 하나로 접합된
지평 공간이 후반부의 텍스트에서는, 정신적 두 공간(웃음과 서러움으
로 분절된 대응 공간)이 하나로 어우러지는 내면 공간으로 맞물려 있다
는 것입니다.

현실적인 몸의 공간에서 실패한("다리를절며") 보행을 영혼의 보행
으로 바꿔치기를 함으로써, 현실을 비현실로("봄신령이 접혓나보다") 극
복함으로써 "빼앗긴들에도 봄은오는가?"에 대한 물음에 가까스
로 대답하고 있는 것입니다. "봄조차 빼앗기것네"라고…….

보행이 지속되는 동안 시는 지속될 것이고 봄은 빼앗기지 않을
것입니다. 아직 다리를 절면서도 혼자 봄 들판을 걸어갈 수 있는
것은 봄의 신령에 잡혀 있는 것 같은 내면의 의지와 상상력이 있
기 때문입니다. 이것이 사라지면 보행은 멈춰버리고 말지요. 이
상화에게 있어서 봄신령 그것은 다름아닌 시 그 자체며, 빼앗긴
들을 봄으로 찾는 처절한 싸움이기도 한 것입니다.

현실과 역사에서는 모든 것이 흑백으로 분절되어 있습니다. 하
늘과 땅은 너무나 멀리 떨어져 있습니다. 기쁜 것, 우스운 것은
괴롭고 서러운 것과 대립되어 있습니다. 그러나 시적 보행은 하
늘과 땅이 맞붙은 지평 공간으로, 웃음과 서러움이 어우러진 영
혼의 공간으로 나가게 합니다. 맞붙은 곳, 어우러진 곳이 통합 공

간을 만들기 위해서 이상화는 '빼앗긴 들에도'의 시적 공간을 창
조해낸 것입니다.

온몸이 차차 여러 신체로 분해되고, 그 몸이 이윽고 영혼과 분
리되고, 다시 그 영혼이 봄신령으로 변형되어가는 몸뚱어리의 시
학을 통해서, 그리고 그 절뚝거리는 보행의 시를 통해서 우리는
정치 이상의 존재론적 투쟁을 보게 되는 것입니다. 그렇기 때문
에 우리가 일제 식민지로부터 해방되어 빼앗긴 들을 다시 찾았지
만, 이 시는 역사적 변화에 관계없이 계속 언어의 유효성을 상실
하지 않고 있는 것입니다.

우리는 지금도 이상화처럼 절뚝거리며 그 시적 보행을 계속하
고 있는 것입니다. 분리와 고립의 존재에서 벗어나, 하늘과 땅이
맞붙은 통합의 그 지평에 이르기 위해서……. 그리고 나의 몸이
너의 몸과 일체를 이루기 위해서.

어둠에서 생겨나는 빛의 공간

윤동주의 「서시」 분석

1. 죽는 날까지 하늘을 우러러

2. 한 점 부끄럼이 없기를,

3. 잎새에 이는 바람에도

4. 나는 괴로워했다.

5. 별을 노래하는 마음으로

6. 모든 죽어 가는 것을 사랑해야지

7. 그리고 나한테 주어진 길을

8. 걸어가야겠다.

9. 오늘 밤에도 별이 바람에 스치운다.

—「서시序詩」

　　윤동주의 이 「서시」는 너무나도 유명한 시입니다. 그러나 유명한 것만큼 그렇게 정밀하게, 그리고 자세히 이 텍스트가 읽혀진 일은 없다고 해도 과언이 아닙니다. 난해한 말도 없고 난삽한 이미지와 상징성도 없습니다. 별이니 잎이니 바람이니 하는 말들은 일상적인 생활과 시어에서 많이 씌어진 것들입니다. 그런데도 이 시는 잘못 읽혀져오는 경우가 많습니다.

특히 윤동주 시인은 항일운동을 하다가 일본 땅에서 객사를 한 시인이며 기독교 신자이기 때문에, 시를 읽기 전부터 벌써 어떤 준비된 의미의 틀을 갖고 대하게 되는 경우가 많은 것입니다.

그래서 "나한테 주어진 길을/걸어가야겠다"라는 시구를 놓고도, 사람에 따라 독립운동이라는 정치적 의미의 층위에서 읽을 수도 있고, 종교적인 층위에서 읽을 수도 있게 됩니다. 물론 시인으로서의 길, 즉 예술적 층위에서 읽으려 하는 사람도 있을 것입니다. 독립운동의 길, 종교적 순교의 길, 혹은 아름다움을 구하는 언어의 길일 수도 있을 것입니다.

그러나 잠시 우리가 윤동주의 전기적 요소를 잊고, 쓰인 시의 구조, 언어로 이루어진 순수한 건축물의 구조만을 가지고 읽어보면, 그와 같은 고정된 시점이 아니라 좀 더 자유로운 의미의 생성과 접하게 될 것입니다.

하늘과 땅의 대립 공간

우선 1행에 쓰인 단어들을 단독적으로 파악할 것이 아니라 다른 말들과의 연관성에서, 즉 구조적인 의미의 요소로서 파악해봅시다.

1행에는 "죽는 날까지"라는 시구가 나옵니다. 두말할 것 없이, "죽는 날까지"를 다른 말로 바꾸어보면 '살아 있는 동안'이라는 의미를 내포하고 있습니다. 그러니까 이 시구에서 죽음과 삶이라는 대립되는 의미소와 이 대립의 축을 이루는 것은 시간으로서, 공간과 대립되어 있음을 알 수 있습니다.

여러 번 이야기합니다만, 의미란 차이고 이 차이는 대립을 통해서 명확해지지요. 그렇다면 이 1행의 시구만을 읽어도, 다음에 이것과 어떤 것들이 서로 얽혀져 있는가를 쉽게 알 수 있을 것입니다.

바로 다음에 "하늘"이라는 말이 나오는데 앞의 죽음과 생, 그리고 시간이라는 의미소와 관련지어질 때 당연히 하늘의 의미소가 어떤 것인지 몇 개의 특성을 알게 됩니다.

우선 하늘과 앞의 시구와는 강렬한 대응성으로 연결될 수밖에 없지요. 하늘을 하늘이게끔 차이화하는 것은 두말할 것 없이 땅이라는 것입니다. 하늘-땅은 서로 붙어 다니는 것으로, 하나는 높고 하나는 낮습니다. 그리고 시간축으로 볼 때 하나는 불변 영원한 것이고, 또 하나는 변하는 것이며 한정된 것입니다.

더구나 하늘을 "우러러"라는 말은 현재 화자가 어디에 있는가를 극명하게 보여줍니다. 우러러란 말은 낮은 곳에서 높은 곳을

치켜 보는 것이기 때문이지요. 하늘을 우러러보는 사람은 이 시의 표면에는 나타나 있지 않지만 땅에 있습니다. 지상적인 한계에서 천상적인 영원한 것을 염원하고 있는 것입니다.

우습지 않습니까. 이렇게 보면 옛날 천자문이 천지현황이라는 말로 시작되듯이 윤동주의 「서시」는 천지라는 우주 공간, 하늘과 땅이라는 두 공간과, 유한한 시간과 무한의 시간이라는 두 축으로 그 의미의 발판을 만들어내고 있다는 사실을 발견하게 됩니다. 그러면 자연히 그다음 2행에 등장하는 "부끄럼이 없기를"의 그 부끄럼이 무엇인지, 시적인 의미보다도 그 논리적 구조에 있어서 파악할 수 있게 됩니다.

대체 무엇에 대한 부끄럼인지요. 아주 단순합니다. 하늘과 땅이라고 할 때 공간적인 것으로 그 의미소를 추출하면 위와 아래입니다. 부끄러운 사람은 고개를 숙입니다. 땅을 보지요. 영혼은 어디로 가지요? 하늘. 그래서 사람이 죽으면 천장에 구멍을 뚫어놓는 민족이 있는가 하면 굴뚝을 뚫어놓는 종족들도 있습니다. 영혼이 하늘로 빠져나가라고요.

1, 2행은 모두가 하늘과 관련된 것이고, 그 하늘의 공간은 바로 3, 4행과 대응을 이루고 있습니다. '잎새'라는 말이 그렇지요. "잎새에 이는 바람"을 바라보는 이 시의 화자의 시선은 높은 하늘에서 낮은 지상으로 내려 이동해온 것입니다. 그리고 부끄러움은 괴로움이라는 말로 변하지요.

잎새의 의미

자, 그러면 1, 2행과 3, 4행이 어떤 의미의 병렬 관계를 갖고 서로 유기적인 관계, 즉 구조적인 의미를 띠게 되는지 그 짝을 이루는 낱말들만 살펴봅시다.

하늘을 우러러볼 때의 부끄럼이 없는 마음은 땅을 굽어볼 때에는 괴로움을 느끼는 마음이 됩니다. 만약 잎새에 이는 바람에 아무런 괴로움을 느끼지 않는 사람이라면 어떨까요. 하늘을 부끄럼 없이 우러러볼 수 있을까요. 그렇지 않지요. 하늘을 우러러 부끄럼을 느끼지 않는 맑고 순결한 마음을 가진 자만이 비로소 지상에서의 괴로움을 느낄 수 있는 사람인 것입니다.

"잎새에 이는 바람"이란 잎새를 시들게 하는 것, 즉 수시로 변하게 하는 힘입니다. 잎새에 작용하는 시간인 것입니다. 하늘이 영원이라면 땅은 잎새의 순간적인 삶이 있습니다.

더구나 우리가 조심해야 할 것은 "잎새에 이는 바람에도"의 그 조사 '도'입니다. 잎새란 아주 작은 것입니다. 무리져 있는 것들의 하나입니다. 꽃처럼 아름답지도 않으며 나뭇가지처럼 튼튼한 것도 아닙니다. 하잘것없는 생명의 개체들이지요.

잎새라는 말은 나뭇가지, 등걸, 뿌리(그것이 풀잎의 경우에는 더욱 그렇지요), 이렇게 자꾸자꾸 잎새가 소속되어 있는 공간으로 가면 흙이 되고 전체 대지가 됩니다. '잎새에도'가 붙어 있다는 것은 다른 것들은 말할 것도 없다는 것이니, 이 괴로움은 지상적인 모든 것을 내포하게 됩니다. 하늘처럼 영원한 것이 아닙니다. 그것은 수시로 변하고 시들고 죽는 생명을 가진 지상의 것들입니다.

그런데 괴로움 앞에 '나'가 강조되어 있습니다. 나와 잎새는 괴로움으로 맺어져 있습니다. 잎새에 이는 바람은 나에게도 이는 바람인 것이지요. 직접 나에게 부는 바람이 아니라도, 지상의 개체들은 그 이는 바람 속에서 같은 변화, 같은 아픔을 느낍니다. 타인의 고통, 그것은 나의 고통이 되는 것이지요.

이 하늘과 땅의 관계, 부끄럼 없는 마음과 괴로워하는 마음, 그리고 잎새와 바람의 의미들은 5~8행에서 더욱 발전되고, 그 구조의 틀을 더욱 견고하게 만들어갑니다.

하늘의 별, 땅의 잎새

"별을 노래하는 마음으로"의 시구에서, 앞에 나왔던 부끄럼 없는 마음과 괴로움이라는 마음이 훨씬 더 구체화된 것입니다. 놀랍지요. 여기의 별은 하늘의 공간인 첫 번째 1행과 맞물리고 있습니다. 동시에 그 별은 3행의 잎새와도 대응됩니다. 도식으로 그 관계를 나타내면 하늘과 별의 관계는 땅과 나뭇잎의 관계와 각기 대응을 이룹니다. 그것을 도식으로 나타내면 다음과 같습니다.

하늘을 우러러보는 마음은 바로 별을 노래하는 마음과 동격입니다. 하늘의 공간에 걸리는 마음입니다. '하늘'은 '별'로, '우러러'라는 행위는 '노래하는' 것으로 바뀌었습니다. 별은 하늘에 내포되고, 노래는 우러러에 포함되는 함수 관계를 갖게 됩니다. 공간과 행위의 두 축이 5~8행에 와서 반복, 변이된 것입니다. 음악의 변주처럼 말입니다. 땅의 축, 즉 잎새축은 어떻게 되었을까요.

"모든 죽어 가는 것을 사랑해야지"의 6행으로 변전되고 있습니다. 보십시오. '잎새에 이는 바람'은 '모든 죽어 가는 것'과 같은 의미입니다. 즉 구상적이고 개별적인 것이 추상화되고 일반화한 것이지요. 그러므로 1~4행의 하늘이 별로 개별화되고 구상화된 것과 반대로, 1~4행의 잎새와 바람은 추상화와 일반화로 교체되어 있습니다.

마음의 상태는 어떠한 변화와 대응성을 보여주고 있는지를 정리해보십시오. 천상으로 향한 마음은 부끄럼 없는 순수성에서 별을 노래하는 마음으로, 지상으로 향한 마음은 괴로움에서 사랑하는 마음으로 짝을 이루게 됩니다. 의미의 성격으로 보면 한결 강화되고 부정축에서 긍정적인 것으로 나가고 있지요.

노파심에서 "별을 노래하는 마음"과 "모든 죽어 가는 것을 사랑해야지"가 인접 관계임을 알아봅시다. 별은 모든 죽어가는 것과 정면에서 반대되는 의미소를 갖고 있습니다. 별은 사라지지 않습니다. 영원히 빛나지요. 어둠은 별을 죽이지 못합니다. 오히려 어둠이나 밤은 별을 빛나게 합니다. 그러나 바람 속의 잎새는 그렇지가 않지요. 모든 죽어가는 것들이 있을 뿐입니다.

그 괴로움이 사랑으로 변하는 것은(사랑이라는 감정은 영원한 것이 아니겠습니까) 별을 노래하는 마음이 있기 때문에, 땅에 있으면서도 하늘을 우러러보는 마음이 있기 때문에, 부끄럼 없는 순수한 마음이 있기 때문에 비로소 모든 죽어가는 것을 사랑할 수가 있는 것입니다. 하늘이 땅과 합쳐지는 모순의 통합이 이루어집니다.

성공한 모든 시가 그렇듯이 모순을 합일시키는 시적 구조를 통해서 별은 하늘의 잎새가 되고, 잎새는 땅의 별이 되는 의미 교환과 대입이 가능해지는 것입니다.

'사랑'은 괴로움(지상)에서 나오는 것이며 동시에 노래하는 즐거움(천상)에서 나옵니다. 사랑은 모순된 감정, 모순된 공간, 높고 낮은 불변과 변화, 죽음과 영원의 배율적 개념 사이에서 형성되고 있음을 뚜렷하게 볼 수가 있습니다. 그것이 7, 8행에 나오는 길의 통합 공간입니다. 좀 더 자세히 이야기합시다.

천지인, 또는 길의 공간

5~8행에서도 1~4행처럼 '나'라는 주어가 나옵니다. 하늘, 땅 그 사이에 내가 있습니다. 천지인天地人. 참으로 오래된 동양의, 한국의 공간이지요.

하늘의 길, 땅의 길, 그런데 여기 또 하나의 길이 있습니다. '나한테 주어진 길'입니다. 세 공간이 나왔지요. 하늘의 공간(불변 영원의 공간), 땅의 공간(변하고 죽어가는 것들), 이 사이에 길이라는 공간이 있습니다. 하늘을 우러러 부끄럼 없는 길이요, 잎새에 이는 바람을 보며 괴로워하는 길이요, 별을 노래하고 모든 죽어가는 것을 사랑해야 하는, 길의 제3공간입니다. 그것이야말로 시적 공간, 하늘과 땅을 융합시키는 인간의 운명적이면서도 창조적인 공간인 것입니다.

그런데 길이란 정적인 공간, 결정된 공간이 아니라는 것을 우리는 알고 있습니다. 끝없이 전개되며 시작과 끝이 있어서 과정을 갖는 동적인 공간입니다. 길에서는 서 있을 수가 없습니다. 길은 걷는 공간으로, 지향점을 지닌 공간인 것입니다. '사랑해야지'라는 행동은 '걸어가야지'로, 즉 목표를 향해 나아가려는 의지의 행동으로 다시 변이됩니다.

침묵의 행을 건너뛰어 「서시」는 한 행으로 마지막 연을 맺습니다.

"오늘 밤에도 별이 바람에 스치운다."

길 위에서는 늘 현재입니다. 걷고 있는 나, 그것이 '오늘도'라는 진행형입니다. 잎새에도의 '도'처럼, 윤동주 시인은 산문적인 조사를 시간이나 공간을 나타내는 데 매우 암시적인 공백의 말로 잘 사용하고 있습니다. 어젯밤도 그랬고 오늘 밤도 그랬고 내일 밤도 그럴 것입니다. 이 '도'는 지속성을 나타내는 현재로서의 그 '도'입니다.

하늘과 땅의 공간이 오늘이라는 시간으로 바뀌자 다시 그 바람이 나오고 있습니다. 그런데 잎새에 이는 바람이 아니라 그것은 지극히 높은 하늘의 별에 스치는 바람입니다. 괴로운 바람─잎새를 시들게 하는 변화의 상징인 그 바람, 그러나 별은 바람에 흔들리지 않습니다. 바람은 별을 시들게 하지 못하지요. 폭풍이라 할지라도…….

별을 노래하는 마음이 모든 죽어가는 것들을 사랑하는 것과 같듯이, 여기에서는 잎새에 이는 바람이 스치는 바람이 됩니다.

하늘과 땅 사이에 사람이 있습니다. 시인이 있습니다. 윤동주가 있습니다. 그런데 잎새와 별로 암시되는 그 땅과 하늘 사이에는 바람이 있습니다. 바람이 모든 것을 바꿔놓는 힘이요 운명이듯, 시인도 윤동주도 모든 것을 바꿔놓는 힘이요 운명인 것입니다. 잎새에 이는 바람에는 괴로워하지만, 별에 스치우는 바람에는 환희와 사랑의 마음이 있습니다. 영원을 향한 의지의 길이 있는 것이지요.

소리의 텍스트

그러나 이런 의미 구조만으로 시가 이루어지고 있는 것은 아닙니다. 시는 언어의 의미만이 아니라 그 소리, 음운 구조에 의해서 분절되고 조직화됩니다. 의미 분절은 음운의 분절에 의해서 육체화되는 것이지요.

하늘과 땅의 의미가 대응되는 시구는 자연히 음운 구조에 있어서도 어떤 매듭이 있어야 할 것입니다.

자 1, 2행의 하늘과 3, 4행의 땅을 나타낸 시구를 보십시오. "하늘을 우러러/한 점 부끄럼이……"에서 하늘의 '하'와 한 점의 '한'은 기묘한 두운을 이루고 있습니다. 그리고 거기에 대응하는 "잎새에 이는 바람에도"에서는 잎새의 '이'와 이는 바람의 '이'라는, 역시 한 쌍의 두운을 보여줍니다.

마찬가지로 마지막 연의 "오늘 밤에도 별이 바람에"에서 'ㅂ'의 두운이 반복되어 있습니다. 한국의 시에서는 운이 없다고 해도 좋을 정도로 미미하지만, 이따금 두운은 시적인 의미 구조에 중요한 역할을 하기도 합니다.

형태의 텍스트

따라서 형태적인 것, 통사 구조에 있어서도 이 시는 그 시적 구조의 특성을 뚜렷이 보여줍니다.

즉 1~4행은 과거형으로 서술되어 있습니다. 서술 종지형이 "괴로워했다"라는 과거입니다. 그런데 5~8행은 "사랑해야지"와 "걸어가야겠다"로, 모두 미래 추정형인 원망이나 미래의 의지를 다짐하는 서술형입니다. 그리고 시의 끝 줄은 "오늘 밤에도 [……] 스치운다"로 현재형입니다.

① …… ④ 과거
⑤ …… ⑧ 미래
⑨ …… 현재

단순히 시제만이 아닙니다. 이 「서시」는 자기가 자기에게 들려주는 자성의, 혹은 다짐의, 혹은 기도의 톤으로 되어 있습니다. 만약 이것을 명령문으로 고치거나, 전체를 과거 서술형이나 단정적인 목소리로 썼다면 그 시적 전달은 아주 달랐을 것입니다.

특히 2연을 그냥 과거 서술형으로 썼다면 어떻게 되었을까를 생각해보면 압니다.

"별을 노래하는 마음으로 모든 죽어 가는 것을 사랑했노라. 그리고 나한테 주어진 길을 걸어갔느니"라고 한다면 어떤 느낌을 줄까요. 선언문이나 위선적이고 오만한 목소리로 들릴 것입니다. 미래 추정형은 현재는 그렇지 않다는 반의적인 의미를 띠고 있습니다. '해야지'라는 말은 현재는 '하고 있지 않다'는 것을 함축하고 있습니다. '사랑해야지'라는 것은 현재는 모든 죽어가는 것을 사랑하지 못하고 있는 반대의 뜻을 나타내주기도 한다는 것입니다. 그리고 '걸어가야겠다'는 목표를 향한 구도의 길, 순례의 길과 같은 것을 향해 떠나려고 하는 다짐이니만큼 그것 역시 현재 걷고 있는 것이 아님을 시사하고 있습니다.

이렇게 미래 추정형의 서술에는 현재와 미래, 그리고 현상과 원망 사이의 틈에서 생겨나는 역설적인 의미의 긴장이 있게 됩니다.

특히 현재형으로 되어 있는 이 마지막 행에는 다른 행과는 달리 자신의 감정을 나타내는 일체의 주관적 표현, 괴로움이니 부끄럼이니 사랑이니 하는 말들이 일체 배제되어 있습니다. 순수한 즉물적 묘사로 되어 있는 것이지요.

그것은 과거를 회상하거나 앞날을 다짐하는 주관적인 의식의 시간이 아니라, 현재라는 객관적 상황이 눈앞에 그려져 있을 뿐입니다. 현재형이 갖는 미확정 또는 그 긴장감이 모사적인 서술 내용과 일치되어 있습니다.

상황적 의미와 구조적 의미

이와 같은 분석을 통해서, 우리는 시를 시적 구조의 층위에서 읽지 않고 전기적, 상황적 층위에서 읽는다는 것이 얼마나 위험하고 또 비非시적인 것인가를 실감하게 될 것입니다.

정치적 층위에서 읽으면 이 「서시」는 항일 저항시가 되어, "오늘 밤"의 밤은 식민지의 암흑기가 되고 "별"은 해방과 독립의 희망이 됩니다. 그리고 "잎새에 이는 바람"은 우리 민중에게 다가오는 일제 침략자가 될 것입니다. 두말할 것 없이 "나한테 주어진 길"은 독립의 길이 될 것이고.

결국 그렇게 되면 우리가 일제로부터 벗어나 해방과 독립을 이룩한 오늘날에는 「서시」의 감동은 변질·반감될 것이고, 상황의 변화에 따라 그 의미도 묵은 신문처럼 퇴색하고 말 것입니다. 만약 감동이 있다 하더라도 독립기념관의 유물과 같은 반성과 교훈성이 강한 것이 되고 말 일입니다.

지금 읽어도 이 시의 감동이, 그리고 그 상징성이 짙게 전달되는 것은, 이 시의 구조가 외부의 정치적 층위에 의존되어 있는 것이 아니라 자율적인 구조, 좀 더 풀어서 이야기한다면 외부적 상황과 단절되어도 그 안에서 의미를 생성하는 특수한 내재적 구조를 가지고 있기 때문인 것입니다. 쉬운 말로, 일제 식민지와 관계없는 역사 속에서 살았던 서구인들이 읽어도, 심지어 그를 고문했던 일본 관헌들이(시적 감수성을 지니고 있었다면) 읽어도 이 「서시」는 아름다운 감동을 일으켜줄 것입니다.

한편 종교적 층위에서 읽는다면 이 「서시」는 아주 또 달라집니다. "모든 죽어 가는 것을"은 죄의 값을 짊어진 모털(mortal, 죽어야만 하는 인간 존재)로서 국적과 관계없이 전세계의 인류가 될 것입니다. 물론 그 사랑 역시 민족애가 아니라 원수까지도 사랑하라는 기독교적인 사랑, 아마도 저항은커녕 우리를 괴롭혔던 식민지 통치자인 일본인까지도 사랑해야 되는 그런 보편적인 인간애人間愛가 될 것입니다. 또 "나한테 주어진 길"은 순교자의 길이 될 것이고, 물론 "별"은 원죄를 지은 인간에게 내리는 신의 은총, 동방박사가 보았던 그런 별빛으로 해석될 수도 있을 것입니다.

정치적 층위로 읽었을 때처럼 종교적 층위에서 읽으면, 비기독교인에게는 아무런 감흥을 주지 못할는지도 모릅니다. 정치적 상황이나 종교적 이데올로기를 모두 제외하여도 이 시가 시로서 존재하는 것은, 거듭 말하자면 이상에서 살펴본 대로 반대의 것을 통합하는 시적 긴장과 상상력을 지니고 있기 때문이라고 할 것입니다.

앞에서 분석한 것처럼 「서시」는 분명히,

땅(잎새) vs. 하늘(별)

의 대립되는 두 개의 공간으로 이루어져 있습니다. 그러나 바람은 이 두 대립 공간을 넘나듭니다. '잎새에 이는 바람'은 '별에 스치는 바람'이기도 한 것입니다. 바람은 지상의 잎새와 천상의 별에 같이 관여합니다. 마찬가지로 '나' 역시 하늘이 별을 노래하는 마음과 동시에 잎새에 괴로워하는 마음으로, 위아래로 다 같이 관여하고 있습니다. 하늘과 땅을 매개로 하는 것은 바람과 나입니다.

별이 밤에 의하여, 말하자면 어둠에 싸여 비로소 빛나듯이, 나는 바람에 싸여 비로소 생명과 사랑의 빛을 얻어냅니다. 잎새에 이는 바람에 괴로워하는 부정의 밤이 있기에, 모든 죽어가는 것을 사랑하는 긍정의 마음이 생성됩니다. 어느덧 별과 밤의 관계는 나와 바람의 관계와 같은 패러다임을 형성합니다.

별 : 밤 vs. 나 : 바람

별에 의해서 어둠의 부정이 도리어 긍정으로 변환되듯이, 별을 노래하는 나(시인)에 의해서 괴로움을 주는 바람은 사랑을 불러일으키는 바람으로 변화합니다.

여기에서 하늘과 땅은 대립 공간이 아니라 혼합·변형되어, 반대의 일치라는 고전적 양의성을 갖게 되는 것입니다. 밤과 바람은 같은 것이 되고, 별과 나는 그것들 속에서 빛과 불변성을 얻어가는 가역 반응을 보이는 것입니다. 정확하게 말하면, 별과 나의 동일화는 지상적인 것을 천상적인 것으로 반전시키는 것이 되지요.

한마디로 윤동주의 우주 공간은 죽음 속에서 얻어지는 생이고, 유한 속에 휩싸인 무한이라는 역설과 양의성을 지닙니다. 이것이

바로 윤동주가 창조한 공간이지요. 어둠이 있어야 비로소 빛이
나는 별, 모든 것을 변하게 하는 바람이 있어야 반대로 불변의 사
랑을 낳는 '나', 그리고 '시.'

기호의 해체와 생성

한용운의 「님의 침묵」과 '텍스트의 침묵'

메타 텍스트로서의 시 제목

"시적 언술에 있어서 시의 제목은 어느 정도 관여하는가" 하는 물음에 대해서 지금까지 본격적인 논의를 한 글들은 거의 발견할 수 없습니다. 그러면서도 실제적으로는 창작자나 독자들에게 있어서 작품의 표제는 텍스트의 의미를 결정짓는 중요한 역할을 해온 것이 사실입니다. 그렇기 때문에 오히려 열린 텍스트를 추구하고 있는 사람들에게는 표제가 어떤 구속이나 방해물로 간주되기도 했습니다. '무제無題', '실제失題' 혹은 1호, 2호 등 번호를 단 작품들이 그러한 경우에 속한다고 할 것입니다. 하지만 제목의 의미를 중립화하거나 애써 색인 이상의 어떤 의미도 부여하지 않으려는 태도 자체가 이미 작품 제목의 중요성을 의식하고 있는 반증이기도 한 것입니다. 즉 텍스트의 생산자가 어떤 제목을 붙이면 그 중요성을 인정하든 인정하지 않든 그것들은 독자적으로 텍스트 내의 언어들을 풀이하는 상위 언어로서 작용하게 된다는 사실입니다.

원숭이들은 상대방이 자기를 때릴 때 그것이 진짜 공격인지 혹은 장난치는 것인지를 금시 식별한다고 합니다. 문화인류학자 G. 베이트슨Gregory Bateson의 이론을 통해서 보면 그들은 행동에 의미를 부여하는 또 하나의 행동, 즉 커뮤니케이션에 대해서 커뮤니케이션을 하고 있는 상층의 코드를 지니고 있기 때문입니다. 원숭이들은 상대방을 때릴 때 시인이나 소설가들이 자신의 작품에 제목을 달듯이 행동 전체를 규정하는 또 하나의 행동을 하는 것이지요. 그래서 공격을 당하는 수신자들은 상대방의 행동만이 아니라 그 행동을 규정하는 또 다른 행동을 통해서 그 의미를 읽게 되는 것입니다.

텍스트의 쓰기와 읽기 사이에서도 층위가 서로 다른 두 개의 언어 체계가 벌어지고 있습니다. 그것이 문자 그대로의 사실적인 의미를 지시하고 있는 것인지 혹은 겉보기와는 다른 상징적 의미를 나타내고 있는 것인지를 그 메타 언어에 의해서 주고받게 되는 겁니다.[39]

롤랑 바르트Roland Barthes가 발자크Honore de Balzac의 텍스트 읽기에서 그 소설 제목인 '사라진느'의 인물명을 분석했던 것을 놓고 생각해봅시다. 바르트는 사라진느라는 인물명이 소설 텍스트

---

39) Gregory Bateson, The Double Bind, 1960.

전체에 어떤 예시와 해석적 코드로서 작용하고 있는가를 밝혀주고 있습니다. 그리고 그 사라진느와 잠비넬라의 두 인물명의 대립 체계를 요약해놓은 것이 바로 그 논문의 제목이 되기도 한 S/Z입니다. S와 Z는 두 인물명의 두 문자를 딴 것이지만 동시에 그 두 글자의 형태 속에 숨겨져 있는 직선과 곡선 그리고 좌와 우의 방향성의 대립항을 나타냅니다. 바르트는 그와 같은 이항 대립 체계를 통해서 즉 그 메타 언어를 가지고 『사라진느』라는 소설을 읽었던 것입니다.[40]

제목과 텍스트 한용운의 경우

이렇게 작품 제목과 텍스트의 상관성을 검증하는 작업의 그 중요성은 특히 한용운의 텍스트 읽기에서 더욱 증폭되고 있습니다. 그 이유는 지금까지 논의된 한용운론의 쟁점은 그의 시집 제목인 '님의 침묵'이라는 말에 집약되어왔기 때문입니다. '님'은 무엇을 가리킨 것인가. 그리고 '침묵'은 무엇을 상징하는 말인가를 풀이하는 것이 만해萬海 시 연구사의 주류를 이루어왔고 그것을 어떻게 풀이했는가로 연구가의 입장과 평가가 결정되기도 했습니다.

그렇기 때문에 지금까지 만해 연구는 님의 풀이말을 목록화하

---

40)　Roland Barthes, S/Z.

는 데서 시작하여 그중 어느 하나를 선택하거나 혹은 자신의 새
로운 견해를 첨가하는 것으로 끝을 맺는 것이 하나의 정형처럼
되어왔다고 해도 과언이 아닐 것입니다. 필요하다면 우리는 언제
든지 대학 입시의 객관식 답안처럼 '님'에 대한 풀이말들을 일람
표로 만들 수도 있을 것입니다.

　1. 선생의 님은 민족이었다. 한국의 중생, 곧 우리 민족이 그 님이었
다.　　　　　　　　　　　　　　　　　　　　　　　　　[조지훈趙芝薰]

　2. 그의 님은 조국도 불타佛陀도 이성도 아닌 바로 일제에 **빼앗긴** 조
국이었다.　　　　　　　　　　　　　　　　　　　　　　[정태용鄭泰鎔]

　3. 두말할 것 없이 만해의 님은 '조선'일 것이다.　　　[신석정辛夕汀]

　4. 님은 형形과 사념思念을 초월한 자비의 상像인 법신法身으로 볼 수
있다.　　　　　　　　　　　　　　　　　　　　　　　　[송석래宋晳來]

　5. 님은 어떤 때는 불타佛陀도 되고 자연도 되고 일제에 **빼앗겼던** 조
국이 되기도 하였다.　　　　　　　　　　　　　　　　　[조연현趙演鉉]

　6. 님의 의미는 본질적으로 그리워하는 대상이다.　　　[고은高銀]

　7. 만해의 불교 사상을 제대로 이해하면 그의 님이 과연 누구냐 하는
의문은 절로 풀린다.　　　　　　　　　　　　　　　　　[백낙청白樂晴]

　8. 일체 제법諸法으로부터 생명을 넘어 불러낸 진여眞如, 진제眞諦로서
의 님.　　　　　　　　　　　　　　　　　　　　　　　[염무웅廉武雄]

　9. 열반의 경지에 들게 하는 참다운 무아無我.　　　　[오세영吳世榮]

10. 님이란 인식론적 근원인 '심心'이 될 수 있다. [이인복李仁福][41]

위의 목록을 다시 크게 나누어보면 '님'을 조국과 민족으로 보려는 정치적 층위와 그것을 불타로 보고 있는 종교적 층위, 그리고 그 양자를 모두 포함하여 님의 의미를 총체적으로 파악하려는 제삼의 태도로 나누어볼 수 있을 것입니다. 그리고 그러한 견해들의 차이는 만해의 텍스트 분석에서 비롯된 것이라고 하기보다는 승려로서의 만해와 민족 운동가로서의 만해가 지니고 있는 전기적 특성의 양면성을 반영하고 있는 것이라고 할 수도 있습니다.

하지만 겉으로는 님의 해석이 서로 상반되어 있고 그 의견이 구구한 것처럼 보이지만 님을 님 아닌 다른 말로 대치해놓으려는 그 태도에 있어서는 아무런 차이가 없습니다. 쉽게 말해서 님이란 말을 그냥 님으로 읽지 않고 연시를 그냥 연시로 읽지 않으려는 그 태도에 있어서는 모두가 다 같은 태도를 지니고 있다는 이야기입니다.

지금까지 시를 비평하거나 해석할 때 우리는 흔히 그런 '우유寓喩의 사냥'을 많이 보아왔었지만 만해의 경우에 있어서는 특히 그것이 더 심했던 것이지요. 그 이유는 「정과정곡鄭瓜亭曲」이나 「사

---

41) 김재홍, 『한용운 문학 연구』, p. 86.

미인곡思美人曲」과 같이 연가 형식戀歌形式을 빌려 군신君臣 간의 충성을 나타낸 사군가思君歌 같은 시가 전통의 문화적 코드를 공유하고 있기 때문입니다. 뿐만 아니라 식민지, 혹은 독재 체제하의 검열 속에서 글을 써왔던 우리는 시의 텍스트를 시적 언술로서가 아니라 사상적, 혹은 정치적 언술로 번역해서 읽는 데 아주 익숙해져 있기도 합니다.

이러한 우유적 독서법을 기호론적 입장에서 풀이하면 복합 기호 체계를 단일 기호 체계로 바꿔놓는 행위라고 풀이할 수가 있습니다. 혹은 라캉의 말대로 하자면 아버지의 말, 그리고 그 해설자인 월든Anthony Wilden의 보다 평이한 말로 표현하자면 아날로그적인 언어를 디지털의 언어로 바꿔놓는 작업이라고도 할 수 있습니다.[42]

단도직입적으로 말해서 시적 텍스트는 아무리 강렬한 정치·종교와 같은 이데올로기의 메시지를 담고 있는 경우라고 해도 이미 텍스트의 형태 자체가 '이것은 시요'라는 메타 언어를 내포하고 있는 것입니다. 산문과 구별되는 운율이나 시행 등이 일종의 그런 메타 커뮤니케이션의 역할을 하고 있기 때문에 원숭이의 경우처럼 그것이 놀이의 제스처인지 진짜 때리는 행위인지를 분간

---

42) Anthony Wilden, The Symbolic, the Imaginary and the Real : Lacan, Lévi - Strauss and Freud in System and Structure, 1980.

할 수 있게 하는 단서를 제공해주고 있는 것입니다. 그렇기 때문에 우리는 한용운의 「님의 침묵」을 「기미독립선언문」이나 「불교유신론」과 구별되는 글, 즉 시로서 인식하게 되는 것입니다. 그런 점에서 모든 시들은 아무리 서툰 시라고 하더라도 '이것은 시요'라는 메타 언어와 자신의 시론을 시 속에 포함하고 있다고 할 것입니다. 이미 말한 대로 그런 역할을 맡고 있는 부분의 하나가 바로 작품 제목이었던 것입니다.[43]

목탁을 두드리고 있는 승려가 '나는 불도요'라고 말하고 있듯이 정치적 전단이나 혹은 국회에서 발언하고 있는 정치인들의 언술에는 어떤 내용의 메시지를 담고 있다고 해도 끝없이 '나는 정치가요', '나는 애국자요', '나는 선거 구민을 위해서 일하고 있소'라는 메타 커뮤니케이션을 수행하고 있는 것이라 할 수 있습니다. 그것처럼 시를 쓰고 있는 사람은 시 작품의 내용에 담긴 그 메시지 이상의 차원에서 '나는 시인이요', '나는 시를 쓰고 있소'라는 또 다른 언표를 의식적으로 또는 무의식적으로 발신하고 있는 것입니다.

만해가 그러한 메타 언어 또는 메타 커뮤니케이션을 직접 시로써 보여주고 있는 것이 바로 시집의 서문으로 쓰인 「군말」이며

---

43) Roman Jakobson, Framework of Language, Michigan Studies in the Humanities, 1980.

표제시인 「님의 침묵」입니다. 그리고 그 결론부터 이야기하자면 등잔 밑이 어둡다고 만해 자신은 그 「군말」이나 「님의 침묵」에서 스스로 정의하고 있는 님의 메타 언어에 대해서 깜깜한 채로 있었다는 사실입니다.

그렇기 때문에 「군말」과 「님의 침묵」을 자세하게 읽어보면 지금까지 수수께끼 풀이처럼 논의되어온 "만해의 님은 무엇인가? 누구인가?"라는 물음 자체가 얼마나 덧없는 일인가를 알게 될 것입니다. 그리고 "님이란 바로 시인이 추구하고 있는 시적 대상이다"라고 요약할 수가 있는 것입니다. 말하자면 「군말」과 「님의 침묵」의 언술 속에 담긴 님의 정체는 '님이란 바로 노래(시-언어)를 낳게 하는 대상과 그 창조력'을 의미하고 있다는 것입니다.

그러나 앞에서 이야기한 대로 우리는 님이 무엇을 뜻한 것인가, 누구를 가리킨 것인가 하는 물음에 답하려는 것부터가 지금까지 범해온 오류를 되풀이하는 함정이란 것을 깊이 인식해두어야 합니다.

그렇기 때문에 시의 분석 대상을 한용운의 시적 언어, 그리고 그 텍스트를 산출해내고 있는 메타 언어와 메타 텍스트로 옮겨보면 지금까지 논의되어온 종교적·정치적 이데올로기의 언술과는 다른 만해의 '시적 언술'의 특성이 해명될 수 있을 것입니다. 즉 님이라는 말을 우유적 또는 상징적 언어로 접근할 것이 아니라 메타 언어로서 바라보자는 것이지요. 한용운은 새로운 뜻이 담긴 님이라는 말을 만들어내기 위해서 시를 쓴 것이라고 우선 생각해보라는 것입니다. 시의 최종 목적은 말을, 이를테면 하나의 기호를 창조해내는 행위라고 그 생각을 한번 돌려보라는 것입니다.

'님'의 메타 언어—「군말」의 분석

'님'만님이아니라 긔룬것은 다님이다 衆生이 釋迦의님이라면 哲學은 칸트의님이다 薔薇花의님이 봄비라면 마시니의님은 伊太利 님은 내가사랑할 쑨아니라 나를사랑하나니라

戀愛가 自由라면 님도自由일것이다 그러나 너희는 이름조은 自由에 알쓸한拘束을 밧지안너냐 너에게도 님이잇너냐 잇다면 님이아니라 너의그림자니라

나는 해저문벌판에서 도러가는길을일코 헤매는 어린羊이 긔루어서 이詩를 쓴다

—「군말」

잘 알다시피 「군말」은 1926년 최초로 나온 초간본 시집에 서문으로 씌어진 시입니다. 제목의 '군말'은 문자 그대로 보면 췌사贅辭로서 군더더기 말이라는 뜻입니다. 그러나 시집에 씌어진 그

말은 단순히 쓸데없는 말이라는 뜻만이 아니라 본문의 시와 구분되는 차별화의 의미 작용을 하고 있습니다.[44] 첫째는 글의 종류에 대한 것으로 '이 글은 본문이 아니라 책머리에 붙이는 서문이오'라는 뜻입니다. 그렇기 때문에 이때의 군말은 '형식적', '의례적', '상투적'과 같은 뜻을 내포하고 있습니다.

둘째는 '이 글은 이 시집에 씌어진 시에 대한 풀이말이오'라는 언표 행위로 볼 수가 있습니다. 즉 시는 시 자체가 중요한 것이지 시에 대한 해설이나 풀이는 췌사에 불과한 것이라는 뜻입니다. 중립적으로 말하자면, '이것은 이 시집에 수록된 나의 시에 대한 설명문이오'라는 뜻이 될 것입니다.

셋째는 그것이 시 형식으로 씌어진 글에 붙여진 제목일 경우에는 수사적으로 과장법과 반대되는 겸양법으로서 '이것은 시가 아닌 잡문에 불과한 것이오'와 같은 뜻을 내포하게 됩니다.

만해의 '군말'은 이 세 가지 뜻을 동시에 함유하고 있는 언술로서 군말이라고 불리어지는 그 글들은 '언어에 대한 언어', '시에 대한 시' 그리고 '커뮤니케이션에 대한 커뮤니케이션'으로 작용하고 있는 메타 텍스트가 될 것입니다.

---

44) 『님의 침묵』 초간본(회동서점 발행, 1926년 5월 20일)에는 「군말」이 본문과 구별하여 장지와 목차 사이에 별도로 붉은 잉크로 인쇄되어 있고 그 글의 말미에는 '저자'라는 말이 기입되어 있다.

실제로 만해는 「군말」을 통해서 자신이 그 시집에서 사용하고 있는 '님'이라는 말에 대해 직접 정의를 내리고 있는 것입니다. 「군말」 전체가 님이란 말을 밝히는 메타 언어라고 할 것입니다. 그렇기 때문에 「군말」의 첫 행은 자연스럽게 님에 대한 정의로부터 시작하고 있습니다.

　　'님'만님이아니라 긔룬것은 다님이다

　　이 첫 행을 좀 더 조심스럽게 읽어보십시오 이 짤막한 한 줄의 시 속에 님이라는 말이 세 번이나 등장하고 있습니다. 그리고 여기에 쓰인 세 가지 님은 모두 그 뜻이 다릅니다.
　　맨 먼저 나오는 님은 만해 자신이 작은따옴표 안에 넣고 있는 것을 보아도 알 수 있듯이 님이란 말이 지시하는 실체substance로 사물로서의 님, 즉 시니피에로서의 님인 것입니다. 그리고 바로 그 뒤에 나오는 "님이 아니라"고 할 때의 그 님은 우리가 일상적으로 사용하고 있는 언어로서의 님, 즉 님의 대상을 나타내는 시니피앙으로서의 님인 것입니다. 기호학에서 쓰는 특수한 부호로 구별하면 앞의 님은 실체나 개념으로서의 님으로 //님//이라고 표시할 수 있고 뒤의 님은 시니피앙으로서의 님으로 /님/이라고 표기할 수가 있을 것입니다. 그러므로 마지막에 나오는 님은 우리가 일상적으로 쓰고 있는 님이라는 '말(기호)'을 새롭게 정의하고 있는 말로서 우리가 메타 언어라고 부르고 있는 그 층위에 속하는 님이라는 것을 알 수가 있습니다.

장황하지만 이것을 보통 산문 형식의 설명문으로 바꿔놓으면 이렇게 되겠지요.

"연인만이 님이 아니라 우리가 그루어 하는 것은 다 님이라고 부를 수가 있다."

첫 번째 작은따옴표 안에 싼 님을 N1, 두 번째의 님을 N2 그리고 "그른것은 다님"이라고 한 그 마지막의 님을 N3라고 표기하면,

$$N1(\text{실체의 님}) < N2(\text{일상적 언어의 님}) < N3(\text{메타 언어로서의 님})^{[45]}$$

으로 그 관계를 나타낼 수 있습니다.

어때요. 좀 더 명확해진 것 같지요. 만해가 「군말」에서 말하고자 하는 핵심은 바로 N2의 말을 N3로 바꿔놓는 것, 즉 일상적인 기호를 새로운 메타 언어로 재창조하려는 것입니다. 그러니까 군말의 첫 시행을 읽을 때 우리는 우리가 흔히 쓰고 있는 말, 땅처럼 확실히 디디고 살아온 그 님이라는 말이 무너져내리는 것을 느끼게 됩니다. 그리고 뻔하기 짝이 없던 님이라는 그 말이 산산이 해체되고 수수께끼 같은 심연 속으로 빠져들면서 새로운 생동

45) Roland Barthes, Système de la Mode, Editions du Seuil, 1967, p. 38. 도표 참조.

감으로 거듭 태어나는 님의 변신을 보게 되는 것입니다. 그래서 지금까지 님이라고 불러왔던 것들이 과연 진정한 님인가라는 회의를 지니게 되고, 반대로 지금까지 님이라고 부르지 않았던 것들이 님이라는 새 호칭으로 머리 들고 일어서는 기호 체계의 반란을 체험하게 되는 것입니다.

사실 우리는 만해가 아니더라도 님이라는 한국 특유의 그 말에 조금만 관심을 기울여보면 님의 기호론적 과제가 얼마나 큰 것인가를 금시 깨닫게 될 것입니다. 님이란 말은 의미의 딱딱한 층위를 횡단하여 밑으로는 「만전춘滿殿春」의 "얼음 위에 댓닢자리보아 님과 나와 얼어 죽을 망정"의 에로티시즘의 대상[情夫]으로부터 시작하여, 위로는 해님·달님·하늘님의 님처럼 지고하고 추상적인 초자연의 존재에 이르기까지 온갖 대상을 총체적으로 기술하고 있는 다의적 기호에 속해 있는 것입니다.[46] 소쉬르 이후로 의미, 즉 기호의 체계란 차이고 분할이라는 사실을 알게 되었습니다. 그러나 님이라는 한국말은 생물과 무생물, 자연과 초자연, 그리고 구상과 추상이라는 의미의 두꺼운 벽을 허물어뜨립니다. 그냥 허물어뜨리는 것이 아니라 그 차이를 애매하게 하고 그 같은 분할을 하나로 통합하는 기능을 나타냅니다. 한마디로 한국말

---

46) 님에 대한 복합적 의미에 대해서는 권로순·인권환 공저, 『만해 한용운 연구』, p. 141. 참조.

의 님은 '닫혀진 기호 체계'를 '열려진 기호 체계'로 변환하는 가장 좋은 본보기의 하나라고 할 것입니다.

그러고 보면 만해는 독립운동가로서, 불교 유신론자의 승려로서만 기억될 분이 아니라는 것을 알게 됩니다. 님이라는 한국말의 특성을 '유신維新'한 언어의 창조자(시인)로서 우리 앞에 우뚝 서 있는 것입니다. 말하자면 '차이와 대립' 체계의 기호를 '융합과 생성' 체계의 기호로 바꾼 '님의 기호학'을 처음으로 이 땅에 펼친 분으로서도 길이 남을 분이라는 이야깁니다.

차이에서 통합으로 향하는 님의 기호학이라는 것이 무엇인지 「군말」을 계속 파 들어가 봅시다.

그 첫 행은 아주 간단명료한 정의인데도 거기에는 여러 가지 함정이 있고 만만찮은 오독을 낳게 할 잡음 요소가 들어 있습니다. 우선 통사 구조로 보면 일상적인 님 N1, N2를 a라고 하고 님이란 말을 새롭게 정의한 메타 언어로서의 님 N3을 A로 표시하면, 우리는 두 요소 사이에는 다음과 같은 세 가지 다른 집합 관계가 생겨나게 된다는 것을 알게 됩니다. "'님'만님이아니라 그른것은 다님"이라고 할 때 앞의 a와 뒤의 A는 대립 관계나 배제적인 관계인가, 아니면 동일성과 포함적인 관계인가라는 물음이 생기게 됩니다. 만약 만해가 말하는 님이 에로티시즘의 연인이 아니라 쉽게 말해서 에로스와 구별되는 아가페적인 대상만을 의미하는 것이라면 a와 A의 집합 관계는,

① a ∪ A

의 합집합이 되고, 사랑하는 것과 그른 것에는 일부 공통점이 있는 것이라면 그 관계는,

② a ∩ A

의 교집합이 됩니다. 그러나 이성적 사랑의 의미소가 그른 것의 일부에 포함되는 것이면 a는 A에 내포되어,

③ a ⊂ A

의 관계를 나타나게 될 것입니다. 통사 구문으로 볼 때 "a만 아니라 A다"는 영어의 not only~but 형과 같은 것으로 당연히 a는 A에 포함되게 됩니다. 엄격하게 글의 논리성을 따질 때 만해의 님은 일상적인 님도 내포하고 있는 것이어서 ③의 집합 관계로 요약할 수 있을 것입니다.

그러나 뒤에 다시 언급되겠지만 a와 A를 배제적인 관계 즉 영어의 not~but 형태로 풀이해보면, '너에게도 님이 있느냐 있다면 그것은 그림자이니라'의 경우처럼 그의 님 속에는 일상적 님의 요소를 부정하고 있는 사이비적인 님으로 파악되기도 합니다. 그러

나 '님의 기호학'은 '만only'의 배제적 관계가 아니라 오히려 그 반
대로 '다all'에서 생성되는 기호라는 점을 다시 생각해주기 바랍니
다. 그래요. "'님'만님이아니라 긔룬것은 다님이다"라는 첫 시행
그대로 '만'의 님을 '다'의 님으로 고쳐놓은 것이 만해 기호 체계
의 대들보요 서까래인 것입니다. 일상적인 님과 만해의 님의 관계
가 배제 관계인가 포함 관계인가, 혹은 유사 관계인가를 좀 더 뚜
렷하게 밝히기 위해서는 다음 시행으로 옮겨가야 할 것입니다.

사랑하는 것과 긔룬 것의 의미─3인칭의 님

"긔룬것은 다님이다"라는 언술을 구체적인 사례를 통해서 밝
혀준 것이 다음 행에 나오는 네 가지 경우의 예입니다.

> 衆生이 釋迦의님이라면 哲學은 칸트의님이다 薔薇花의님이 봄비라
> 면 마시니의님은 伊太利다 님은 내가 사랑할쑨아니라 나를사랑하나니
> 라

「님의 침묵」의 그 '님'이란 말이 정치 또는 종교적 의미만을 지
니고 있지 않다는 것은 만해 자신이 「군말」의 이 시행을 통해서
명백히 밝히고 있습니다. 「군말」에서 제시된 님의 층위는 직접
제시되어 있는 것이 네 개, 간접적으로 암시되어 있는 것이 두 개

로서 전부 여섯 개의 영역이 그 보기를 형성하고 있습니다. 그중 직접적으로 진술되어 있는 네 가지 층위가 바로 이 시행으로서, 중생과 석가의 관계가 종교적 층위라고 한다면 철학과 칸트의 관계는 사상적 층위라고 할 수 있습니다. 또한 봄비와 장미화는 자연적 층위 그리고 이태리와 마시니[47]의 관계는 정치적인 층위에 속하게 됩니다.

그러므로 님이라는 말의 변별성은 정태적인 의미론적 계층에 의해서가 아니라 그룬 것이라는 욕망의 역동성에 의해서 이루어지게 됩니다. 그런데 그 예시된 사항들을 자세히 검토해보면 그 대상이 모두 추상적이라는 점입니다. 이성 간의 사랑처럼 인간에 대한 것이 아니라 철학이나 이태리 그리고 석가의 중생까지도 불가시적인 것을 대상으로 삼고 있습니다. 동시에 장미화를 빼면 그 주체들은 모두가 각 분야에서 남들이 잘 해내지 못한 위업을 이룬 사람들입니다. 쉽게 말하면 중생을 그룬 것으로 삼고 있었기에 석가는 비로소 석가가 될 수 있었고 이태리를 그루었기 때문에 마시니라는 애국적인 정치가가 될 수 있었고, 철학을 향한 열성이 있었기 때문에 칸트는 철인이 된 것입니다. 그들이 그루어하는 대상이 바로 그들을 만들어낸 것입니다. 봄비가 장미화

---

47) 이탈리아의 혁명가이자 정치가인 주세페 마치니Guiseppe Mazzini(1805~1872)를 가리킨다. 이 책에서는 「군말」 원문에 쓰인 마시니로 표기했다.

를 키우듯이 긔루어하는 것들은 긔루어하는 사람을 키워줍니다. 그리고 그 긔루어하는 것과 사랑하는 것의 차이는 이 시행의 마지막에 밝힌 대로 일방 통행적인 것이 아니라 쌍방향의 것이라는데 있습니다. "내가 사랑할뿐아니라 나를사랑하나니라"라는 말이 바로 그런 것입니다.

님이라는 말은 단순히 나와 그 특정 대상만이 아니라 나와 다른 것까지도 모두 통합시켜줍니다. 적어도 님을 정의하고 있는「군말」속에서는, 즉 만해의 '님의 기호학'에서는 종교·정치·철학으로 대표되는 종교와 학문의 세계, 그리고 자연과 인간이 구별되지 않고 같은 자리에 나서게 됩니다. 님이라는 말, 그리고 긔루어하는 것의 역동적 욕망 속에서는 석가와 장미가, 마시니와 칸트가 한 식구가 되는 것입니다. 그렇기 때문에 불교 신자인 만해의 시 속에서는 석가와 중생의 관계만이 아니라 비불교적인 이미지가 자유롭게 넘나들 수가 있습니다. 연꽃이 장미화가 되는가 하면 김유신이 아니라 마시니가, 퇴계가 아니라 칸트가 아무 경계선 없이 자유로 드나듭니다. 그리고 식물과 인간이 동일한 차원에서 자리를 함께하고 있습니다. 그러니까 이 위의 예에서도 알 수 있듯이 만해에게 있어 중요한 것은 교집합을 이루고 있는 항목들이 아니라 그런 영역이 공유하고 있는 매개항intersection, 즉 긔룬 것이라는 역동적 욕망입니다.

왜냐하면 개개의 님은 긔룬 것을 매개항으로 삼고 있는 교집합 관계에 있기 때문입니다.

$$N \{A \cap B \cap C \cap D\} = r$$

(N = 님, A = 석가 : 중생, B = 칸트 : 철학, C = 장미 : 봄비,

D = 마시니 : 이태리, r = 긔룬 것)

성애의 층위 — 너희들의 님

그렇지요. 우리는 종교와 정치를 그리고 학문과 자연을 한 번도 님이라고 생각해본 적이 없었지요. 왜냐하면 우리는 석가나 마시니, 칸트와 장미가 아니었기 때문이기도 합니다. 하지만 우리가 그것을 그들처럼 똑같이 긔루어한다면 그것들 역시 우리의 님이 될 수가 있고 우리는 석가나 칸트나 마시니처럼 될 것입니다. 봄비를 긔루어한다면 우리는 장미가 될 수도 있을 것입니다. 하지만 여기의 님들이 모두 '그들'이라는 3인칭으로 표현되어 있는 것처럼 우리와는 먼 곳에 있는 성인이요 현자요 영웅인 것입니다.

그래서 '그들'의 님을 우리와 좀 더 가까운 '너희들'의 님으로 바꿔놓으면 막막하고 추상적이었던 세계가 피와 육체를 지닌 이성異性의 모습으로 변하게 됩니다.

戀愛가 自由라면 님도自由일것이다 그러나 너희는 이름조은 自由에
알쓸한拘束을 밧지안너냐 너에게도 님이잇너냐 잇다면 님이 아니라
너의그림자니라

종교·사상·자연 그리고 정치의 층위에서 제시되었던 1행의 님
은 2행째에서는 연애의 님으로 바뀌게 됩니다. 그리고 석가·칸
트·마시니와 같은 3인칭적 주체자 그들은 '너'라는 2인칭으로 바
뀌게 됩니다. 이때의 '너'는 일상적 세계에서 연애를 하고 있는
사람들이고 그때의 님은 두말할 것 없이 연인을 가리키는 것이지
요. 그런데 가장 중요한 것은 님을 님이게끔 하는 "긔룬것"의 의
미가 2행에서는 자유로 바뀌어져 있다는 점입니다. 그리고 그 자
유란 것도 진정한 의미의 자유가 아니라 '자유 연애'라고 할 때의
그 "이름조은 자유"를 뜻하는 것이지요. 그것은 또다시 "알쓸한
구속"으로 바뀌게 됩니다.[48]
　　결국 긔룬 것이 아니라 자유를 앞세운 구속 관계의 님입니다.
그것은 진정한 님이 아니라 자신의 "그림자"에 지나지 않는다는

<hr/>

48)　"연애가자유라면"은 당대에 유행했던 콜론타이즘kollontaism과 같은 '자유 연애'를 가
리킨 것으로 만해는 이것을 직접 「자유 정조」란 시에서 다루고 있다. "……남들은 나더러
시대에 뒤진 낡은 여성이라고 삐죽거립니다. 구구한 정조를 지킨다고./그러나 나는 시대
성을 이해하지 못하는 것도 아닙니다./인생과 정조의 심각한 비판을 하야 보기도 한두 번
이 아닙니다./자유 연애의 신성(?)을 덮어놓고 부정하는 것도 아닙니다……."

것입니다.

앞에서 밝힌 대로 "긔룬것"과 대립적인 의미를 지니고 있는 것은 우리를 속박하는 "이름조은" 자유가 될 것입니다. "이름조은"은 문자 그대로 일상적 기호(이름), 관습화한 그 굳은 기호의 세계를 의미하는 것이지요.

'이름 좋은 자유에 알뜰한 구속을 받고 있는 것'이 그림자의 님을 만들어내는 것이라면, 그것을 뒤집은 상태 즉 '무한한 구속을 통해서 참된 자유를 얻는 것'이 긔룬 것으로서의 님이 될 것입니다. 그것이 복종과 자유란 말이 정반대로 뒤집혀 있는 「복종」이라는 시입니다.

> 남들은 自由를 사랑한다지마는, 나는 服從을 좋아하야요.
> 自由를 모르는 것은 아니지만, 당신에게는 服從만 하고 싶어요.
> 服從하고 싶은데 服從하는 것은 아름다운 自由보다도 달금합니다,
> 그것이 나의 幸福입니다.
>
> 그러나 당신이 나더러 다른 사람을 服從하라면 그것만은 服從할 수가 없습니다.
> 다른 사람을 服從하랴면, 당신에게 服從할 수가 없는 까닭입니다.
> ─「복종服從」

「군말」의 마지막인 3행에서는 바로 이 긔루다라는 말이 님이란 말 대신 그 등가물로서 직접 등장하고 있습니다.

나는 해저문벌판에서 도러가는길을일코 헤매는 어린羊이 긔루어서 이詩를 쓴다

처음 행의 주체는 그들의 3인칭이었고 2행째의 주체는 너희들이라는 2인칭이었지만 이 마지막 행의 주체는 1인칭인 '나'로 바뀌어 있습니다. 그리고 연애의 층위는 시의 층위로 옮겨지고 님의 대상은 '길 잃은 어린 양'으로 되어 있고 그 행위는 시를 쓰는 것으로 나타나 있습니다. 명백하지요. 중생이 긔루어서 석가는 해탈하에 중생 제도의 길을 열었습니다. 그런데 '나'는 길 잃은 양들이 긔루어서 시를 쓰고 있는 것이지요. 그러니까 「군말」의 마지막 행은 「님의 침묵」과 마찬가지로 시의 층위에 속하는 님의 세계를 나타내고 있는 것입니다. 구체적으로 말하면 '길 잃은 어린 양'은 만해의 님이고 그 님은 그에게 시를 쓰게 하는 힘의 원천이 됩니다. 만해가 나의 님이라고 선언하고 있는 '길 잃은 양'을 일대일의 구체적인 낱말, 극히 산문적 표현으로 고쳐보면 시의 독자라고 할 것입니다. 즉 시를 같이 감응하는 커뮤니케이션의 수신자가 되는 것입니다. 그러니까 "시의 독자들은 나의 님이라고 할 수 있고 그 님들을 위해서 나는 이 시들을 썼다"라는 말

이 됩니다. 하지만 여전히 '길 잃은 양'을 조국을 상실하고 헤매는 한국 민족, 그것도 어린 양이므로 한국의 청소년으로 그 의미를 한정하거나 또는 아직 불도의 깨달음을 모르고 있는 중생들로 대치하려는 사람이 있을지 모릅니다. 그러면 다시 만해의 님은 조국이나 불교적 의미로 한정되고 말 것입니다.

하지만 다시 한 번 생각해보십시오. 중생을 님으로 한 석가는 시를 쓰지 않고 대오大悟의 세계로 나갔고, 길 잃은 양과 같은 이태리의 민족을 님으로 삼았을 때 마시니는 통일운동을 벌입니다. 님과 행위는 명사와 동사로 나타낸 하나의 개념임을 알 수가 있습니다. 그렇기 때문에 시를 쓰는 행위를 유발하는 길 잃은 양은 시인의 독자 또는 시 읽기를 갈망하는 시의 수신자가 된다는 것은 너무나도 명백한 논리가 될 것입니다.

「님의 침묵」이라는 시를 쓰고 있는 동안의 만해의 님은 그에게 독립운동을 하게 하는 님도, 목탁을 두드리게 하는 님과도 구별되는 것입니다. 무엇이 만해에게 시를 쓰게 하였는가. 무엇이 만해를 시인이 되게끔 하였는가. 만해가 시 속에서 형상화하고 있는 님의 모습을 통해서 우리는 그 비밀을 보게 되는 것이고 그 비밀은 바로 만해의 시론이 되는 메타 언어들이라고 할 것입니다. 위에서 한 말들을 정리해보면 「군말」 속에 나타난 님의 구조를 이렇게 정리할 수가 있을 것입니다.

그들의 님이 관념적이고 초월적인 특성을 가진 것이라면, 너희들의 님, 즉 일상적 님은 육체를 지닌 물질적 님이라고 할 수 있습니다. 그런데 마지막 나의 님, 시를 쓰게 하는 그 님은 그들과 너희들의 중간에 있는 것이라고 할 수 있습니다. 시인은 성자도 속인도 될 수 없는 그 중간에 매달려 있고 그것은 노래(시)로밖에는 표현될 수가 없습니다. 즉 '긔룬 것'이 언어(노래)로 나타난 경우입니다. 언어는, 그리고 시는 육체와 영혼의 한가운데 있는 관념과 감각의 혼합체, 즉 현상학적 세계의 존재와 비슷하지요.

「군말」과 거의 같은 뜻을 담고 있는 「님의 침묵」을 보면 길 잃은 양이 긔루어 시를 쓴다는 선언이 좀 더 선명하게 와닿을 것입니다. 그리고 시는 어느 때 탄생하는가 하는 물음에 답하는 '메타시'로서 「군말」과 그리고 「님의 침묵」이 시집 앞 장에 놓여 있음을 쉽게 알 수 있을 것입니다.

동시에 시란 언어[記號]를 생성하는 것이라는 것, 그리고 만해가

그 여러 가지 시 속에서 '노래'라고 표현하고 있는 것들은 바로
그 만해가 생성하고 있는 기호 작용이라는 것도 알 수 있을 것입
니다. 그러므로 님은 기호의 조직체인 텍스트 자체이며 님의 침
묵은 바로 침묵하는 텍스트 자체가 됩니다. 님의 침묵 속에서만
사랑의 노래가 흘러나오듯이 텍스트의 침묵 속에서만 시는, 생명
감 있는 시적 기호는 출현하게 됩니다. 기호론적으로 볼 때 일상
적인 만남으로서의 님은 일상적 기호(관습적 언어) 체계 속의 언어인
것입니다. 그리고 이별 다음에 침묵을 휩싸고 울려 나오는 노래
는 시적 기호의 생성 체계라고 할 수 있습니다.

그렇기 때문에 우리는 님이란 말, 그리고 그룬 것의 의미가 무
엇인가를 물어서는 안 됩니다. 송욱 교수는 그룬 것의 의미를 해
설하기 위해서 '그룬 것', '그룬', '그루어서'는 그립다가 변화한
말로 만해의 특유한 말씨(허웅 박사의 교시)라고 밝히고 있습니다.[49]

그러나 그룬 것이라는 말의 참뜻을 알기 위해서는 언어학자의
교시를 받는 것보다도 만해의 시 자체 속에서, 그 문맥과 구조 속
에서 찾는 것이 더 유효할 것입니다. 그루다라는 말이 모호하고
불투명하고 또한 기존의 기호 체계로서는 설명할 수 없는 것이기
때문에 더욱 그렇습니다. 만해는 『님의 침묵』이라는 시집으로 그
뜻이 무엇인지를 밝히려 한 것이지요. 맞습니다. 메타 시라고 한

---

49) 송욱, 『한용운 시집 "님의 침묵" 전편 해설』, 과학사, 1974.

말이 바로 그것입니다. 그른 것, 님의 뜻을 풀이한 메타 언어가 바로 그의 시라는 말입니다.

만해의 시 속에 말의 의미를 뒤집는 패러독스나 아이러니 그리고 모순 어법과 같은 것이 자주 등장하는 것이 그렇지요. 일상적 기호 체계로서는 도저히 풀이할 수 없는 말뜻들, 그것을 해체하지 않고서는 그른 것에 대한 욕망과 행동을 표상할 수가 없었던 것이지요. 그렇기 때문에 「님의 침묵」을 불교의 증도가[證道歌, 기독교의 경우라면 구약의 아가雅歌]라고 평하고 있는 것처럼 잘못된 생각도 없을 것입니다.

「군말」에 나타난 만해 자신의 기호의 세계를 들여다봅시다. 거기에서 우리는 동양적인 이미지(불교적)와 서구적인 이미지의 각기 다른 의미의 축이 혼유해 있다는 것을 알게 됩니다. 그는 불교도였지만 불교적인 이미지보다는 오히려 서구적·기독교적 전통을 잇고 있는 이미지를 많이 사용하고 있습니다. 석가와 함께 칸트·마시니 같은 서양 인물이 등장해서만이 아닙니다. '장미화'와 '길 잃은 양'이 전형적인 기독교적 상징물이라는 것은 다 아는 사실입니다.

「님의 침묵」이 불교적 언술이라고 주장하는 사람들의 의견이 옳다면 장미화는 연꽃으로, 길 잃은 양은 심우장尋牛莊이라는 당호堂號에서도 나타나 있듯이 소의 이미지로 바뀌었을 것입니다. 구체적인 사물어만이 아니라 추상어 계열에 있어서도 '연애', '자유', '구속' 등의 말은 서구의 근대 문명에 뿌리를 둔 개념어로서 개화기에 일본의 번역어로 수입된 말들입니다.[50]

우리가 관심을 갖고 있는 것은 오히려 승려로서, 독립운동가로서 일관하여 생활해온 만해가 어떻게 불교적·정치적 언술에서 벗어나 독자의 시적 언술을 만들어냈는가 하는 점입니다. 굳어져가는 언어의 코드를 끝없이 해체하고 탈구축해가면서 새로운 기호를 생성해가는 만해의 의미 작용은 종교나 정치적 언술과는 분명 다른 특성을 지니고 있습니다. 구국救國의 소리나 구도求道의 언어가 이데올로기화할 때 그것은 피시스와 대극해 있는 노모스 nomos에 속하게 됩니다.[51] 그래서 그 언어와 메시지들은 절대 언어로 바뀌고 맙니다. 그러나 시적 기호의 세계semiosis는 항상 노모스와 피시스의 그 중간에서 긴장 유동하고 있는 것이기 때문에 언어의 권력화나 제도화를 분해시키는 역할을 수행할 수 있습니다.

50) 연애란 말은 영어의 LOVE, 불어의 AMOUR의 번역어로서, 그 최초의 용례는 1870~1871년에 나온 나카무라 마사나오[中村正直]의 번역서 『서국입지편西國立志編』에 등장하는 것으로 추정한다.

51) 그리스 철학자들은 물질적인 자연계를 physis, 이와 반대로 법규나 습관적이고 인위적인 규약의 세계를 nomos semiosis라고 했다. 모든 기호는 감각으로 느끼는 물질성과 관념으로 인식되는 개념성의 양면으로 이루어져 있으므로 물질계와 관념 사이에 기호의 세계가 존재한다고 말할 수 있다.

아마도 만해 자신이 종교가나 독립운동가로서 자칫 빠지기 쉬운 도그마에 얽매이지 않고 삶 그 자체와 끝없이 직면할 수 있었던 것은, 어쩌면 시라는 또 다른 님이 있었기 때문이라고 할 것입니다. 그런 점에서 시인 만해를 불교도나 민족운동가로 환원하는 종래의 방법과는 달리, 오히려 그의 민족운동이나 종교의 신념이 다른 사람들과 어떻게 달랐느냐를 설명하는 논거로써 그의 시를 논의하는 편이 훨씬 합리적일지도 모릅니다. 극단적으로 말해서 불교와 정치 운동이 시와 양립할 수 없는 딜레마를(특히 그 언술의 방법에 있어서) 끄집어내는 것이 지금으로부터 해야 할 만해론의 출발점이라고 할 것입니다.

만해의 비밀은 일제의 검열을 피하기 위해서 시적 언술을 필요로 했던 것이 아니라 자신이 쓴 시의 한 구절처럼 "그 비밀은 소리 없는 메아리와 같아서 표현할 수가 없"기 때문에 시적 언술에 기댈 수밖에 없었던 것입니다. 그러면 만해의 그 "소리 없는 메아리"의 비밀(침묵의 텍스트)이 어떻게 텍스트로 생성해가는가를 살펴보기로 하겠습니다.

침묵과 노래의 상관 관계

1. 님은갓슴니다 아아 사랑하는나의님은 갓슴니다

2. 푸른산빗을깨치고 단풍나무숩을향하야난 적은길을 거러서 참어 썰치고 갓슴니다

3. 黃金의 꽃가티 굿고빗나든 옛盟誓는 차듸찬씌끌이되야서 한숨의 徹風에 나러갓슴니다

4. 날카로은 첫 '키쓰'의追憶은 나의運命의指針을 돌너노코 뒤ㅅ거름처서 사러젓슴니다

5. 나는 향긔로은 님의말소리에 귀먹고 쏫다은 님의얼골에 눈머럿슴니다

6. 사랑도 사람의일이라 맛날째에 미리 써날것을 염녀하고경계하지 아니한것은아니지만 리별은 뜻밧긔일이되고 놀난가슴은 새로은 슯음에 터짐니다

7. 그러나 리별을 쓸데업는 눈물의源泉을만들고 마는것은 스스로 사랑을깨치는것인줄 아는까닭에 것잡을수업는 슯음의힘을 옴겨서 새 希望의 정수박이에 드러부엇슴니다

8. 우리는 맛날째에 써날것을염녀하는것과가티 써날째에 다시맛날 것을 밋슴니다

9. 아 님은갓지마는 나는 님을보내지 아니하얏슴니다

10. 제곡조를못이기는 사랑의노래는 님의沈默을 휩싸고돔니다

　　　　　　　　　　　　　　　　　　　　　　—「님의 沈默」

침묵과 이별 ―「님의 침묵」의 분석

「군말」이 님이라는 말을 정의한 메타 언어라고 한다면 시집의 표제어가 된 '님의 침묵'은 침묵이란 무엇인가 하는 '침묵'의 메타 언어라고 할 수가 있습니다. 그러므로「군말」과 함께「님의 침묵」은 시집 제목과 마찬가지로 전시 작품에 대한 메타 시의 구실을 합니다. 그리고「군말」에서 님이란 말에 대한 여러 층위가 패러디그마틱한 공간축으로 구성되어 있는 데 비해서「님의 침묵」은 신태그마틱한 시간축으로 전개되고 있습니다. 그래서 이미 본대로「군말」에 나타난 님은 종교·정치·사상·시와 같은 층위의 님이 병렬적인 켜로 등장하고 있지만,「님의 침묵」에서는 만남(과거), 이별(현재), 그리고 침묵(미래)에서 노래가 탄생하는 시간적 과정과 그 변화의 띠에 의해서 전개되어갑니다. 그래서「군말」이 '님'의 켜라고 한다면「님의 침묵」은 님의 띠라고 할 수 있지요. 이 말을 달리 표현한다면「군말」은 주체(주격)를 찾는 명사형의 시라고 한다면「님의 침묵」은 행동(서술어)을 찾는 동사의 시라고 할 수 있습니다.

그래서「님의 침묵」의 시적 언술은 소설이나 연극의 경우처럼 시간축을 타고 전개되고 있으며, 각 시행들도 분명한 시간적 순차성을 보이고 있다는 것을 알게 됩니다. 그 시행들은 예외없이 모두가 하나의 서술어로 종결되는 형태를 취하고 있는 것을 보아도 알 수 있습니다. 말하자면 시의 구성이 서술어 중심으로 펼쳐지고 있다는 것이지요. 10행 하나하나를 종결짓는 서술어를 추려서 그 계기성을 약술하면 그 구조를 분명히 알 수 있습니다.

① (님은) 갔습니다. → ② 떨치고 갔습니다. → ③ (옛 맹세) 날아갔습니다. → ④ (추억은) 사라졌습니다. → ⑤ (님의 말소리에) 귀먹고 눈멀었습니다. → ⑥ (이별) 슬픔에 터집니다. → ⑦ (슬픔) 희망의 정수박이에 들이부었습니다. →⑧ (이별과 만남) 믿습니다. → ⑨ (님을) 보내지 아니하였습니다. → ⑩ (사랑의 노래) 침묵을 휩싸고 돕니다.

시간적 구조에 의해서 극명하게 대조를 이루고 있는 부분들을 다시 추려보면, 첫째 서술어가 과거형으로부터 현재형으로 옮겨가고 있다는 점일 것입니다. 첫 행의 ①은 '갔습니다'지만 마지막 행인 ⑩은 '휩싸고 돕니다'로 현재형입니다.

둘째로 '님은 갔습니다'로 처음에는 님이 서술어의 동작주(주격)지만, 중간에는 나와 님, 그리고 마지막에는 내 자신이 동작주로 바뀌어 있다는 사실입니다. 이 시를 첫 행과 끝 행만을 놓고 비교해보면 '님은 갔습니다'와 '나는 노래를 부릅니다'가 됩니다. 시간적 계기성은 인과율에 의해서 지배받지만 님이 떠난 원인이 정반대로 노래를 부르는 결과를 낳음으로써 상식적인 인과율에서 일탈해 있음을 알 수 있지요.

그뿐만이 아닙니다. 이 같은 동작주의 변화와 그 바뀜은 화자의 수동성이 능동성으로 변하는 과정을 나타내고 있다는 것을 알려줍니다. 즉 앞에서는 님이 떠난 것이지만 마지막 행에서는 보내지 않았다로 변해 있는 것이 그것입니다.

셋째로 처음의 만남은 님의 '맹세③'로 시작되고 끝의 별리는 님의 '침묵⑩'으로 되어 있다는 점입니다. 맹세는 말의 절정이고 침묵은 말의 소멸로 정반대의 것입니다. 그리고 동시에 나의 경우에는 '향기(후각)'·'귀먹고(청각)'·'눈멀었습니다(시각)'로 감각을 나타내는 신체어로 되어 있으나, 마지막에 오면 슬픔의 눈물을 희망의 '정수박이'에 들이부었다고 되어 있습니다. 두말할 것 없이 정수박이는 인간의 몸에서 가장 높은 절정의 위치와 수직성을 지니고 있습니다. 흔히 사랑을 잃은 사람이 몸져누워 있는 것과 얼마나 대조적입니까. 꼿꼿이 일어나 정수박이에 퍼붓는 눈물의 의미는 이미 이별의 슬픔과는 천양지차입니다. 그리고 정수박이라는 신체 언어는 앞에 나오는 관능적인 육체의 언어들과는 달리 정신적이고 사변적입니다. 이별이 절망이 아니라 희망이 되는 것은 바로 소리 없는 침묵이 소리(노래)를 낳는 원인이 되는 것처럼 전도된 인과율이라 할 수 있습니다.

이 시는 시간적인 분절과 그 대립항에 의해서 침묵이라는 말뜻과 그 행동이 무엇인지를 일어난 순서대로 리얼하게 기술하고 있으면서도, 어느덧 만남이 이별로, 맹세가 침묵으로 바뀌는 현실을 보여주고 있습니다. 그래서 절망의 눈물이 희망의 물줄기가 되고 그 침묵이 아름다운 노래가 흘러나오게 하는 역전의 논리가 이루어집니다. 그렇기 때문에 '침묵'의 메타 언어는 바로 만남의 시간축을 대표하는 '맹세(옛 맹세로서 과거)'와 이별의 축을 상징하는 침묵(현재), 그리고 미래의 희망(창조)축을 보여주는 '노래'의 삼항 대립 구조의 텍스트에 의해서 해독될 수 있습니다. 그리고 그 침묵의 해독 장치로서 우리는 '맹세'와 '노래'의 양극적 의미와 그 사이에 매개항으로 작용하고 있는 '침묵'의 역설적 의미 작용을 볼 수가 있습니다.

행동으로는 '만남'·'이별'·'기다림(희망)', 감정으로는 '기쁨'·'슬픔'·'희망', 의미 구조로는 '맹세'·'침묵'·'노래', 그리고 그것을 모두 포함하는 시간축으로는 과거(시작)·현재(전개)·미래(종결)의 서사적 삼항 대립 구조로 구성되어 있는 것이 다름 아닌 「님의 침묵」이 지닌 시적 언술의 특성이라고 할 수 있습니다.

'황금의 꽃'의 이중적 의미

그와 같은 분절과 단위 그리고 그 연쇄를 정리해보면 각 시행들은 다음과 같은 순서로 재배치할 수 있을 것입니다.

만남과 맹세 ⑤→④→③→

이별과 슬픔 ②→①→⑥→

"나는 향긔로은 님의말소리에 귀먹고 꼿다은 님의얼골에 눈머 럿슴니다"의 5행은 님을 처음 만났을 때의 묘사로서, 이 시의 첫 행인 "님은 갓슴니다"에 앞서 벌어진 상황입니다. 그런데 우리가 이 만남의 시행에서 주목해야 할 것은 님이 꽃으로 수식되어 그 말소리는 향기가 되고 얼굴은 꽃으로 묘사되어 있다는 점입니다. 언뜻 생각하면 사랑하는 님을 꽃으로 비유하는 것은 상투적인 표 현으로서 그 비유 자체는 조금도 신기할 것이 없습니다. 그런데 도 그것은 시 전체의 구조와 깊은 관계를 맺고 있기 때문에 단순 한 수사와는 구별되는 새로움과 깊이를 지니고 있습니다.

말소리를 향내로 표현한 것은 서사 예술로 보자면 일종의 복선 과도 같은 구실을 하고 있지요. 왜냐하면 님의 말소리를 향기에 비한 것은 필연적으로 그 말소리가 사랑의 맹세로 귀결될 것이 고, 그 향기는 바로 '황금의 꽃'으로 발전되고 있기 때문이지요.

그런데 조심해서 보십시오. '황금의 꽃'에는 이미 그 향내가 없 는 것입니다. 굳은 맹세의 '굳은'이라는 말이 절묘하게 이어져 있 습니다. 향기가 굳은 것이 황금이고 사랑의 말이 굳은 것이 맹세 입니다. 황금이라는 광물질은 이미 님의 말소리가 나를 귀먹게 하고 눈멀게 한다는 표현에서 암시되어 있지요. 사랑의 행복이, 기쁨이 자기 자신의 모든 감각이나 신경을 마비시켜 굳어버리게 합니다. 사랑의 증발과 석화 작용石化作用은 사랑의 절정을 나타내는 이른바 바슐라르의 '메두사 콤플렉스'와도 같은 것입니다.[52] 사랑이 돌로 변하는 것은 우리의 망부석 설화에서도 그리고 "부르다가 돌이 될 이름이여"라는 김소월의 시구에서도 찾아볼 수 있습니다.

이 시에서는 사랑과 말이 끝없는 광물질로 굳어가면서 황금의 꽃으로 그 절정을 이루고 있습니다. 그러니까 첫키스라는 관능적인 언어까지도 달콤하고 부드러운 것이 아니라 날카로운 것으로 표현되어 있습니다. 그렇지요. 키스는 님과 내가 가장 가까워지는 상태, 영도零度의 거리를 나타내는 행위지만, 그것이 단절의 칼질과도 같은 광물적 특성을 함유하고 있다는 것은 바로 그 황금의 꽃이 티끌로 변하는 소멸과 이어지고 있기 때문입니다.

그 '황금의 꽃(맹세)'은 한숨의 미풍에 날려 티끌처럼 날아가버렸다는 진술이 그것입니다. 꽃향기로 수식되던 님의 말소리는 황금의 꽃처럼 영원한 것으로 변한 것 같지만, 그러한 외형상의 구원성은 광물질의 견고성과 같아서 언젠가는 티끌로 변할 수밖에 없습니다. 그래서 말소리의 꽃향기는 꽃을 지게 하는 바람의 이미지로 변화하여 한숨이 되고 맙니다.

---

52) Gaston Bachelard, La terre et les Rêveries de la Volonté, chap. 8, Librairie José Corti, 1948.

뿐만이 아니라 이 꽃의 은유 코드는 만남과 떠남의 대립항을 더욱 강화하는 장치로서 2행의 단풍나무 숲과도 연결됩니다. '만남의 님'은 봄이고 '떠나는 님'의 시간은 가을로("단풍나무숲을향하야난 적은길을 거러서") 되어 있는 것이지요.

이 시의 구조가 「군말」의 공간적인 구조와는 달리 꽃(봄)과 단풍(가을)으로 이어지는 시간적인 서술적 구조로 형성되어 있다는 것을 무엇보다도 극적으로 보여주고 있는 것이, 만남과 이별이라는 전통적인 인과율의 고리를 자르는 7행의 첫머리에 나오는 "그러나"라는 접속어입니다.

이 시 전체를 통해서 "그러나"로 이어지는 시행은 7행 하나밖에 없습니다. 마치 논술적 언술에 나타나는 것과 같은 '그러나'가 이 시의 구조에 결정적으로 간여하게 되는 것은 침묵과 노래의 상반된 세계가 하나가 되는 모순의 통합, 반대의 일치라는 종결 시행에서입니다.

7행 바로 앞 6행만 해도 "새로은 슯음에 터짐니다"로 그 시행을 끝맺고 있습니다. 하지만 이 "새로은 슯음"은 "그러나"로 시작되는 7행에서 이별의 슬픈 눈물이 새 희망의 정수박이에 퍼붓는 생명의 물로 전환됩니다. 꽃의 식물적 세계가 황금과 티끌의 광물적 세계를 거쳐서 마지막 종결부에서는 액체의 이미지로 변환되고 있는 것입니다. 그리고 그 물의 순환적 이미지는 시간의 순환성과 결합하게 됩니다. 만남과 사랑의 맹세는 도리어 이별을 가져왔지만 이번에는 그 이별과 침묵은 뜻밖의 '사랑의 노래'를 낳게 합니다.

님을 처음 만났을 때는 오히려 눈멀고 귀먹는(5행) 수동성·맹목성이 지배하고 있었지만 9행에서는 "님은갓지마는 나는 님을 보내지 아니하얏습니다"의 능동성으로 바뀌어 있습니다. 나의 태도만이 아니라 긍정에서 부정으로 이행해가던 모든 의미와 행동의 축이 이제는 부정에서 긍정으로 옮아가게 되는 것이지요. 일정한 인과성을 갖는 선형적 언술은 종말론의 경우처럼 끝이 있게 마련이지만, 순환적 언술은 시작이 끝으로 그 끝이 새로운 시작으로 이어집니다. 빛이 어둠이 되고 어둠이 다시 빛이 되는 하루의 순환, 또는 봄과 가을과 같은 계절의 변화처럼 만남은 이별이 되고 이별은 다시 새로운 만남(사랑의 노래)으로 바뀝니다.

합리적이고 선형적 논리 속에서 살아온 서구의 근대 지성이 순환론을 적극 배격하였던 이유는 그것이 일정한 인과율에서 벗어난 모순성을 지니고 있기 때문이었지요.

그러한 모순에 현실감을 주고 역설을 진실로 만들어내는 것이 8행의 "우리는 맛날째에 써날것을염녀하는것과가티 써날 째에 다시맛날것을 밋습니다"입니다. 슬픔이 기쁨으로 바뀌고 염려가 믿음으로 바뀌어 한숨이 사랑의 노래로 바뀌는 것, 그것이 바로 님의 '침묵'이었던 것입니다. 침묵이 없으면 노래는 탄생되지 않습니다. 그리고 그 노래는 마지막 10행에 나타나 있는 대로 "제곡조를못이기는" 것으로 억지로 만든 것이 아니라 자연 발생적으로 흘러나오는 힘, 우물물처럼 절로 솟아오르는 생명감에서 흘러나옵니다.

불가에서 말하는 색즉시공色卽是空, 공즉시색空卽是色이 이 시에서는 만남이 이별이요 이별이 곧 만남이라는 패러독스로 해석될 수가 있습니다. 그러나 만해의 '침묵'은 밤의 어둠을 새벽의 빛으로 바꿔놓는 지구의 자전과도 같이 슬픔이 노래가 되게 하는 그 '뒤엎기'의 힘으로 나타납니다. 기호론적으로 풀이하면 침묵은 기호의 연쇄성을 단절하고 그 고리를 끊어 서사적 코드를 해체시키는 것과 같습니다. 그것은 새로운 기호 체계를 형성해내는 혁명인 것입니다.

이 시에서 쓰인 어휘적 층위를 알기 쉽게 도표로 요약·정리하면 다음과 같습니다.

상황과 주체	기체	고체	신체	말(기호)	행위
만남 (님과 나)	향기로운 말소리	황금의 꽃	눈·귀· 가슴·얼굴	맹세	슬픔의 눈물
이별 (나와 님)	한숨의 미풍	티끌	정수리 (정수박이)	침묵	사랑의 노래

기호의 해체와 형성 작업

「군말」의 메타 텍스트가 모든 기호의 단일성을 복합성으로 바꿔놓는 기능을 갖고 있는 것이라면, 「님의 침묵」의 메타 텍스트는 모든 기호의 의미를 해체하는 탈코드화 그리고 그 과정을 거쳐 나타나는 기호 생성의 과정을 보여주는 것이라고 할 수 있습니다. 일상적인 말(기호)의 의미는 바로 님의 말소리가 절정에 달한 '맹세'가 되고 그 굳어버린 기호를 뛰어넘는 것은 맹세가 티끌로 해체된 이별의 텍스트에 의해 실현됩니다. 즉 의미를 무無로 돌리게 하는 '침묵'의 텍스트, 그리고 그 '침묵'의 텍스트 속에서 다시 새롭게 태어나는 기호 생성 작용, 그것이 '사랑의 노래', 즉 시인 것입니다.

억지 소리가 아니라는 것은 「님의 침묵」에서 로고스, 즉 음성 중심적 기호의 의미가 어떻게 잠재되어 있는지를 찾아보면 알 수 있습니다. 이 시는 만남과 이별이라는 행동축을 타고 기호의 원형이 되는 말소리가 어떻게 변하여 노래가 되는가 하는 기호 생성과 해체 과정을 뚜렷이 보여주고 있습니다. 말소리가 맹세가 되고, 그것이 황금의 꽃이 되었다가 한숨과 티끌로 변형되고, 그것이 다시 침묵과 노래로 바뀌는 과정이 바로 그것입니다.

말소리→맹세→황금의 꽃→한숨→티끌→침묵→노래

님과의 만남은 곧 님의 말소리고 이별은 그 말의 사라짐, 맹세의 파괴입니다. 그래서 처음의 그 말소리(기호)는 침묵으로 바뀌고 말지요. 침묵은 기호의 붕괴이며 소리와 의미의 상실입니다. 그러니 그 침묵의 기호가 노래(시)라는 새로운 기호를 낳게 합니다. 타자의 언어가 이제는 스스로가 발화자가 되고 그 말의 소비자였던 나는 거꾸로 말을, 노래를 만들어내는 생산자가 되는 것입니다.

침묵에서 창조되는, 즉 기호의 해체에서 생겨나는 새로운 기호 생성이 어떤 것인지 만해의 시 「나의 노래」를 직접 읽어보기로 하지요.

> 나의 노래가락의 고저장단은 대중이 없습니다.
>
> 그래서 세속의 노래 곡조와는 조금도 맞지 않습니다.
>
> 그러나 나는 나의 노래가 세속 곡조에 맞지 않는 것을 조금도 애닯어하지 않습니다.
>
> 나의 노래는 세속의 노래와 다르지 아니하면 아니되는 까닭입니다.
>
> (아래 생략)[53]

더 이상 주석이 필요 없을 것입니다. 님의 침묵에서 발생하는 그 노래는 바로 기호의 해체, 침묵하는 텍스트에서 생겨나는 바

53) 「나의 노래」, 『님의 침묵』, p. 31.

로 그 시들입니다. 그러므로 세속의 노래를 단일 기호 체계, 굳어 버린 일상적 체계로 생각하면 될 것입니다. 세속의 노래와 다르지 아니하면 아니되는 까닭을 만해는 적극적으로 주장하고 있습니다. 시적 언술은 정치적 또는 민족을 위한 것이라 해도 이데올로기화한 언술과는 달라야 하는 것입니다.

그러므로 '침묵'을 문학적 차원에서 보면 '시란 무엇인가' 하는 시론이라고 할 것입니다. 더 정확하게 말하자면 일상적인 언술과 구별되는 시적 언술의 근거를 밝히는 메타 시가 되는 것입니다. 그리고 그것을 기호론적 영역에서 보면 바로 침묵은 기호가 죽어버린 공간이고 동시에 새로운 기호가 탄생하는 극적인 시간인 것입니다.

그러니까 소리signifiant와 의미signifié가 황금의 꽃처럼 굳게 맺어져 있는 '맹세의 기호 체계'를, 침묵을 에워싸고 스스로 흘러나오는 '사랑의 노래'의 기호 체계로 바꾸는 작업이 시집 『님의 침묵』 속에 담겨 있는 88편의 시라고 할 수 있다는 것이지요.

님과의 만남과 이별을 기호의 측면에서, 즉 시의 측면에서 보면 다음과 같은 병렬적인 숨은 구조를 드러내게 됩니다.

사랑의 축	만남	절정	이별	새로운 만남
시(기호)의 축	말소리	맹세	침묵	노래(시)

"······선생의 문학을 일관하는 정신이 또한 민족과 불교[佛]를 일반화한 '님'에의 가엾은 사모였기 때문이다"라고 평한 조지훈 시인의 만해론에서는 그 '일관하는 정신'이 바로 민족과 불교 (정치와 종교)의 일체화를 의미한 것이었습니다.[54] 그러나 『님의 침묵』에서 보여주고 있는 그의 작업은 이미 「군말」과 「님의 침묵」의 두 편의 메타 시에서 보았듯이 민족과 불교 못지않게 말이라고 하는 기호의 세계가 그 구도의 대상으로 되어 있다는 점을 우리는 확인하게 됩니다. 이 기호의 해체 작업과 생성 작업은 민족 운동가로서의 한용운과 깨달음을 추구하는 불자로서의 한용운과 함께 시인으로서의 한용운의 독자적인 존재 이유를 부여하는 것이며, 그것들은 각기 독립된 영역에서 서로를 보완하는 동등한 역학 관계를 지닌다고 할 수 있습니다. 어느 것이 어느 것에 종속되거나 지배 관계에 있는 것이 아니라는 점이지요. 앞에서 말한 것처럼 오히려 민족과 불교에 대한 열정(가룬 것)은 시와 통하게 되어 있습니다.

텍스트의 변형 반복과 차이

이상에서 밝힌 대로 「군말」과 시집의 표제어가 된 「님의 침묵」

54) 조지훈, 「한용운 선생」, 《신천지》 9권 10호.

의 두 시는 만해의 개개 시 작품의 보다 상위에 있는 메타 시와 같은 작용을 하고 있는 것이며, 이 두 편의 시가 반복을 통해 변형과 차이를 일으키는 무수한 텍스트를 생성해갑니다.

이런 시점에서 보면 당연히 '님'과 '나'의 관계, 그리고 침묵과 노래의 관계, 더 구체적으로 말하자면 만남·맹세·이별의 축과 이별·침묵·노래의 축이 만해의 시 속에 어떤 말로 변형되어 어떤 구조로 투사되었는지를 밝히는 일에 관심을 기울이지 않을 수 없습니다. 반복 구조와 그 차이를 통해서 나타나는 변형이 만해 시의 주류를 이루고 있는 특성이며, 그러한 침묵의 텍스트를 통해 무수한 시를 창조해내는 모태가 만해의 메타 언어라고 할 수 있습니다. 님과 이별이 조국의 상실이나 불교의 깨달음을 나타내는 구도의 노래라고 만해 자신이 직접 언급한 대목은 없지만, 그것이 시와 같은 의미라고 그 구조적 상동성을 직절적으로 밝힌 시는 얼마든지 있습니다. 「님의 침묵」 바로 뒤에 나오는 「이별은 미美의 창조創造」라는 시도 그중의 하나입니다.[55]

그 시를 보면 누구나 그것이 「님의 침묵」과 직접적으로 연결되는 반복 형태의 시라는 것을 알게 될 것입니다. 그 시의 골자는 '님과의 이별이 도리어 아름다운 사랑의 노래를 낳았다'는 뜻이 될 것이기 때문입니다. 이 시에서 미美라는 말은 「님의 침묵」의

55) 「이별은 미의 창조」, 『님의 침묵』, p. 3.

'노래'란 말과 구조적으로 등가물이라는 것을 알 수 있습니다. 그리고 노래를 낳은 이별 그리고 그 침묵은 이 시에서 보다 명료하게 드러나 있습니다.

이별이 희망과 사랑의 노래를 낳은 것처럼 이 시에서는 이별이 미를 창조하는 힘이 된다고 씌어 있습니다. 즉 노래(시)가 더욱 추상적이고 포괄적인 미라는 말로 대치되어 있는 것이지요. 그리고 노래가 휩싸고 도는 침묵은 아침, 밤 그리고 하늘의 비유로 바뀌어져 있습니다. "아츰의 바탕[質] 없는 황금과, 밤의 올[系] 없는 검은 비단과, 죽음 없는 영원의 생명과, 시들지 않는 하늘의 푸른 꽃"에는 이별의 미는 생기지 않는다는 것입니다. 노래를 낳은 장소가 침묵이었듯이 미를 낳은 그 공간은 낮(빛)과 밤(어둠), 그리고 하늘(영원한 생)과 땅(죽음)의 대립항이 하나로 얽혀 있는 곳입니다. 기호론적으로 말하자면 이별이 미가 되는 것은 오직 한 가지의 미만을 가지고 있는 모노세믹(아침의 바탕 없는 황금, 밤의 올 없는 검은 비단, 그리고 죽음 없는 영원의 생명과 시들지 않는 하늘의 푸른 꽃)이 아니라, 그 대립소를 넘어서 양가의적 가치를 모두 지니고 있는 폴리세믹한 영역에서만 가능하다고 생각하고 있는 것이지요. 말하자면 아침의 빛과 밤의 어둠이 동시에 있는 곳, 하늘의 영원한 빛과 꽃이 시드는 땅의 죽음이 함께 있는 양의적·다의적 공간인 것입니다.

폴리세믹의 기호 체계는 시니피앙과 시니피에가 일대일의 관계로 있는 것이 아니라 복합적으로 대응되고 있고, 동시에 그 대립항이나 변별성이 경계 상실의 양성 구유적인 상태를 공유하고 있는 기호입니다. 기호가 침묵으로 돌아간 상태라고 할 수 있습니다.

결합축에 속하는 형태적 구조를 보아도 마찬가지입니다. 이미 앞에서 본 것처럼 「님의 침묵」 첫 행의 동작주 '님'은 마지막 행에 이르면 '나'로 바뀌어 있었던 것처럼 이 시에서도 역시 첫 행의 동작주 '이별'은 끝 행에 와서 '미'로 바뀌어져 있습니다.

1. "이별은 미의 창조입니다."
4. "미는 이별의 창조입니다."

이와 같이 같은 형태의 문장에서 창조의 주체와 객체가, 즉 조물과 피조물의 관계가 뒤집혀 있는 것입니다. 이것은 꼭 "어머니가 아이를 낳았다"라는 문장이 "아이가 어머니를 낳았다"와 같은 불가역적인 인과율로 전도된 형태라 할 수 있습니다.

그러나 한용운의 시에서는, 즉 『님의 침묵』의 기호 체계에서는 그러한 주체와 객체 간의 도착이 자연스럽게 이루어지고 있습니다. 「군말」의 경우를 보면 알 수가 있지요. 보통의 상식과는 달리 중생의 님이 아니라 거꾸로 중생이 석가의 님으로 되어 있는 것이 그렇습니다. 동시에 독자가 시인을 긔루어하는 것이 아니라 시인이 독자를 긔루어하는 것(길 잃은 양)도 마찬가지입니다.

차이나 대립을 무너뜨리는 수사법, 즉 탈코드화는 모순 어법, 역설, 대치 그리고 문장 형태의 도착 등을 통해서 거꾸로 새로운 기호 체계를 만들어낸다는 것은 이미 밝힌 대로입니다.

그렇기 때문에 이별이 미를 창조한다는 명제가 시의 진행 과정을 통해서 결국은 미가 이별의 창조자로 바뀌는 역류 현상을 빚듯이, 가치의 문제에 있어서도 부정이 긍정으로 긍정이 부정으로 역전되는 수가 많습니다.

한용운에 있어서 침묵이라는 말은 부정이 아니라 긍정의 언어, 부재와 결여가 아니라 창조의 근원적인 힘으로 되어 있습니다. 침묵을 통해서 비로소 사랑이나 만남은 완전해지고 참된 님으로 변신하는 것입니다. 침묵을 통과하지 않는 것은 사랑의 맹세와 마찬가지로 티끌에 지나지 않은 것이고, 그 님은 그림자와도 같은 가상에 지나지 않는 것입니다.

이런 이유에서 한용운의 시를 일상적 언어의 코드로 읽거나 단일 기호 체계로 풀이하면 엉뚱한 시로 변질되고 맙니다. 「님의 침묵」을 일제 식민지로 강점된 조국이라고 읽어버린다면 한용운은 일제의 한국 침략을 오히려 미화하고 찬미한 것이 됩니다. 왜냐하면 앞에서 상세히 검토한 것처럼 한용운은 침묵을 필요한 것, 창조의 원천으로 보고 그것에 긍정적 가치를 부여하고 있기 때문인 것입니다.

논리적으로 보나 시적 상징으로 보나 시의 복합적 언술을 정치적 단일의 언술로 보았을 때 얼마나 시 자체가 파괴되고 그 뜻이 빈약해지고 정반대의 의미로 왜곡되는지를 우리는 한용운의 텍스트 분석을 통해서 쉽게 증명할 수가 있는 것입니다.

「알 수 없어요」의 구조 분석

1. 바람도업는공중에 垂直의波紋을내이며 고요히써러지는 오동님은 누구의발자최임닛가
2. 지리한장마끗해 서풍에몰녀가는 무서은검은구름의 터진틈으로 언쯧언쯧보이는 푸른하늘은 누구의얼골임닛가
3. 꼿도업는 깁흔나무에 푸른이끼를거처서 옛塔위의 고요한하늘을 슬치는 알ㅅ수업는향긔는 누구의입김임닛가
4. 근원은 알지도못할곳에서나서 돍쌕리를울니고 가늘게흐르는 적은시내는 구븨구븨 누구의노래임닛가
5. 련꼿가튼발쑴치로 갓이업는바다를밟고 옥가튼손으로 꿋업는 하늘을만지면서 써러지는날을 곱게단장하는 저녁놀은 누구의詩임닛가
6. 타고남은재가 다시기름이됨니다 그칠줄을모르고타는 나의가슴은 누구의밤을지키는 약한등ㅅ불임닛가

—「알ㅅ수업서요」

시집 『님의 침묵』에 수록된 88편의 시들은 「군말」과 「님의 침묵」의 두 편에서 작가 스스로가 밝히고 있는 '님'이란 말, 그리고 '침묵'이라는 말의 변이태variant이며 그 메타 언어를 반복한 것이라고 말할 수 있습니다. 그래서 개개의 시들은 그 반복을 통해 무수한 차이를 만들어내고 있는 것이라고 할 수 있습니다.

그렇기 때문에 그 반복과 차이를 검증하기 위해서는 메타 시 또는 메타 언어로서 파악된 「군말」과 「님의 침묵」을 다른 시와 대입해보는 방법이 요구될 것입니다. 그리고 그 두 편의 메타 시에서 밝혀낸,

    1. 인칭 코드 : 님 – 나

    2. 행동 코드 : 만남 – 이별

    3. 언어 코드 : 맹세 – 침묵

    4. 시적 코드 : 노래

네 가지 코드를 모델로 그것의 유효성 유무를 밝혀보기로 하겠습니다. 그리고 그러한 접근을 가능케 하는 텍스트의 보기로서는 님이나 침묵, 그리고 이별이나 노래와 같은 말이 전 연 표면에 드러나 있지 않는 텍스트를 선택하는 것이 좋을 것입니다. 그러면서도 지금까지 만해의 여러 시 가운데서도 「군말」이나 「님의 침묵」 못지않는 대표성을 지니고 있는 텍스트여야 할 것입니다. 그

러고 보면 「알 수 없어요」는 이러한 조건을 충족시키기에 가장 알맞은 작품 가운데 하나일 것입니다.

한마디로 「알 수 없어요」는 만해의 시 가운데 가장 일탈성이 강한 텍스트라고 할 수 있습니다. 그렇기 때문에 우리는 그 텍스트의 편차를 통해서 시의 변형 구조를 명백히 파악할 수가 있게 됩니다.

우선 이 시에서 님 대신 등장한 인칭 코드의 변형은 '누구'입니다. 만해의 시 가운데 님의 인칭 코드의 변형으로 가장 많이 등장하는 것이 '당신'이란 말입니다. 총 88편 가운데 님이란 말은 총 208번 등장하고, 님을 2인칭 호칭으로 표기한 '당신'은 도합 202번으로 빈삭도로서는 거의 비슷한 비중을 지니고 있습니다. 그러나 '누구'라는 호칭은 겨우 9번이며 그중 6번이 바로 「알 수 없어요」의 시 속에 집중적으로 등장하고 있습니다. 그러니까 통틀어 만해의 시 가운데 어떤 대상을 님과 당신 이외의 말로 부른 인칭 대명사는 「알 수 없어요」 말고는 「최초의 님」과 「나의 길」 두 편뿐이라고 할 수 있습니다. 그나마 그 두 편은 모두 '님'이란 말과 함께 쓰인 것으로 님이 전연 등장하지 않은 채 한 대상이 '누구'로 표현된 것은 오직 「알 수 없어요」가 유일한 예입니다.

'님'을 '당신'이라고 부를 때 그 현존성이 가장 강하고 동시에 그 거리도 제일 가깝습니다. 그와는 반대로 님을 '누구입니까'라고 부를 때에는 그 현존성이 가장 약하고 나와의 거리 역시 가장 멀어지게 됩니다. 우리는 낯선 사람을 보면 "누구십니까"라고 묻습니다. "누구입니까"의 물음으로 시작하는 그 존재는 내가 알수 없는 사람, 그러니까 향기로운 말소리로 사랑을 굳게 맹세하는 만남의 님과는 가장 멀리 있는 님, 이별하여 떠나버린, 그래서 침묵하고 있는 극한에 자리하고 있는 님이 됩니다.

하지만 침묵은 벙어리의 소리 없는 상태와는 다른 것입니다. 그것은 만해의 메타 언어에 의존하지 않더라도 침묵은 무와 부재의 그 공백 속에 더 많은 복합적 의미를 발신하고 있는 발화 행위 énonciation라고 할 수 있습니다. 우리가 '침묵을 지킨다'라고 하거나 혹은 '그 침묵의 뜻을 읽는다'라고 말할 때의 그 침묵은 암호화와 일종의 기호로서 작용하고 있으며, 그것은 기호 이상의 강력한 해독을 요구하고 있는 적극적 의미 작용을 지니고 있습니다.

그렇기 때문에 '~는 누구의 ~입니까'라고 6번 반복하는 그 시 형태 속의 '누구'는 단순히 처음 대하는 낯선 사람, 만해의 표현을 빌리자면 님과 가장 먼 사람인 "길 가는 사람"[56]이 아니라 '님'의 변형된 호칭으로 더욱 그 암호성을 증폭시킨 경우입니다. 알수 없는 커다란 힘, 즉 우리 주변에 존재하는 모든 침묵하는 것들의 주체자로서의 님이라는 것을 짐작할 수 있습니다. 문자 그대

---

56) 「최초의 님」, 『님의 침묵』, p. 125.

로 간단히 설명할 수 없는 심오한 자연 존재와 그 형상들이 '누구입니까'라는 의문대명사로서 불리어지는 순간, 비로소 그 침묵은 깨달음의 시작이 되고 나와의 새로운 만남들이 열리게 됩니다.

결국 님이 '누구입니까'라는 의문대명사로 불리어질 때 만해가 가장 염려하고 있는 "님만님이아니라"의 그 님은 자연스럽게 연애 차원이나 정치적 차원이 아닌 보다 복합적이고 다의적인 님의 의미로 깊어지게 됩니다.

한마디로 「알 수 없어요」라는 시는 '님'의 인칭 코드가 '누구'라는 의문대명사로 변형된 형태의 시라는 점입니다. 이러한 '님'의 변형으로 다른 시와는 달리 연애시 차원의 님, 그렇지 않으면 이데올로기적인 조국이나 민족으로 의인화한 님으로 환원할 수 없는 장치가 마련됩니다. 만해의 모든 시가 연애시와 같은 형태를 띠고 있으면서도 유독 「알 수 없어요」만은 형이상학적이고 사변적이고 우주론적인 시로 인식되는 이유도 이 점에 있습니다.

따라서 '침묵'이라는 말 역시 남녀의 연애 관계로 유추되는 '이별'의 우유적 의미에서 벗어난 변이항變異項을 낳게 됩니다.

침묵 코드의 변형

'누구입니까'가 '님'이라는 인칭 코드의 변형이라고 한다면 시 제목으로 되어 있는 「알 수 없어요」는 '침묵'의 또 다른 이름이라고 할 수 있습니다. 즉 「알 수 없어요」의 시는 시 형태 자체가 이 침묵 코드에 의해 이루어져 있음을 알 수 있습니다.

「님의 침묵」에서 찾아낸 침묵의 코드는 말소리로 상징되는 소리의 세계와 반대되는 것, 즉 소리 있음과 없음으로 맹세에 대립하는 말이었습니다. 그리고 행동의 층위에서는 만남과 대립하는 이별과 관련된 것이었습니다.

그러나 「알 수 없어요」에서는 그 청각과 행동의 층위가 빛과 어둠(낮과 밤)의 시각적 층위로 바뀌어져 있습니다. 그리고 그 빛과 어둠은 유명有名과 무명無明으로 의식의 층위와 관련되어 '아는 것'과 '알 수 없는 것'[知/無知]의 대립소로 구성되어 있습니다.

그러므로 이별의 슬픔과 그 침묵이 사랑의 노래를 낳듯이 「알 수 없어요」에서는 알 수 없는 것이 깨달음의 지知를 탄생케 하는 것입니다. 이별과 침묵, 그리고 만남의 칸막이들이 해체되는 '님의 침묵'이 여기에서는 지知/불가지不可知의 대립을 해체하고 재구성하는 것으로 나타난다는 것입니다. 물론 「님의 침묵」에서는 연인으로, 「알 수 없어요」에서는 자연으로 그 상징적 대상이 설정되어 있고 나와의 관계에서 그것들은 다 같이 그른 것으로 나타나 있습니다.

이 같은 침묵 코드의 변형 과정을 더욱 뚜렷하게 보여주고 있는 것이 「알 수 없어요」의 각 시행 속에 숨겨져 있는 침묵의 의미소意味素들입니다.

1행은 떨어진 오동잎을 님의 발자취로 비유한 것입니다. 물론 그 님은 의인화한 것이며 "누구의발자최임닛가"의 의문형으로 보다 간접화되어 있습니다. 의문 종지형의 통사적 특성 자체가 침묵하는 님의 특성을 드러내고 있지만 떨어지는 오동잎 자체의 묘사 전체가 침묵 코드와 연결되어 있다는 사실을 알 수가 있습니다.

보십시오. 오동잎은 바람이 불어서 떨어진 것이 아닙니다. 바람도 없는 정적 속에서 "고요히쩌러지는" 오동잎인 것입니다. 이 고요함(침묵)을 더욱 강조한 것이 "수직의파문을내이며"라는 표현인 것입니다. 나무에서 땅으로 떨어지는 오동잎의 낙하를 "수직의파문"이라고 함으로써 공기를 수면으로 바꿔 무중력 상태가 되게 하였으며, 파문이라는 시각적 율동으로 무성영화의 장면처럼 소리 없는 동작이 되게 한 것입니다. 천천히 그리고 소리없이 떨어지는 오동잎의 침묵 코드는 "발자최"라는 말로 집약됩니다. 발자취는 실체가 아닌 흔적의 의미소로서 침묵을 부재로 나타내는 그 코드의 강화라고 할 수 있습니다.

2행은 푸른 하늘을 님의 얼굴에 비유한 것입니다. 1행과 마찬가지로 푸른 하늘이라는 실사實辭 앞에 "장마", "서풍에몰녀가는 무서은검은구름의 터진틈" 등의 이중 삼중의 수식구가 붙어 있습니다. 그 모든 것은 "언뜻언뜻보이는" 것, 즉 간헐적으로 어쩌다 보이는 푸른 하늘을 수식하고 있는 침묵소들인 것입니다. 하늘은 구름에 가리어서 잘 보이지 않는 것입니다. 터진 틈 사이로 순간순간 나타났다가 사라지는 시각적 이미지는 소리가 단절된 침묵의 상태를 시각의 상태로 대치한 것이라 할 수 있습니다. 그 렇습니다. 언뜻언뜻이라는 말은 잘 보이지 않는 순간 속에 출현하는 은폐와 노출의 은밀하고 섬세한 공간과 시간의 양의성을 나타내주는 말인 것입니다. 1행의 "고요히"라는 소리의 침묵소가 2행에서는 "언뜻언뜻"이라는 간헐적 동작으로 변형된 것이지요.

3행은 미풍(바람)을 님의 입김으로 비유한 것입니다. 그 통사적 구조는 1행과 2행의 병렬 구조로 되어 있어 역시 님의 입김을 수식하는 알 수 없는 향기(바람)를 여러 가지 이미지로 수식해놓고 있습니다. 바람의 이미지를 구성하고 있는 이미지 군群을 자세히 분석해보십시오. 처음에는 "꽃도업는"으로 되어 있습니다. 그리고 그 주체는 나무입니다. 꽃 없는 나무란 이미 식물성 생명력을 상실한 것으로 침묵소와 관계됩니다. 꽃이 생명, 존재의 생명력을 상징하는 것이라면 꽃이 없는 나무는 바로 침묵의 나무, 부재의 나무를 의미하게 됩니다. '꽃'을 '말'로 바꿔보면 꽃핀 나무는 요설스럽게 자기를 표현하고 있는 나무라고 할 수 있고, 꽃 없는 나무는 거꾸로 아무 말도 없이 침묵하고 있는 고목이라고 할 수 있을 것입니다.

그런 다음에 바로 나오는 말이 푸른 이끼입니다. 이끼는 꽃과 가장 대립적인 이미지를 나타내는 것으로 식물과 광석의 경계선에서 존재하는 생명체입니다. 이끼는 돌이나 나무와 같이 흙이 없는 곳에서 자생하다가 물이 없으면 마치 바위의 일부처럼 말라 굳어져버립니다. 이끼의 침묵성이 더욱 강조되면 탑이 되고 그것도 그냥 탑이 아니라 이끼가 돋아나는 옛 탑이 됩니다. 그리고 그 탑 위의 하늘에는 1행과 마찬가지로 "고요한"이라는 말이 직접 나타나 있습니다.

그리고 꽃→나무→이끼→옛 탑→하늘로서 그 이미지의 흐름은 생물에서 무생물(들)로 옮겨져가고 있습니다. 침묵에 이르는 과정의 그 끝에 조용한 바람이 붑니다. 향기라는 말로 수식되어 있는 것으로 미루어볼 때 봄기운을 품고 있는 겨울바람일 것입니다. 노래를 예비하고 있는 침묵의 바람인 것입니다.

4행은 시냇물 소리를 님의 노래로 비유한 것입니다. 다른 행과 마찬가지로 그 시냇물 소리를 한정하는 장치가 겹겹이 싸여 있다는 것을 알 수가 있습니다. 그 시냇물은 그냥 시냇물이 아니라 가늘게 그리고 적은 시냇물이지요. 2행의 "언뜻언뜻"은 여기에서는 "구븨구븨"로 병렬성을 이루고 있습니다. 그러니까 님의 노랫소리는 들릴 듯 말 듯, 끊일 듯 말 듯한 가늘고 은은한 소리로서 역시 침묵 코드의 연장이라고 할 수 있습니다. 더구나 그 시냇물 소리는 "근원은 알지도못할곳에서나서 돍샏리를울고 가늘게 흐르는" 것으로, 소리만이 아니라 그 존재의 근원마저 알 수 없는 부재성을 드러냅니다. 말하자면 그 노랫소리는 잘 들리지도 않고 그 정체를 잘 알지도 못할 불가지의 노래가 되는 것입니다. 그러나 그 침묵소의 변이 과정을 조심스럽게 살펴보기 바랍니다. 1, 2, 3행은 모두 수직적인 것으로서 하늘과 땅의 공간으로 되어 있었지요. 수직이라는 말이 직접 나타나 있는 1행의 경우는 말할 것도 없고 바로 앞의 3행만 하더라도 '나무·석탑·고요한 하늘' 등이 등장해 있었습니다.

그러나 4행에 오면 물처럼 수평 지향적인 것이 되어 수직적 하강보다 완만한 흐름을 이루고 있지요. 그것이 다음에 나오는 바다로 이어짐으로써 하늘과 바다는 상동성을 띄운 공간으로 연결됩니다.

즉 5행은 바다 위에 떨어지는 저녁놀 님이 쓰는 시라는 것입니다. 물론 그 병렬적 구조는 조금도 달라진 것이 없습니다. 저녁놀을 수식하는 여러 개의 중첩적인 이미지들이 이미 앞의 시구에서 등장하고 있으며 침묵소들이 그 공통항을 이루고 있기 때문입니다. 연꽃 같은 발꿈치는 1행의 오동잎의 발자취에 현존성을 부여한 것으로 1행의 땅이 여기에서는 바다로 그 공간이 바뀌어져 있다는 것을 알게 됩니다. 그리고 그것은 "갓이업는바다"로 이 시구의 침묵소(불가지의 요소)는 무한입니다. 앞에서도 이야기한 것처럼 이 시행에 이르러서 상방의 하늘과 하방의 땅이 통합하여 하늘–바다의 무한 공간으로 공간 자체가 침묵(경계 없는) 공간으로 화해 있습니다. 발은 바다를 밟고 손은 끝없는 하늘을 만지는 써러지는날", 즉 낙일의 이미지인 것입니다. 땅에 떨어지는 오동잎이 이 행에서는 바다에 떨어지는 해로 전이되고 있습니다. 그렇기 때문에 '알 수 없음'을 나타내는 침묵은 우주론적인 것으로 확충되고 이윽고 그 '침묵(부지)'은 가없고 끝없는 무한으로 변합니다.

갓이 없는 바다 — 연꽃 같은 발꿈치 — 밟고
끝없는 하늘 — 옥 같은 손으로 — 만지면서

상하의 수직 공간을 병렬화하여 하나로 통합시키는 것이 바로 무한성이라는 우주 공간인 것입니다. 모든 것이 그 경계성을 상실할 때 우리는 존재의 심연 앞에 나서는 것입니다. 그리고 그러한 심연은 바로 떨어지는 해가 몰고 오는 밤의 어둠, 심야의 침묵으로 잠기게 됩니다.

그것이 결론 부분인 6행인 것입니다. 여기에서 「님의 침묵」에서 보여준 침묵과 노래의 역설적인 관계처럼 어둠이 등불의 빛을 탄생시키는, 즉 어둠의 침묵이 빛의 노래를 탄생하고 「알 수 없어요」의 그 부지가 새로운 지를 탄생시키는 해체와 생성의 역전을 이루어줍니다.

6행을 좀 더 세밀하게 읽어보십시다. "타고남은재가 다시기름이됩니다"라는 시구는 바로 침묵이 노래를 낳고 이별이 만남의 믿음과 희망으로 변하는 해체와 생성 과정의 역설을 그대로 보여주고 있습니다.

그리고 이 시에서는 침묵과 노래의 관계가 최종적으로는 재와 기름이라는 불의 연소 작용, 즉 빛과 어둠의 관계로 나타나 있습니다.

"제곡조를못이기는 사랑의 노래"가 "님의침묵을 휩싸고" 도는 것처럼 이 마지막 행에서도 "그칠줄을모르고타는 나의가슴은 누구의밤을지키는 약한등ㅅ불임닛가"로 되어 있습니다. 너무나도 명료하지 않습니까.

"타고남은재가 다시기름이됩니다"라는 말은 그대로 이별과 침묵이 사랑의 노래가 되는 과정과 꼭 같은 구조를 하고 있습니다. 「님의 침묵」의 최종 행에서 "침묵"을 "밤"으로, "노래"를 "등ㅅ불"로 바꿔놓으면 완전히 같은 시가 되어버립니다. 그러니까 "제곡조를못이기는"은 "그칠줄을모르고……"가 되고 "침묵을 휩싸고" 도는 사랑의 노래는 "밤을지키는" 등불의 빛이 되는 것입니다.

청각(소리) = 침묵 vs. 노래

시각(빛) = 침묵 vs. 등불

침묵이 있을 때 비로소 사랑의 노래가 흘러나오듯 밤의 깊은 어둠이 있을 때 등불은 비로소 그 빛을 나타내는 것입니다. 「알수 없어요」의 침묵 코드는 청각적인 세계를 시각적으로, 즉 소리를 빛으로 대치해놓은 텍스트라 할 수가 있고 이별이 만남이 되듯 '알 수 없어요'가 '알 수 있어요'의 깨달음을 낳는 의식 체계의 기호를 창출한 것이라고 할 수 있습니다.

순환 구조(시간과 공간의 구조)

만남이 이별이 되고 이별이 다시 새로운 만남이 되는 「님의 침묵」의 순환 구조 역시 「알 수 없어요」의 연쇄 구조와 똑같습니다. 이 시에는 계절적 순환이 직접 나타나 있지 않지만 비유 체계를 분석해보면 그것이 시 깊숙이 숨어 있다는 것을 알 수 있습니다. 계절만이 아니라 이 시에서는 다음과 같은 네 가지 각기 다른 차원의 순환성이 혼유하고 있다는 것을 밝혀낼 수가 있습니다.

	생(탄생)	성장(장년)	노쇠(노인)	죽음
계절 순환	봄 (3-香氣)	여름 (2-지리한 장마)	가을 (1-오동잎)	겨울 (3-꽃도 없는 나무, 옛 탑)
물의 순환	샘물(4-근원)	시내(4)	강물(4)	바다(5)
해[日]의 순환	새벽 아침	대낮	저녁(5-저녁놀)	밤(6)
불의 순환	나무, 불씨 고체	불꽃(타오르는 불) 기체	재(6-타고 남은 재) 분말	기름(6-등불) 액체

위의 도표에서 보듯이 1행은 오동잎이 지는 것으로 이별의 시간이 되었던 가을입니다. 그리고 자세히 보면 2행은 여름 장마가 끝나고 맑은 가을 하늘이 엿보이는 여름과 가을의 경계라는 것을 알 수 있습니다. 그리고 3행은 아주 애매하기는 하나 꽃 없는 나무, 이끼, 옛 탑 등으로 불모의 시간이라는 것을 짐작할 수 있지요. 2행이 여름과 가을의 경계에 있는 시간인 것처럼 3행은 겨울과 봄의 경계 속에 있는 시간이라는 것을 짐작할 수 있습니다.

그렇지요. 시 읽기를 꼼꼼히 하면 숨은 그림 찾기처럼 일정한 조직의 올이 보이는 법입니다. 이 시에서 가장 난해한 부분인 그 3행을 물질적 이미지로 풀이해보면 '꽃도 없는 나무'란 곧 꽃에서 꽃 없는 나무로의 이행을 암시하고 있다는 것을 짐작하게 합니다. 꽃이 핀 나무와 꽃 없는 나무의 차이는 부드러움에서 딱딱함으로 굳어가는 단계를 나타냅니다. 그리고 그것이 이끼와 옛 석탑의 순으로 보면 점점 굳어져가는 계절의 상징을 암시합니다. 얼음이 물의 광석화를 의미하고 있는 것처럼 옛 석탑은 이끼 낀 고목의 광석화라고 할 수 있습니다. 즉 겨울의 이미지를 물질적으로 나타내면 바로 그 석탑의 돌이 되는 것이지요.

물의 순환성은 첫 행의 '파문波紋'이라는 말 속에 이미 예시되어 있습니다. 호수같이 고여 있는 정지된 상태에서 "근원은 알지도 못할"이라는 표현으로 물 순환의 원천인 샘물의 이미지가 등장하고 있습니다. 그리고 그것이 돌부리를 울리고 흐르는 시내와 구비구비 흘러가는 강물의 이미지로 이어져 결국은 5행의 바다로 이어집니다. 샘물에서 바다로 순환하는 물 순환이 잠재되어 있다는 것입니다.

해의 순환, 즉 하루의 순환은 아침에서 밤으로 이어집니다. 이 시에서는 그것이 5행에 집중적으로 등장하고 있습니다. 떨어지는 해 저녁놀을 중심으로 펼쳐지고 있지요. 그래서 그것이 6행의 밤이 되고 마는 것입니다.

그리고 동시에 그 빛의 순환을 물질화한 것이 불의 순환입니다. 나무가 타서 재가 되고 그 재가 다시 기름이 되어 등불의 불꽃이 태어나는 순환 관계가 마지막 행의 이미지입니다. 만해의 순환은 이렇게 복합적이며 경계적인 것이기 때문에 어느 때는 그것들이 동시적인 것으로 나타나기도 합니다. 시간의 순환이 공간적 이미지로 넘나든다는 말입니다.

1행의 수직의 파문이 단적인 예로서 파문은 원래 수평적인 공간, 즉 호수와 같은 수면에서 생기는 진동입니다. 그러나 만해는 오동잎의 이 수평 운동과 오버랩하여 수평·수직, 액체·기체의 공간과 물질의 경계를 없앱니다.

그리고 이 시에서 공간과 운동의 특성을 보면 오동잎에서 시냇물, 그리고 태양에 이르기까지 모두 낙하하는 것, 즉 위에서 아래로 떨어지는 것을 나타내고 있습니다. 그러나 그 하락은 곧 상승적인 것을 잉태하고 있는 것입니다. 그래서 그 공간들은 "갓이업는바다"와 "끗업는하늘"로 확산하고 깊어집니다. 밤은 바로 그러한 경계 없는 공간의 심연을 나타낸 것이지요. 밤은 모든 공간의 경계선을 붕괴시키고 하나로 만들어버립니다. 공간의 해체지요. 그렇게 해서 「알 수 없어요」의 시간적 순환과 공간적 복합성 또는 순환 작용은 우주론적 구조를 띠게 됩니다. 그리고 그 우주론적 공간은 하늘과 땅 그리고 그 중간의 만해 자신의 말씨로 한다면 공중이 있습니다. 이 공중에 있는 것이 하강과 상승의 순환 그리고 계절의 이동을 만들어내는 중간항입니다. 향기로 설정되어 있는 바람, 떨어지는 해와 노을이 모두 그렇습니다.

그렇기 때문에 「알 수 없어요」의 우주에는 원초적인 공간 분할만이 있을 뿐 새나 물고기·동물 등과 같은 개별 이미지는 등장하지 않고 있습니다. 이 우주론적 구조는 님으로 의인화하여 발자취·발꿈치·손·얼굴·입김 등의 인체어로 체계화하고 확산되고, 그 몸은 노래와 시를 쓰는 활동까지 합니다. 인체의 소우주와 자연의 대우주가 겹쳐 있는 셈입니다.

밤과 등불의 관계 그 '모순의 일치'

마지막으로 우리가 논의해야 할 것은 「님의 침묵」이 노래가 되는 그 역설적인 순환 논리 그리고 모순의 일치와 같은 만해의 레토릭rhetoric에 대해 살펴보는 일입니다. 만해의 대부분의 수사는 장식적인 것이 아니라 침묵을 노래로 바꾸는 것으로 기능적이고 유기적인 데 그 특징이 있다고 할 것입니다. 그러한 레토릭이 「알 수 없어요」에서는 밤과 등불의 관계, 그 '모순의 일치'를 창조해 내고 있다는 사실입니다.

밤은 어둠이고 등불은 빛입니다. 어둠과 빛은 서로 모순하지만 밤이 없으면 등불도 또한 존재하지 않습니다. 약한 불빛일수록 환한 대낮의 공간에서는 아무런 빛의 구실도 할 수가 없는 것입니다. 등불이 밤을 비추는 것이 아니라 밤이 등불을 비쳐주는 것이라고 할 수 있습니다. 밤이 등불의 빛을 그 어둠으로 창조해주는 것입니다. 그래서 결국은 등불은 밤을 지키고 밤은 등불을 지키는 상호성이 생겨납니다.

그러면서도 밤과 등불은 아주 대립적이라는 것을 우리는 잘 알고 있습니다. 밤은 무한대의 깊이를 갖고 있으며 우주에 침투하는 확산적 특성을 지닙니다. 그러나 등불은 한자의 주主[57] 자가 보여주고 있듯이 한곳에 못박혀 있는 중심체입니다. 밤은 퍼져 있는데 등불은 고정 중심점을 갖습니다. 이렇게도 다른 것이 실은 서로 떼어서는 존재할 수 없는 손등과 손바닥과 같이 하나로

---

57) 한자의 主는 방 안에 등불과 같은 것이 한자리에 고정되어 있는 것을 나타낸 상형문자다. 그러므로 主 자와 어우른 한자들은 모두 한곳에 붙박여 있는 뜻을 지니게 된다. 駐, 住, 柱 등이 모두 그렇다.

융합해 있다는 것을 우리는 만해의 레토릭을 통해서 발견하고 확인할 수가 있습니다.

등불과 밤의 관계만이 아니라 놀의 이미지 역시 낮과 밤의 어둠과 빛의 대립 관계를 흡수해버리는 것이며 향기는 무와 유의 대립항을 위태롭게 하는 물질입니다. 불가시적이면서도 감각 가능한 것으로 관념과 물질의 경계선에서 피어오르는 것이 다름 아닌 향기라는 존재입니다.

오동잎이나 해나 만해의 이 시에는 다 같이 추락을 하면서도 속도감이나 중량감이 거세되어 있습니다. 조용히 그리고 무중력 상태로 허공에 떠 있는 것입니다. 추락하는 것에 무게가 없다는 것은 추락의 의미소를 무력하게 만드는 것입니다. 그래서 추락과 떠오르는 것의 경계가 애매해집니다.

개개 이미지만이 아니라 시의 구성 자체가 그런 것입니다. 이 시는 행마다 '~입니까?'의 의문형으로 끝나고 있을 뿐만이 아니라 시의 제목 자체도 「알 수 없어요」입니다. 그러나 우리는 이 의문은 다름아닌 깨달음을 나타내는 접근이요 그 시작이라는 것을 잘 알고 있습니다. 밤의 어둠 속에 빛이 들어 있는 것처럼 이 질문과 의문 속에 바로 해답이 함유되어 있는 것입니다. 이별 속에 만남이 들어 있는 것처럼 말입니다. 우리가 믿고 있는 것, 굳은 그대로 사용하고 있는 기호 체계가 이러한 물음 속에서 조용히 무너져 내려앉는 것을 느낍니다. 명백하다고 믿고 있던 기호의 벽, 그 의미의 한계와 논리들이 추락하면서 새로운 의미가 떠오릅니다. 「알 수 없어요」를 통해서 비로소 알 수 있는 미지의 님을 체험할 수가 있는 것입니다.

침묵하는 님, 그것이 바로 이 시에서는 '누구입니까?'라는 의문형 속에 존재하는 '밤의 님'으로 출현되어 있습니다.

맺는 말 : 텍스트의 변환

그렇습니다. 우리는 「군말」과 「님의 침묵」의 변형으로서의 「알 수 없어요」의 시 읽기를 끝냈습니다. 그 결과로 님의 침묵이 아니라 텍스트의 침묵을 통해서 우리는 무수히 산출되는 새로운 텍스트(기호 체계)와 만나게 됩니다. 그래서 '침묵'의 청각을 '밤'의 시각으로 옮긴 것이 바로 「알 수 없어요」라는 시라는 사실도 검증할 수 있었습니다.

이 말을 다시 되풀이하여 설명하자면 「님의 침묵」과 그 속에서 탄생되는 사랑의 노래가 '소리의 텍스트'요 '이별과 만남'으로 이루어진 '사랑의 텍스트'라고 한다면, 「알 수 없어요」는 '빛의 텍스트'며 '알 수 없음이 깨달음'으로 전개되는 '앎[知]의 텍스트'라는 말이 됩니다. 그렇기 때문에 침묵과 노래의 관계가 빛의 텍스트에 오면 밤과 등불의 관계로 변하고 이별이 만남의 믿음으로 옮아가는 그 과정은 알 수 없음에서 앎으로 바뀌어진다는 것입니다.

최종적으로는 텍스트의 이 같은 변형이 삶의 텍스트가 될 때
죽음과 생의 관계로 전이되어 죽음이 생의 시작이 되기도 하는
것입니다. 한용운의 시는 이렇게 주장하는 언술이 아니라 발견하
는 언술, 그리고 기호를 소비하는 것이 아니라 끝없이 기호를 생
성해가는 시라는 결론에 도달하게 됩니다. 기호의 해체와 생성의
과정 그것이 바로 만해의 시라고 할 것입니다.

'피다'와 '지다'가 함께 있는 공간

김소월의 「산유화」

여행의 시학

우리는 지금 한 공간 속에 이렇게 모여 있습니다. 만약 이런 모임이 없었더라면 지금쯤 우리들은 저마다 자신의 일상적 생활 공간 속에 갇혀 지금과 다른 일들을 하고 있을 것입니다. 정치가나 혹은 주주들은 투표하기 위해서 회의를 열지만, 문학인들은 단지 만나기 위하여, 그리고 새로운 공간 그 자체를 만들기 위해서 모이는 일이 많습니다. 누가 펜클럽 회의를 비꼬아 국제 관광단이라고 말한 적이 있었습니다만, 제 개인의 생각으로는 그러한 말은 이 대회를 모욕하는 소리가 아니라 오히려 칭찬하는 소리로 들립니다.

투표로 역사를 선택할 수는 있어도 그것을 창조해내지는 못합니다. 대부분의 값진 창조는 여행에서 비롯되었다고 하는 편이 옳을 것입니다. 처음으로 도시에 나온 산골 사람과 섬 사람이 해가 어디에서 돋는가로 싸움을 벌였다는 농담 하나가 생각납니다.

산골 사람은 해가 산에서 돋는다고 하고 섬 사람은 그것이 바다에서 솟는다고 주장을 했던 것이지요. 그때 이 싸움을 보던 도시의 호텔 주인은 이렇게 말했다는 것입니다.

"해는 산에서 뜨는 것도 바다에서 솟아오르는 것도 아니다. 해는 지붕 위에서 떠오르는 것이라네."

이러한 사람들의 각기 다른 주장들은 결코 투표로써 결론을 얻을 수 없다는 것을 우리는 잘 알고 있습니다. 이런 사람들이 진정한 해답을 얻기 위한 유일한 길은 자기가 살던 고정된 자리를 떠나 새로운 공간을 체험하는 것으로만 가능해집니다. 즉 여행으로 자신의 편견을 불식할 수가 있는 것이지요. 그런 점에서 문학이란 단테가 『신곡』에서 시도했던 것처럼 일종의 우주를 가로지르는 수직의 여행이며 그 공간 만들기라고 할 것입니다.

우리가 지금 펜 대회를 서울에서 열고 있는 것처럼 모든 문학 작품은 도시나 마을의 한 이름이며, 그것을 읽는다는 것은 우리가 그 미지의 공간에서 서로 만나 이야기하는 것이라 할 수 있습니다. 김소월은 한국에서 가장 유명한 서정 시인으로 알려져 있습니다마는 나는 그의 시 「산유화」를 이러한 공간 만들기의 대표적인 예로서 여러분 앞에 소개하고 싶습니다.

그는 「산유화」라는 시에서 우리가 일찍이 체험하지 못했던 새로운 공간을 다음과 같이 노래하고 있습니다.

山에는 옷픠네
옷치픠네
갈 봄 녀름업시
옷치픠네

山에
山에
픠는옷츤
저만치 혼자서 픠여잇네

山에서우는 적은새요
옷치죠와
山에서
사노라네

山에는 옷지네
옷치지네
갈 봄 녀름업시
옷치지네

—「산유화山有花」

우리가 이 시를 읽을 때 무엇보다도 충격을 받게 되는 것은 '꽃이 피다'와 '꽃이 지다'라는 두 대립되는 반대어가 동의어처럼 같은 문맥 속에 나타나 있다는 점일 것입니다. 즉 첫 연과 마지막 연은 한 자도 틀리지 않은 반복문으로 되어 있는데도 '피다'라는 말이 '지다'라는 반대 진술로 바뀌어져 있다는 사실입니다.

그런데도 우리는 아무런 모순을 느끼지 않는 것입니다. 만약 그것이 김소월이 창조한 시적 공간이 아니라 우리가 살고 있는 일상적 뜰이나 거리였다면 이러한 모순은 결코 허락될 수가 없을 것입니다.

꽃이 핀다는 것은 열린다는 것이며 꽃이 진다는 것은 닫힌다는 것입니다. 말하자면 꽃이 핀다는 것은 생이라고 한다면 꽃이 진다는 것은 죽음과 같은 것입니다. 피다와 지다는 인간의 영원한 이항 대립적 삶의 의미를 나타내는 것으로 그것은 결코 하나가 될 수 없는 운명을 지니고 있습니다.

문학의 개연성과 영원성

그러나 김소월은 피는 것과 지는 것이 등가물이 되는 충격적 공간을 만들어낸 것입니다. 그 비밀은 이 시인이 '갈 봄 여름 없이'라는 말로써 산을 계절로부터 벗어나게 한 까닭입니다. 보통 어법으로 사계절을 이야기할 때 사람들은 봄 여름 가을 겨울이라고 합니다. 원래 계절에는 서열과 등차가 없는 것인데도 우리는 봄을 시작, 겨울을 그 끝으로 순차성을 부여하고 있습니다. 그래서 계절은 선형線形적인 것이 되어버립니다. 그러나 김소월은 봄보다 가을을 앞에 놓음으로써 그 순차성을 바꿔놓았을 뿐만이 아니라 자연스럽게 겨울을 슬며시 건너뛰어버렸습니다. 그래서 마치 산에서는 계절과 관계없이 언제나 꽃이 피는 것처럼 느껴지게 합니다. 그리고 직선적인 계절은 순환하는 동그라미 모양으로 변합니다. 이것이 '갈 봄 여름 없이 꽃이 피네'라는 첫 연의 진술입니다. 나의 마당이라면 꽃은 봄과 여름에 피었다가 가을과 겨울에 지는 것으로 될 것입니다. 이를테면 보통 공간과 그 계절 속에서는 꽃이 피는 것과 지는 것은 정반대되는 흑백의 대립으로 나타납니다. 그러나 사시사철 꽃이 피는 소월의 산에서는 계절의 분절이 사라지게 되고 동시에 피고 지는 대립도 소멸되고 마는 것입니다. 사시사철 꽃이 피고 있는 공간은 사시사철 꽃이 지고 있는 공간이기도 한 것이기 때문입니다.

　비단 피고 지는 것만이 하나가 되어 있는 것이 아니라 김소월의 산은 혼자 있는 것과 함께 있는 것도 하나로 그려져 있습니다.

　'산에 산에 피는 꽃은 저만치 혼자서 피어 있네'라는 2연째의 서술은 꽃의 외로움을 나타내주고 있습니다. 깊은 산속이기에 꽃들은 혼자서 피었다가 혼자서 집니다. 그러나 3연째에 오면 '산에서 우는 작은 새는 꽃이 좋아 산에서 산다'고 되어 있습니다.

혼자 피는 꽃이기 때문에 작은 새는 꽃을 좋아하고 그와 더불어 산에서 사는 것입니다. 꽃은 혼자이기 때문에 혼자가 아닐 것입니다. 피는 것과 지는 것, 혼자 있는 것과 함께 있는 것, 김소월은 시를 통해서 이렇게 흑백의 이항 대립을 넘어선 총체적 공간으로서의 산을 우리에게 보여줍니다.

그동안 많은 시인들이 꽃의 아름다움과 그 영광을 노래했습니다. 그러나 한 장소나 한 계절 속에서 그려진 꽃들은 피는 것이 아니면 지는 것의 어떤 한 면밖에는 그 얼굴을 드러내 보이지 못할 것입니다. 김소월은 꽃을 직접 노래하지 않고 그 꽃이 피고 지는 것을 동시적으로 포용하는 공간을 만들었기 때문에 우리는 꽃의 양면성을 비로소 맛볼 수가 있는 것입니다. 꽃의 영원성은 조화처럼 시들지 않는다는 데 있는 것이 아니라 바로 피다와 지다의 그 변화와 이항 대립적 개념을 포괄하는 데서 얻어지는 것이라고 할 것입니다.

피다와 지다의 이항 대립을 하나의 공간 속에 포섭해버리는 재능은 김소월의 재능이라기보다 한국인들이 갖고 있는 특성이라고 해도 좋을 것입니다. 서랍을 뜻하는 영어의 drawer는 빼내다의 뜻입니다. 서랍은 원래 빼내기도 하고 또 밀어서 닫기도 하는 것인데도 서양 사람들은 그 양면성에서 하나만을 선택하여 일방적인 것으로 만들어버립니다. 그러나 한국인은 그것을 빼고 닫는다는 두 동사를 하나로 하여 빼닫이라고 부르고 있는 것입니다.

뿐만이 아니라 한국의 고무신은 왼발 오른발의 구분이 없이 어느쪽을 신어도 좋도록 되어 있습니다. 영어에는 한 단어가 정반대의 뜻을 나타내는 것으로는 'temper' 정도지만 한국어에는 부지기수입니다. 뜨거운 차를 마시며 시원하다고 하거나 혹은 과년한 딸이 시집을 가면 시원섭섭하다라는 말을 쓰기도 합니다. 이상과 같은 모더니스트 역시 소월의 산처럼 이항 대립을 넘어선 공간을 많이 만들어내고 있습니다. 그의 난해성은 대부분 이 양의적 공간을 그리고 있기 때문이라고 할 수 있습니다.

정교한 메타포로 되어 있는 그의 시 가운데에는 여인들이 빨랫방망이로 두드려 빨래를 빠는 세탁장의 공간에서 전쟁의 폭력과 평화가 하나의 궤도를 돌고 있는 모순을 여실히 보여주고 있습니다. 그는 때묻은 세탁물을 비둘기로 보고 빨랫방망이질 하는 것을 비둘기의 학살, 즉 평화를 학살하는 폭력으로 본 것입니다. 그리고 그는 하얗게 빨아진 세탁물을 너는 것을 흰 비둘기 떼가 나는 것으로 보고 평화의 상징으로 보았던 것입니다. 즉 소월이 산이란 공간을 통해서 피는 것과 지는 것을 하나의 것으로 보여주었듯이, 이상은 빨래터를 통해서 폭력과 평화가 동전의 안팎처럼 하나를 이루고 있는 상태를 보여주고 있는 것입니다.

그렇지요. 정치가나 주주총회를 다시 염두에 두십시오. 그들의 회의는 선택하기 위해서 있는 것이고, 이 선택은 항상 투표나 아니면 폭력에 의해서 한쪽을 배제하는 것으로 실현되는 것입니다.

그러나 문학인들은 김소월의 「산유화」나 이상처럼, 혹은 서로 반대 방향에 있는 게르망트 쪽과 메제글리즈 쪽을 동시에 갈 수 없는 그 불가능성에 도전한 프루스트Marcel Proust처럼, 어느 한쪽을 배제하지 않고 그것들을 동시에 포괄할 수 있는 공간 찾기 또는 공간 만들기를 꿈꿉니다.

김소월의 「산유화」를 이야기하다가 우리들이 토론할 문학 논제를 잊을 뻔했습니다. 사실 이번 문학 논제는 다분히 논쟁적 성격을 감추고 있어서 여기 모인 문인들이 두 패로 갈리어 각각 반대편 골문으로 볼을 몰아가기를 희망하고 있는 눈치가 보입니다. 그러나 이 가변성과 영원성은 이항 대립적 관념이라기보다 손바닥과 손등처럼 둘이면서 하나인 상호 합일적인 관계를 갖고 있다고 하는 편이 옳을 것입니다. 이러한 주장이 결코 토론자들의 목소리를 낮추기 위한 절충론이나 추상적인 이상론이 아니라는 것을 밝히기 위하여 나는 김소월의 시를 그 모델로 제시하려 했던 것입니다. 그리고 김소월의 「산유화」는 우리에게 급변하는 사회에 있어서의 문학의 가변성과 영원성이 과연 무엇인지를 잘 설명해주고 있습니다.

문학에 있어서의 가변성이란, 일정한 시간과 일정한 공간을 선택하는 시점의 단일성에서 비롯되는 것입니다. 제논Zeno of Elea의 화살처럼 날아가는 화살의 공간과 시간을 따라서 무수히 그 시점을 옮겨간다면 화살은 움직이지 않을 것입니다. 그렇기 때문에 단일 시점에서 문학을 쓰는 경우에는 문학의 가변성이 강조되고, 복합적 시점에서 사물을 바라볼 때에는 문학의 영원성이라는 것이 부각됩니다. 봄의 꽃, 뜰 안의 꽃은 가변적입니다. 그러나 갈 봄 여름 없이 피는 산유화의 꽃은 한 계절 속에서만 관찰된 꽃이 아닙니다. 계절의 순환을 알기 위해서는 사계절 속에서 어느 한 계절을 선택하는 것이 아니라 그 전체를 총괄하는 복합적 시선을 가져야 할 것입니다. 동시에 눈앞에 피어 있는 한 장소의 꽃이 아니라 산 전체, 산의 모든 장소를 두루 내다보는 시선을 필요로 합니다.

근대의 서양 사람들이 발견한 원근법하고는 아주 다른 시점이지요. 원근법은 단일 시점을 선택하는 예술의 기법입니다. 하나의 시간, 하나의 공간을 선택한다는 것은 조르주 풀레Georges Poulet의 말처럼 분열이고 배제이며, 그 선택에 의해 한 장소에 독방처럼 갇히게 된다는 것을 의미하는 것이기도 합니다. 그렇지 않고서는 원근법은 나오지 않습니다.

그러나 동양화는 사물을 고정된 한 시점에서가 아니라 마치 화가가 헬리콥터를 타고 그때그때 이동하면서 사물들을 관찰한 것처럼 다시 점 속에서 자유롭게 그려냅니다. 단일 시점과 복수적인 시점, 김소월이 보여준 「산유화」의 꽃들이 바로 그러한 가능성을 보여주고 있는 것이지요. 첫 연과 4연의 꽃들은 복합적·전체적 시점인 데 비해서 저만큼 혼자서 피어 있는 꽃과 작은 새를 노래한 2연과 3연은 단일 시점의 원근법으로 이루어져 있는 것이라고 할 수가 있습니다.

시대를 포괄하는 다의적 언어

　문학의 가변성과 영원성이 한데 어우러져 있는 「산유화」의 공간을 만약 여러분들이 직접 보고 싶으시다면 서울의 공간을 좀 더 탐색하여야 할 것입니다. 여러분들은 서울의 한복판을 흐르는 한강에서 '잠수교'라는 매우 특이한 다리 하나를 찾아볼 수가 있을 것입니다. 그 이름부터가 물에 잠기는 다리라는 뜻으로 하나의 충격으로 다가올 것입니다. 홍수가 나도 물에 잠기지 않는 다리를 세우려는 욕망은 근대를 지배하는 많은 꿈 중의 하나일 것입니다. 그러한 다리에 익숙해 있는 여러분들에게 이름 그대로 비가 많이 오면 물속으로 그냥 잠겨버리도록 설계되어 있는 다리가 대도시의 서울 한복판에 존재한다는 것은 분명 경이로운 일이라 하지 않을 수 없을 것입니다. 더구나 그것이 바로 30년 전에 놓여진 다리라는 것을 알면 더욱 그럴 것입니다.

　콘크리트로 만들어져 있기는 하나 잠수교는 옛날 시골 징검다리와 본질적으로 조금도 다를 게 없습니다. 근대화되기 이전의 한국 사람들은 자연과 정면에서 대결하기보다는 적당히 타협하면서 살아왔습니다. 홍수가 날 때마다 불편을 겪는 다리이면서도 서울 사람들이 별로 그 다리를 미워하지 않고 있는 것을 보면 아직도 그러한 전통이 살아 있는 것 같습니다. 〈창밖에 잠수교가 보인다〉라는 노래가 대히트를 한 것만 보아도 알 수가 있습니다.

　그런데 고도 성장기인 1970년대의 산업화 시대에 들어서면 이 잠수교의 구조에도 큰 변화가 일어나게 됩니다. 잠수교 위로 높고 튼튼한 새로운 다리 하나가 증축되어 2층을 이루게 되는 것입니다. 물론 그것은 어떤 홍수에도 끄떡없는 어깨가 당당한 다리입니다. 그리고 1980년대에 들어서게 되면 이 잠수교는 다시 한 번 또 그 구조를 바꾸게 됩니다. 오염된 물이 정화되어 한강이 시민들의 놀이 공간으로 개발되자 이번에는 유람선이 다닐 수 있도록 교각의 일부를 높이지 않으면 안 되었기 때문입니다. 말하자면 아치형으로 일부 수정된 잠수교는 탈산업 시대를 예고하는 다리가 된 것입니다.

결국 잠수교는 프리모던·모던·포스트모던의 삼중 구조를 이루고 있는 다리로서 급변하고 있는 한국 사회의 모델을 이루고 있다고 해도 좋을 것입니다. 뿐만 아니라 이 잠수교는 갑작스런 시대의 변화에서 생겨난 다중적 구조를 보여주고 있는 예로서, 정도의 차이는 있지만 어느 나라에서도 발견될 수 있는 오늘날의 문화적 특성을 잘 반영시켜주고 있습니다. 어떠한 시대에도 당대의 문인들은 자기들이 살고 있는 사회야말로 급변하는 사회, 종말의 시대라고 생각해왔습니다마는 잠수교의 모양대로 불과 반생애 속에 인류가 살아온 전 문명의 세 단계가 함께 소용돌이를 치는 그런 시대는 일찍이 그 예가 없었을 것입니다. 그러나 급변하는 시대일수록 그것을 배제하는 것이 아니라 잠수교처럼 흡수해버려야 할 것입니다. 변화 자체를 다의성으로 싸버리는 것이지요. 그래서 복합적인 구조에 의해서 급변하는 사회를 포괄해버리는 더 큰 공간을 만들어내야 합니다.

그래서 나는 이따금 글을 쓰다가 현기증을 느끼면 한강을 찾아가 잠수교를 바라보곤 합니다. 그 다리의 구조는 어떤 교량 설계자도 또 조각가도 생각해내지 못한 시간의 복수성과 공간의 다중성을 지니고 있는 것입니다. 그것은 온갖 모순, 온갖 변화, 그리고 온갖 가치들을 '물을 건너다'라는 영원한 욕망의 동사 속에 집약시키고 있습니다. 화석처럼 응결해 있으나 그 다리는 강물, 그것처럼 열려져 있는 것입니다. 잠수교는 가변성 속에 영원성을 담고 있는 구조물이라고 할 것입니다. 다른 말로 하면 잠수교는 복수이면서 동시에 하나입니다.

전근대와 근대, 그리고 후기 근대를 동시에 살아가는 우리들은 그 시대를 포괄하는 다의적인 언어를 만들지 않고서는 이 격류를 건너가는 다리를 놓지 못할 것입니다. 「산유화」와 잠수교 그리고 서울의 공간 탐색을 통해서 어쩌면 여러분들은 문학의 오랜 숙제인 가변성과 영원성의 이항 대립을 뛰어넘어 자유롭게, 그리고 조금은 멀미를 느끼며 무중력 상태에서 유영하는 것 같은 우주여행을 즐길 수도 있을 것입니다.[58]

58) 이 원고는 1989년 한국 국제 펜대회 기조 강연 원고에 약간의 수정을 가한 것입니다.

피의 해체와 변형 과정

서정주의 「자화상」

문지방의 언어

존경하는 미당 선생님의 고희 기념 강연을 맡아달라는 부탁을 받았을 때, 저는 아마도 이 세상에서 가장 불행한 비평가가 되지 않을까 걱정했습니다. 왜냐하면 원래 비평이라는 것은 아무리 잘해봐도, 남이 쓴 글씨나 그림[書畵]에 개칠을 하는 정도밖에 되지 않는 것인데 하물며 미당 선생님의 시를, 그것도 본인이 계신 앞에서 덧칠을 하게 되었으니 말입니다. 그러나 막상 이 자리에 나서보니 뭔지 자신감이 생기기도 합니다. 조금 전에 미당 선생님의 약력을 소개하는 글을 들으면서 그것이 호적부에 적힌 주소든 혹은 아주 일상적인 주민등록번호나 전화번호든, 선생님과 관련된 것이면 무엇이나 다 시적으로 들린다는 사실을 알아냈기 때문입니다.

우선 조금 전에 낭독한 미당 선생님의 「자화상」만 해도 그렇습니다. 이것이 미당의 사실적인 자화상, 말하자면 사진과 같은 모습으로 전달된다면 그 감동의 질은 물론 엉뚱한 오해까지 생겨나게 될 것입니다. 무엇보다도 그 첫머리에 등장하는 "애비는 종이었다"라는 시구 때문에 미당의 선친은 물론 그 가계 전체가 노비의 집안이 되고 말 것입니다. 실제로 이 시 때문에 서정주 선생님을 종의 후예로 오해하고 있는 사람들이 적잖이 있습니다. 어디에선가 선생님 자신이 언급한 적도 있지만, 서광한徐光韓 씨의 장남으로 태어난 미당은 종의 신분과는 아무 관련이 없습니다. 족보를 캐서 비로소 오해를 밝혀낼 그런 문제가 아닙니다. 미당의 시가 무엇인지 그 매력이 무엇인지 조금이라도 알고 있는 사람이라면 그런 오해는 하지 않을 것입니다.

「자화상」을 읽을 때 우리의 관심은 이미 미당이 진짜 종의 집안에서 태어났는지 아닌지 하는 문제에서 벗어나게 됩니다. 왜냐하면 「자화상」의 언어들은 우리를 한 개인의 '신분status'이 아니라 '존재being'의 심연으로 그 의식을 돌려놓고 있기 때문입니다.

쉽게 말해서 미당 선생이 자신을 '종의 아들'이라고 말해도 듣는 사람들은 그것을 다른 뜻으로, 말하자면 문자 그대로의 뜻이 아니라 시적 의미와 이미지로 받아들이게 됩니다. 그것이 바로 미당의 다른 점이며 미당의 시를 풀이하는 출발점이 되는 특성이기도 한 것입니다. 지남철이 다른 쇠와 구별되는 것은 그것이 어떤 자장磁場을 형성하는 데 있습니다. 평범한 것, 일상적인 것, 지극히 평면적인 언어의 쪼가리와 그 사실들이 미당의 입이나 손끝에 닿으면 이상한 진동을 일으키며 살아납니다. 마치 갈바니Luigi Galvani가 전기를 통하게 하여 죽은 개구리를 살아 있는 것처럼 움직이게 했듯이 말이지요.

미당 선생의 강의를 들었던 제자 한 분이 이런 회고담을 적은 글이 기억납니다. 달이 무척 밝은 어느 가을밤, 아낙네들이 달을 쳐다보면서 "가지가 찢어지도록 달이 밝다"고 하더라는 겁니다. 미당은 아낙네들의 이 말을 소개하면서 시의 언어 또는 시어로서의 우리말의 특질을 풀이했다는 것이지요. 그런가 하면 또 미당은 수업을 하다 말고 강의실 밖의 소나무 숲이 바람에 흔들리는 것을 물끄러미 쳐다보다가 "저 바람 속에는 선덕여왕의 말씀이 들어 있네"라고 말씀했다는 것입니다.

마디 굵은 촌부의 말씨도 뜻 없이 스쳐가는 소나무 숲의 바람 소리도 일단 미당의 말씨로 바뀌면 잘 발효된 술처럼 시의 향기와 그 맛을 빚어냅니다. 그렇습니다. 미당이 모든 사물이나 언어를 시로 바꾸는 일차의 비밀은 그 말투에 있다고 생각합니다. 가령 「자화상」 첫 시구를 "애비는 종이었다"가 아니라 '아버지는 종이었다' 또는 '아버지는 노예였다'라고 했다면 어떻게 되었을까 생각해보십시오. 애비란 비속어와 종이라는 말의 기막힌 만남, 여기에서 시가 빚어지고 있는 것이지요. 그래서 "애비는 종이었다"라는 언술은 이력서적인 것이 아니라 시적인 의미를 띠게 되는 것입니다.

그런데 미당의 말씨는 남도 사투리에서 비롯되는 것이라고들 합니다. 미당의 시에서 남도 사투리를 빼놓을 수 없다는 것을 누가 부정하려 하겠습니까. 하지만 세상 어느 천지에 자기 고장 사투리로 일급 시인의 대접을 받게 된 사람이 있겠습니까. 서정주 선생님이 과연 전라도의 독특한 사투리 덕으로 시적인 감흥을 불러일으켰다면, 표준어로 더군다나 외국어로 번역했을 때, 오히려 그것은 마이너스 효과로 바뀔지도 모릅니다. 미당의 시가 사투리의 맛에서 비롯되는 것이라면 아마도 전라도 사람들만이, 전라도의 방언을 생활 속에서 익힌 사람들만이 그 시를 가장 잘 알 것임으로 미당은 한낱 향토 시인으로서 전락하고 말 것입니다.
　미당의 말씨 그 시적 파워는—그래요, 나는 그것을 파워라고 부릅니다—남도 사투리 자체에 있는 것이 아니라 남도 사투리에 시의 자력과 전류를 흐르게 하는 그 놀라운 힘이라고 할 것입니다. 미당이 전라도가 아니라 경상도에 태어났더라도 경상도 말에서 그와 같은 시적 마력을 끌어냈을 것이라는 이야기입니다.
　보통 우리가 알고 있는 것과는 달리 미당 말투(시)의 특성은 사투리에 있는 것이 아니라 도저히 시가 될 수 없는 비속어나 보통 글에서는 잘 쓰지 않는 구어口語를 시적 이미지와 상징으로 돌려놓는 그 전환성에 있습니다. 즉 미당이 잘 쓰는 '새끼'니 '모가지'니 하는 말은 사투리라기보다 한국 전역에서 사용하고 있는 비속어지요. 그런데 그것이 상스럽거나 천하게 들리기는커녕 심오하

고 비장하기까지 한 '시적 깊이'─비평가 리샤르Jean-Pierre Richard
가 말한 그 깊이profondeur를 띠게 된다는 것입니다.

　뒤에서 다시 이야기하겠습니다마는 나는 그 같은 신비한 말씨
를 '문지방의 언어'라는 비유로 겨우 설명할 수밖에 없습니다. 미
당의 시에 등장하는 사투리는 비속어와 마찬가지로 그것이 본래
지니고 있는 향토색이나 그 소박한 의미와는 또 다른 효과를 지니
고 있습니다. 그 유명한 「화사花蛇」의 첫 구절을 예로 들어봅시다.

　　을마나 크다란 슬픔으로 태여났기에, 저리도 징그라운 몸둥아리냐

　이 구절을 표준말로 바꾸면, '얼마나 커다란 슬픔으로 태어났
기에 저리도 징그러운 몸뚱이냐'가 될 것입니다. 표준말이기 때
문에 재미가 없는 것이 아닙니다. 그렇다고 전라도 사투리에서
오는 맛도 아닙니다. 사람들은 징그러울 때에는 누구나 어금니를
물고 몸서리를 칩니다. 그렇지요. 어금니를 물고 징그러운 정감
을 나타내는 소리가 바로 '으' 음입니다. '얼마나'가 "을마나"로
'커다란'이 "크다란"으로 변용된 말이 "슬픔"이라고 할 때의 두
개의 '으' 음과 합쳐집니다. 이윽고 그 네 개의 '으' 음은 징그러
운의 '그'와 마주치면서 어금니에서 새어나오는 징그러운 정표의
메아리를 만들어내는 것이지요.

　징그러움이라는 의미 형상과 그 소리 형상이 또는 소리의 체계와

의미의 체계가 그렇게 기적적으로 잘 맞아떨어질 수가 없습니다.

"몸둥아리"라는 표현도 그렇습니다. 이 말은 몸이나 몸뚱이와는 전연 다른 느낌을 주는 비속어라고 할 수 있습니다. 미당의 시에서는 머리를 대가리로 입을 아가리로 표현하고 있는데 이 신체어에 따라붙는 '~아리'형 접미소는 육체를 구박하거나 경멸할 때 쓰는 '육체 천시'의 내포적 의미를 지니고 있는 말입니다.

특히 여기의 "몸둥아리"의 '~아리'는 "징그러운"을 "징그라운"이라고 한 '아' 음과 연결되면서 그 기저음을 이루어오던 '으' 음을 갑자기 개방하고 터놓는 역할을 합니다. 어두운 음과 밝은 음이 대조를 이루고 혼유하는 그 문지방의 언어들은 의미의 세계에 있어서도 나타나 있습니다. '아름다운 뱀'과 '징그러운 뱀'의 반대의 교합이 「화사」의 모티프라고도 할 수 있습니다. 그래서 그 뱀은 땅꾼들이 잡으러 다니는 뒤안길의 뱀에서 영혼과 대립하는 형이상학적인 그리고 원죄와 같은 신화적인 의미의 차원으로 높아져 시의 담 안으로 넘어옵니다. 비속어 때문에 거꾸로 그 뜻이 심오해지고 토착어 때문에 그 의미는 원초적이고 '글로벌'한 이미지를 띠게 되는 것입니다.

소리의 층위에서만이 아니라 시적 이미지나 의미에 있어서도 그와 같은 일이 벌어지고 있다는 것은 그 시 제목인 '화사'라는 단어만을 분석해봐도 알 수가 있습니다. 꽃[花]은 아름답습니다. 누구나 꽃을 보면 가까이 다가서려고 합니다. 그러나 뱀[蛇]은 어떻습니까. 돌팔매질을 해서 쫓거나 도망치거나 해서 되도록 멀리 떨어져 있으려고 하지요. 속된 표현으로 하자면 '화사'는 브레이크와 액셀러레이터를 동시에 밟은 자동차와도 같은 것입니다. 하나의 대상을 향해서 다가서려는 것과 도망치려는 이중의 복합적 감정이 한곳에 똬리를 틀고 뭉쳐 있습니다.

　시 전체가 그렇게 되어 있습니다.

　麝香 薄荷의 뒤안길이다.

　아름다운 베암……

　을마나 크다란 슬픔으로 태여났기에, 저리도 징그라운 몸둥아리냐

　꽃다님 같다.

　너의할아버지가 이브를 꼬여내든 達辯의 혓바닥이

　소리잃은채 낼룽그리는 붉은 아가리로

　푸른 하눌이다. ……물어뜯어라. 원통히무러뜯어,

　다라나거라. 저놈의 대가리!

　돌팔매를 쏘면서, 쏘면서, 麝香 芳草ㅅ길

　저놈의 뒤를 따르는 것은

　우리 할아버지의안해가 이브라서 그러는게 아니라

石油먹은듯……석유 먹은듯……가쁜 숨결이야

바눌에 꼬여 두를까부다. 꽃다님보단도 아름다운 빛……

크레오파투라의 피먹은양 붉게 타오르는 고흔 입설이다……슴여라!
베암.

우리순네는 스믈난 색시, 고양이같이 고흔 입설……슴여라! 베암.

—「화사」

　뱀을 꽃대님 같다라고 한 것은 단순히 그 형상을 의미한 것만
이 아닙니다. 대님은 몸에 밀착하는 것, 붙잡아 매는 것입니다.
그러므로 꽃대님이 된 뱀은 자기 신체의 일부가 되어 뱀의 특성
인 '몸을 감는 것'의 이미지가 강렬하게 드러나 있습니다. 그러면
서도 다음 연에서는 "다라나거라. 저놈의 대가리!"라고 말합니
다. 뱀의 대가리는 몸을 휘감는 밀착의 이미지가 아니라 도주하
는 것으로 그려져 있습니다. 가까워지고 싶으면서도 멀어지려고
하는 모순의 감정과 행동을 가장 잘 나타내주고 있는 시구가 바
로 "돌팔매를 쏘면서, 쏘면서, 사향 방초ㅅ길/저놈의 뒤를 따르
는 것은"이라고 한 대목입니다. 쫓으면서도 동시에 뒤를 따르는
것—이 뱀에 대한 행위는 바로 이성 간의 유혹과 그 육체 관계의

쾌락에 대한 태도와도 같은 것입니다.

사향 박하 뒤안길의 뱀의 이미지는 매우 토착적인 것으로 그려져 있으면서도 그 시적 전개는 헬레니즘과 헤브라이즘의 서양 것과 토착적인 것 등이 서로 어울려져 있습니다. 「화사」에는 뱀을 의인화한 세 여자의 이름이 나오는데 그것은 각각 문명권을 달리한 이브, 클레오파트라 그리고 순네인 것입니다.

이브(우리 할아버지의안해가 이브라서 그러는게 아니라) – 헤브라이즘

클레오파트라(크레오파투라의 피먹은양 붉게 타오르는 고혼 입설) – 헬레니즘

순네(우리순네는 스믈난 색시) – 한국적, 토착적

"석유먹은듯……석유먹은듯……가쁜 숨결이야"의 '석유'라는 말도 문지방의 언어로서, 서구 문명과 함께 들어온 문명적 이미지를 지니고 있으면서도 동시에 전깃불이 들어오지 않는 시골의 등화를 연상케 하는 토착적 이미지를 지니고 있습니다.

개별성과 보편성, 토착적인 것과 서구적인 것, 비속한 것과 고매한 것, 그리고 징그러운 것과 아름다운 것 — 온갖 모순하는 것의 경계 위에 미당 언어의 발화점이 있습니다. 그런 까닭으로 미당은 남도 사투리가 아니라 외래어를 써도 서정주화하고 맙니다.

아라스카로 가라 아니 아라비아로 가라

아니 아메리카로 가라 아니 아프리카로

가라 아니 沈沒하라. 沈沒하라. 沈沒하라!

이것은 『화사집花蛇集』에 수록되어 있는 「바다」라는 시의 마지막 연에 나오는 대목입니다.

'아니'라는 부정사가 세 번 되풀이되어 있어서 의미상으로는 강조형이지만 음운적으로 보면 '아' 음의 반복에서 생겨나는 두음 현상을 자아냅니다. 그러니까 자연히 외국의 지명을 나타내는 이름들도 '아'의 두음으로 시작하는 "아라스카", "아메리카", "아라비아", "아프리카"로 되어 있습니다. 이렇게 미당은 지리책에서도 시를 끌어내옵니다.

이와 같은 두운법은 역시 그의 사투리처럼 춘향의 「십장가」와 같은 판소리 사설에서 곧잘 사용하고 있는 수사법입니다. 나라마다 다른 말운법末韻法과는 달리 세계 공통적으로 많이 쓰이고 있는 두음법은 보편적인 성질을 지니고 있는 음운법이라는 점을 잊어서는 안 될 것입니다. 미당의 말씨가 지방적인 것이면서도 동시에 세계적인 보편성을 지닌 것이라는 증명이기도 합니다. 그야말로 '아니', '아니'라는 부정사가 먼 이방의 지역 이름으로 이어지는 이 시를 읽고 있으면, 두운의 시적 효과를 바로 'A'라는 두운으로 설명한 처칠의 유명한 말 "Apt to alliteration artful aid(적절한 두운의 멋들어진 도움)"가 생각나지 않을 수 없는 것입니다.

자화상과 이마 위의 이슬

그러면 미당의 말씨가 어떤 것인지, 그 문지방의 언어가 어떤 것인지 좀 더 깊이 접근해가기 위해서 「자화상」에 나타난 미당의 얼굴을 살펴보기로 하겠습니다.

애비는 종이었다. 밤이기퍼도 오지않었다.
파뿌리같이 늙은할머니와 대추꽃이 한주 서 있을뿐이었다.
어매는 달을두고 풋살구가 꼭하나만 먹고 싶다하였으나……흙으로
바람벽한 호롱불밑에
손톱이 깜한 에미의아들.
甲午年이라든가 바다에 나가서는 도라오지 않는다하는 外할아버지
의 숯많은 머리털과
그 크다란눈이 나는 닮었다한다.
스믈세햇동안 나를 키운건 八割이 바람이다.

세상은 가도가도 부끄럽기만하드라
어떤이는 내눈에서 罪人을 읽고가고
어떤이는 내입에서 天痴를 읽고가나
나는 아무것도 뉘우치진 않을란다.
찰란히 티워오는 어느아침에도
이마우에 언친 詩의 이슬에는

몇방울의 피가 언제나 서꺼있어

볕이거나 그늘이거나 혓바닥 느러트린

병든 숫개만양 헐덕어리며 나는 왔다.

─「자화상」

　아마도 20대 때 서정주 선생님을 만난 친구가 지금 이 자리에
왔다면 "참 저분이 많이도 변했구나"라고 말씀하실 겁니다. 그러
나 자세히 들여다보면 '어릴 때의 모습이, 20대의 모습이 아직도
남아 있어'라고 감탄을 할 것입니다.

　지금 이 「자화상」과 오늘날 쓰시는 선생님의 시 사이에는 아
마도 20대의 얼굴과 50대의 얼굴, 그리고 바로 오늘의 70대 얼굴
만큼이나 큰 차이가 있을 것입니다. 그러면서도 또한 그 속에는
여전히 닮은 은밀한 구석이 있을 것입니다.

　「자화상」은 일상인으로서의 서정주가 아니라 시인으로서의
미당의 얼굴이 있습니다. 「자화상」은 바로 미당의 시적 텍스트
라고 할 수 있습니다. "어떤이는 내눈에서 죄인을 읽고가고/어떤
이는 내입에서 천치를 읽고가나"라고 한 대목이나 "이마우에 언
친 시의 이슬"과 같은 말에서도 짐작할 수 있습니다.

　그런데도 보들레르가 자신을, 즉 시인을 하늘 위를 자유롭게
날아다니는 것이 아니라 선원들에 잡혀 갑판에 묶여 있는 앨버
핏트로스[信天翁]로 생각한 것처럼 미당의 「자화상」에는 시인과는

또 다른 현실의 얼굴들이 있다는 것을 알 수가 있습니다.

"이마"부터 생각해보십시오. 이마는 신체 중에서 가장 높은 곳에 있습니다. 수직적 존재의 절정이지요. 그 공간이 바로 시의 이슬이 맺히는 부분입니다. 그런데 어떻습니까, 그 이슬에는 "몇방울의 피가 언제나 서꺼있어"라고 되어 있습니다. 이슬이 시라면 핏방울은 무엇입니까. 그러니까 미당의 시는, 미당이 생각하는 시는 이슬(물)인데 언제나 그 시의 물에는 시 아닌 핏방울이 섞여 있다는 것이지요. 즉 현실적으로 나타난 미당의 시는 이슬과 핏방울의 혼유물이라는 점입니다.

이슬은 하늘에서 내려와 맺히는 것이지만 피는 하부적인 것, 인간의 내부에서 코피처럼 터지거나 배어 나오는 것입니다. 피는 육체적인 것으로 유전적인 것이며 자기 존재 이전에 이미 운명지어진 것으로 나타납니다.

자기 얼굴 한구석에는 아버지와 어머니를 닮은 곳이 있게 마련이지요. '몇 방울의 피가' 섞인다는 그 근원의 얼굴이지요. 그리고 그 피의 근원은 부계적인 것과 모계적인 것으로 다시 갈라져 있습니다. 어매의 피는 이슬 맺힌 "이마"가 아니라 "손톱이 깜한" 것으로 이어집니다. 그리고 본능적 생식의 욕망 앞에 나타나는 선악과 같은 풋살구와 한 그루 대추나무의 이미지로 울타리 안에 서 있는 할머니의 얼굴입니다.

그러나 부계의 이미지는 이와는 아주 다릅니다. 모계가 신체의 하부에 위치한 것이라면 남자의 피들은 상부 쪽에 위치합니다. 외할아버지를 닮았다는 숱이 많은 머리털과 커다란 눈은 손톱과 대조를 이루는 부분입니다.

더욱 중요한 것은 아버지나 외할아버지가 위치해 있는 공간입니다. 어머니는 흙벽 안, 호롱불 안에 갇혀 있고 할머니는 울타리 안에 붙박여 있는 대추나무처럼 한곳에 위치해 있지요. 한마디로 흙의 공간입니다. 모든 이미지는 식물적인 계열로 되어 있습니다. 그러나 남성들은 그와는 반대로 집을 비우고 먼 곳으로 떠나 버립니다. 밤늦도록 돌아오지 않는 아버지와 갑오년 바다로 나가 소식이 없는 외할아버지는 탈출 공간과 도주로[길]로써 상징화됩니다. 그리고 그것은 흙이 아니라 물입니다. 그것은 식물처럼 한곳에 뿌리를 박고 서 있는 것이 아니라 바람이며 바다인 끝없이 유동하고 퍼지고 정착을 모르는 이미지에 의해서만 파악됩니다. 그들이 가고자 하는 곳은 벽과 울타리 너머의 공간인 것입니다.

아까 말씀드린 대로 미당의 「자화상」은 '신분'이 아니라 '존재'를 그린 것이라고 했습니다. 그리고 그 존재의 자화상은 부계와 모계의 피, 즉 갇혀진 것과 도주적인 것으로 혼합되어져 있습니다. 끝없이 한곳으로 집중하는 '파라노이아(paranoia, 편집증)'와 사방으로 흩어져 떠나가려는 '스키조프레니아(schizophrenia, 분열증)'의 대립된 양대 특성으로 인간의 문화·문명과 그 행동의 양식을 설명하려 한 가타리Felix Guattari와 들뢰즈Gilles Deleuze의 이론을 상기해주시기 바랍니다. 미당의 「자화상」은 바로 파라노이아적 '에미 문화'와 스키조프레니아의 '애비 문화'의 양면을 동시에 한 얼굴에 담고 있는 것입니다.

잠깐만 생각해보시면 알 것입니다. 어머니와 할머니를 가둔 흙벽과 아버지와 외할아버지를 끌어낸 바람과 바다의 갈등은 우리나라 최초의 시라고 하는 「공후인」에서도 이미 엿볼 수가 있습니다.

公無渡河 公竟渡河 墮河而死 當奈公何

미친 백수광부는 새벽 일찍이 냇물을 건너서 저쪽 편 강 너머로 가려고 합니다. 그것을 만류하려고 하는 것은 그의 아내지요. 우리의 여자들은 늘 거기에 머무르려고 하는데 남자들은 끝없이 백수광부처럼 떠나려 합니다. 결국은 냇물을 건너가려다가 백수광부는 익사하고 맙니다.

도대체 이 백수광부는 새벽에 무엇을 보았기에, 무슨 부름 소리를 들었기에 아내의 곁을 떠나서 차가운 강물을 건너려고 했는가. 이 미친 백수광부를 향한 질문은 몇천 년이나 계속하여 바로 여기 「자화상」에 나오는 외할아버지가 되고 아버지가 되어서 우리에게로까지 물려집니다.

미당은 그 「자화상」에서 스물세 해 동안 나를 키운 것은 8할이 바람이라고 말하고 있습니다. 이 바람은 분명 아버지와 외할아버지적인 것이라고 할 수 있습니다. 그러면서도 스물세 살의 젊고 젊은 자신의 생을 '늙은 수캐'로 그것도 병든 수캐로, 그리고 있는 것은 흙벽에 갇힌 "어매"의 진한 피가 있기 때문인 것입니다.

흙 속에 배를 깔고 기어다니는 뱀이거나 혹은 아무리 뛰어봐야 동네의 지평을 벗어나지 못하는 수캐로서의 나에게는, 시의 이슬이 맺히는 이마와 동시에 혓바닥을 길게 늘어뜨리고 헐떡거리는 숨결이 있습니다.

이렇게 보면 미당의 「자화상」은 어떤 것이 되겠습니까. 숱이 많은 머리털, 이슬 맺힌 이마, 커다란 눈, 그리고 혓바닥을 늘어뜨리고 헐떡거리는 입, 까만 손톱과 같은 상징적인 신체어들과 흙벽, 대추나무, 풋살구와 같은 에미의 공간과 바다와 바람과 길의 애비 공간으로 정리가 됩니다.

그리고 무엇보다도 이마에 맺힌 시의 이슬은 이슬만이 아니라 핏방울이 섞여 있다는 점입니다. 물과 피의 혼성체로서의 미당의 시, 그리고 그것이 분리되고 순환하고 새롭게 결정結晶해가는 그 과정의 긴 역정은 "병든 숫개만양 헐덕어리며" 왔다는 스물세 살의 그것보다 세 배나 되는 것입니다. 시적 출발이 된 자화상과 이제 고희에 도달한 신선 같은 미당의 「자화상」에는 어떤 공통점과 차이가 있는지를 해명하는 데 있어서 그 이마에 맺혔던 시의 이슬의 행방을 쫓는다는 것은 미당의 전 시를 해명하는 중요한 단서가 될 것입니다. 물과 피의 혼성, 그리고 그 분리와 순환의 탐색 작업

이야말로 미당의 진정한 자화상을 그리는 작업이 될 것입니다.

땅·바다·하늘, 미당의 시적 공간

미당의 큰 변화는 뱀이나 수캐와 같이 흙에 배나 네 다리를 붙이고 살아가는 짐승들이 날개를 얻는 순간에 일어납니다. 「자화상」의 맨 끝 시행을 마감하는 말은 "왔다"입니다. 그러나 수캐처럼 이 현존의 장소를 향해 오는 것이 아니라 거북이처럼 바다와 같은 먼 수평을 향해 가는 것, 그리고 다시 거기에서 천년 학처럼 하늘로 날다로 그 동사가 바뀌는 궤도를 따라 미당의 시적 역정은 전개되어갔던 것이라고 할 수 있습니다. 단도직입적으로 말하자면 이미 『화사집』에서부터 제시되어 있는 것이지만 미당의 시적 공간은 세 개의 계층으로 분할되어 있음을 알 수 있습니다. 즉 흙의 공간인 땅, 물의 공간인 바다, 그리고 공기, 바람의 공간인 하늘, 이렇게 세 가지 다른 공간이 미당의 시적 우주를 이루고 있다고 생각할 수 있습니다.

말하자면 군대의 공간이 육해공군으로 이루어져 있듯이 미당의 시적 군단도 육해공으로 조직되어 있는 것이라고 쉽게 생각해 보면 됩니다.

땅의 공간은 뱀이 똬리를 틀고 있는 뒤안길로 대표되는 것이라고 할 수 있지요. 꽃마저도 땅에 밀착해 있는 민들레 같은 것으로 등장합니다. 이 고착된 공간에 열려 있는 삶의 통로는 담쟁이와 별로 다를 것이 없는 뒤안길이나 논두렁길로 나타나 있습니다. 그것들은 모두 한계성과 유폐성을 지니고 있는 아주 절박한 극한적 공간으로 그려집니다. 동시에 사향 박하의 향기가 있는 관능적인 그 뒤안길에서 벗어나기 위해서는 어쩔 수 없이 "피"를 거부해야만 합니다. 그것이 바로 미당의 초기 시에 처절한 동화상動畵像으로 보여주고 있는 '가쁜 숨결로 코피를 쏟으며 달려가는 논두렁길'인 것입니다. "피"는 이미 살핀 그대로 인간의 관능적인 욕망, 육체, 그리고 세속적이고 유전적인 삶의 원천적 구속력을 의미하고 있는 것입니다.

> 소리잃은채 낼룽그리는 붉은 아가리로
> 푸른 하눌이다. ……물어뜯어라. 원통히무러뜯어,

「화사」의 한 구절에 잘 나타나 있는 것처럼 땅의 공간은 색채로는 붉은색, 신체어로는 아가리, 혓바닥(수캐의 혓바닥을 기억해주시기 바랍니다)이고 감정은 원통한 것, 회한, 수동적이었을 때에는 부끄러움 등입니다. 물론 액체는 이슬(물)이 아니라 "크레오파투라의 피 먹은양 붉게 타오르는" 핏방울이지요.

이 땅을 뒤집으면 그 수직의 통로인 「동천冬天」의 공간이 출현하게 됩니다. 짐승들은 새가 되고 사향 박하나 민들레는 눈썹 같은 초승달이 됩니다. 혹은 춘향이가 그네를 구르며 꿈꾸던 오색 구름과 서방의 달이 되지요. 시간적으로는 선덕여왕이 살던 때의 신라의 하늘인 것입니다. 두말할 것 없이 피가 있는 것들은 그 무게 때문에 상승하지 못하는 것입니다. 이 공간에는 날개의 깃털처럼 가벼운 것들, 공기와 빛과 그리고 수증기와 같은 순수한 물입니다. 그리고 그 하늘의 공간을 상징하는 색깔은 붉은색의 땅과 대조를 이루는 푸른빛입니다.

그리고 하늘과 땅 사이의 경계선에 있는 것이 바로 바다라는 공간입니다. 바다 공간 역시 이미 초기 시집인『화사집』에 예고되어 있습니다.「바다」라는 시가 바로 그렇지요. 그러나 하늘에서의 비상이 바다에서는 침몰로 나타납니다. 바다에서 하늘로 옮겨가는 그 경계선에 있는 것이 '뜨다'입니다. 그것이 바로 '거북'입니다. 바다는 존재의 수직적 상승이 아니라 수평적인 탈출이기 때문에 진짜 초월 공간이 되지 못합니다. 그렇다고 해서 땅처럼 유폐된 한계 상황의 그런 공간도 아닙니다. 그렇기 때문에 하늘과 땅의 중간항으로 설정된 미당의 바다는 붉은색도 푸른색도 아닌 검붉은 저녁노을의 바다가 아니면 밤바다입니다.

바다 공간에서 그 피는 응어리진 심장心臟으로 형상화하고 바다로 떨어지는 태양의 등가물이 됩니다.

　　無言의 海心에 홀로 타오르는

한낮 꽃같은 心臟으로 沈沒하라.

　동시에 바다는 하늘을 닮은 공간이기도 하기 때문에 침몰과 대립하는 상승의 의지도 지니고 있습니다. 위로 치솟아오르려고 하는 파도와 해일이 바로 그런 역할을 하고 있습니다.
　바다에서 부력을 얻는 것―그렇습니다. 뜬다는 것은, 부력이라는 것은 비상의 시초라고 할 수 있습니다―그 힘은 바람에 휘날리는 머리카락의 신체어로 되어 있다는 점에 유의해주시기 바랍니다(갑오년에 머리숱이 많은 외할아버지가 떠나서 영영 돌아오지 않는 그 침몰의 장소가 바로 그 바다라는 것을 잊지 마십시오).

　　오―어지러운 心臟의 무게우에 풀잎처럼 훗날리는 머리칼을 달고

　이렇게 보면 미당의 시에서 동사가 갖는 의미는 여간 소중한 것이 아닙니다.
　땅에서는 '긴다'가 최하위고 최상위층의 언어가 '뛰다', '달린다' 계열의 주행 동사입니다. 이륙과 비상 직전에 뛰는 행위가 있습니다.
　바다 공간에서는 망각과 떠남(탈출) 그리고 침몰이 행위를 나타내는 대표적인 동사입니다. 그것이 역전하면 뜨다, 흩날린다와 같은 상승 언어로 발전해갑니다.

그리고 하늘 공간에서는 비상의 예비 동작인 춤과 춘향이 탄 그네와 같은 상승 하강의 반복 운동 그리고 최종적으로 '날다'라는 동사가 나타나게 됩니다. 난다는 것은 코피를 흘리며 달리던 논두렁길과 휘날리는 머리칼을 달고 아라스카로 아라비아로 아메리카로 아프리카로 도주하는 바닷길과는 아주 다른 것입니다. 바다 공간 속에서 "침몰하라. 침몰하라"고 외치던 말이 하늘 공간 속에서는 학처럼 춤추고 날아올라라는 말로 바뀝니다. 저승길까지 뉘엿뉘엿 날아가는 비상의 언어는 바다의 그 침몰을 역전시킨 운동이요 그 율동이라고 할 것입니다. 말라르메도 「분수噴水」에서 그와 비슷한 말을 하고 있지만 상승하는 것만이 침몰하고 침몰하는 것만이 상승할 수가 있습니다.

그렇기 때문에 하늘의 상승 공간과 바다의 침몰 공간의 경계에서 생겨나는 문지방의 언어들이 미당의 시적 언어의 본질이라고 할 수 있습니다. 동시에 그런 문지방의 언어 때문에 말년의 미당이 하늘의 언어로 기울어가면서도 여전히 그 파워를 잃지 않고 있는 것입니다. 즉 20대의 흙(땅)의 언어로 빚어진 자화상의 모습을 70대의 노안 속에 여전히 간직하고 있다는 것이지요. 좀 더 구체적으로 말하면 그 이마에 맺힌 "시의 이슬"에 섞여 있던 핏방울이 지상에서는 닭 볏[雄鷄]이 되고, 하늘을 나는 학에서는 단정학의 이마(머리)에 찍혀 있는 붉은 점으로 화합니다. 땅의 수캐가 바다의 거북이가 되고 바다의 거북이가 하늘의 학으로 의젓하게 변신해도 그 피는 여전히 남아 있습니다. 피는 해체되어가면서도 여전히 땅에서 바다로, 바다에서 하늘로 순환하고 있기 때문입니다. 이 마지막 남아 있는 피의 향방을 극명하게 보여주고 있는 것이 바로 「무제無題」라는 시입니다.

> 피여. 피여.
> 모든 이별 다 하였거던
> 博士가 된 피여.
> 인제는 山그늘 지는 어느 시골 네갈림길
> 마지막 이별하는 內外같이
>
> 피여
> 紅疫같은 이 붉은 빛깔과
> 물의 연합에서도 헤여지자.
>
> 붉은 핏빛은 장독대옆 맨드래미 새끼에게나
> 아니면 바윗속 굳은 어느 루비 새끼한테,
> 물氣는 할수없이 그렇지
> 하늘에 날아올라 둥둥 뜨는 구름에…….
>
> 그리고 마지막 남을 마음이여

너는 하여간 무슨 電話같은걸 하기는 하리라.

인제는 아주 永遠뿐인 하늘에서

지정된 受信者도

소리도 이미 없이

하여간 무슨 電話같은걸 하기는 하리라.

—「무제」

　이 시에서 마지막 남은 그 피의 해체는 앞서 말한 공간 분절에
의해서 분리되어 나타나 있다는 것을 발견하게 됩니다. "붉은 핏
빛은 장독대옆 맨드래미 새끼에게나"라는 부분은 두말할 것 없
이 땅에 속하는 것입니다. 피가 꽃이 되는 것이지요. 그리고 "아
니면 바윗속 굳은 어느 루비 새끼한테"라는 것은 피의 침몰, 즉
바위 속으로 들어가는 가장 무거운 피로서 광석화합니다. 그런데
마지막에는 이마의 이슬에서 그 안에 섞여 있는 피를 제거한 물
기(순수한 물)는 하늘로 둥둥 떠올라가 구름이 되는 것이지요.
　이것을 도식화하면 아주 명료하게 피의 공간적 순환 과정을 볼
수 있을 것입니다.
　다만 피가 광석화되어 바위 속에 박히는 루비의 지하(공간)가 바
다와 등가적 공간이라는 것만 주의하면 됩니다. 침몰하는 피로서
바다로 가면 그 피는 일몰의 이미지로 바뀌어 이미 앞에서 읽은 그
대로(『화사집』의 「바다」) 바닷물로 침몰하는 "심장"이 되는 것입니다.

피에서 해체된 물(물기) —— 구름(공기) —— 하늘

피와 물의 혼합 —— 맨드라미꽃(식물) —— 땅

물기 없는 피의 응결 —— 루비(광석) —— 지하(바위)

침몰하는 피 ┬── 루비 —— 바위 속
          └── 심장 —— 바닷속

피가 지상에서는 꽃이 되고 바다의 침몰처럼 땅속으로 가라앉으면 바위 속에 묻힌 루비가 됩니다. 그리고 그것이 하늘로 증발되어 올라가면 구름이 되는 것입니다. 「무제」의 시행에 나오는 "물의 연합에서도 헤여지자"는 내외가 갈라서는 것처럼 분리와 초탈로서, 「자화상」에 나오는 이슬 속에 언제나 섞여 있는 몇 방울의 피가 완전히 분리되어 순수한 물기만이 남은 상태를 일컫는 것입니다.

그래서 영원의 하늘에 구름처럼 떠 있는 초월적 존재가 되는 것이지요. 피를 거르고 그것을 하늘, 땅 그리고 땅속으로 순환시켜 만들어낸 그 시적 총체적 공간이 바로 미당의 시가 숨쉬고 있는 우주인 것입니다.

그리고 일평생 걸려서 이마에 맺힌 시의 이슬에 섞여 있는 피를 정화하는 것이, 말하자면 땅의 언어인 피를 분리하여 물을 분리해내고 정화하는 것이 미당의 시 작업이었지요. 미당의 또 다른 시

「바다」를 보면, 피를 정화·해체하는 것이 '물'이라 했습니다.

> 푸줏간의 쇠고깃더미처럼 내던져지는
> 저 낭떠러질 굴러 내려왔던고? 내려왔던고?
> 차라리 新房들을 꾸미었는가.
> 피가 아니라
> 피의 全集團의 究竟의 淨化인 물로서,
> 조용하디 조용한 물로서,
> 이제는 자리잡은 新房들을 꾸미었는가.

> 가마솥에 軟鷄닭이
> 사랑김으로 날아오르는
> 구름더미 구름더미가 되도록까지는
> 오 바다여!

> ─「바다」

    육체의, 생명의 고통을, 끓어오르는 피를 정화하는 것은 물인 것입니다. 핏속에는 피 아닌 물이 숨어 있습니다. 사람들은 물기 없는 진한 피로 신방을 꾸미지만 영원을 지향하는 시인은 "조용한 물로서 …… 신방들을 꾸미"는 아름다운 음모를 하는 것입니다. 피에서 분리된 그 물은 구름이 되어 하늘로 상승합니다. 육지에서 바다로, 바다에서 하늘로 올라가는 그 순환 운동 속에서 붉은 꽃이나 루비 같은 피가 붉은색에서 벗어나자마자 흰빛으로 변한 구름, 그리고 공기보다도 가벼워진 그 구름이 만들어집니다. 그리고 이마의 이슬은 비로소 가장 높은 이마인 하늘에서 머물게 됩니다.

피=생명=육체의 언어들이 구름의 언어, 하늘의 언어로 변신하는 그 기막히고 절박한 미당의 시적 공간은 어느 의미에서 보면 보들레르가 보여준 「괴혈병」의 그 핏방울보다도 더 절실하고 깊고 다양하게 전개되어 있다고 할 것입니다.

"상처도 없는데 끝없이 피가 흘러서, 하수도로 흘러서 저 바다로 나간다"는 보들레르의 피는 바다 공간으로 확산되어가지만 미당의 피는 해체와 순환 과정을 거쳐서 확산보다 상승으로 향해 하늘의 공간을 만들어냈기 때문입니다.

"하늘이 하도나 고요하시니 난초는 궁금해 꽃피는 거라."

그랬기 때문에 미당의 꽃들은 지상에서 피면서도 그의 바다와 마찬가지로 구름처럼 상승합니다. 꽃이 피는 개화―그것은 바로 하늘을 향한 발돋움인 것입니다. 그렇기 때문에 미당은 다른 시인들처럼 꽃을 찬양하는 것이 아니라 칭찬을 해줍니다. 말하자면 미당은 꽃을 보고 아름답다고 하지 않고 기특하다고 하는 것입니다. 마치 할아버지가 손자를 보고 말하듯이 하늘이 궁금해서 피어나는 꽃들을 무릎에 앉혀놓고 어루만집니다. 병든 수캐마냥 혓바닥을 내밀고 헐떡거리던 숨결은 하늘처럼 고요합니다. 그 고요한 숨결에서 그토록 오만하기까지 한 "기특하다"는 말이 나오게 되는 것입니다.

붉은빛이 푸른빛이 되고, 손톱의 까만 색깔이 님의 눈썹처럼 맑은 물로 씻어서 하늘의 초승달처럼 하얗게 변합니다. 그래서 20대의 그 자화상은 동천의 하늘에 초승달 모습으로 걸리게 됩니다.

> 내 마음 속 우리님의 고은 눈썹을
> 즈문밤의 꿈으로 맑게 씻어서
> 하늘에다 옴기어 심어 놨더니
> 동지 섣달 나르는 매서운 새가
> 그걸 알고 시늉하며 비끼어 가네
>
> ―「동천」

그러나 하늘은 미당 시의 끝이 아닙니다. 하늘과 땅의 사이에 끼여 있는 바다가 있기 때문에 침몰과 상승의 문지방인 그 바다의 매개항이 있기 때문에 피는 순환을 하고 육체와 영혼은 끝없이 변전하고 생성하는 운동을 계속할 수가 있는 것입니다. 가장 상스럽고 천한 비속어들이 미당 선생의 시적 공간에 이르면 새롭고 아름답고 엄숙하기까지 한 울림을 갖고 다시 태어나는 것처럼, 모든 사물들은 피의 순환 과정을 따라서 거듭나고 변신하고 끝내는 영원성을 획득한 푸른빛이 되는 것입니다.

미당의 바다가 해일처럼, 혹은 솟구쳐 올라가는 파도처럼 하늘을 향해 상승해가면 '뱀'은 '학'이 되고, '손톱'은 '눈썹'이 되고, '초승달'이 되고, '피'는 '가장 맑은 물'이 되어 구름이 됩니다.

상승하는 피, 상승하는 물기가 수평적인 운동에서 수직적인 것으로 바뀌어가면서 미당의 우주는 완성되어갑니다. 그러나 미당 시의 마지막은 결코 하늘이 아니라고 했던 것을 다시 기억해주십시오. 되풀이합니다마는 하늘과 땅을 매개하는 바다, 그리고 이마의 이슬 속에 섞여 있는 무겁고 진득진득한 핏방울이 섞여 있는 혼합체가 미당 시의 본질을 이루고 있다는 것이지요. 그리고 그 속에서 나온 언어들이 바로 문지방에 있는 언어입니다. 마치 이승과 저승의 날카로운 경계선인 작두날 위에 서 있는 무당의 춤과도 같은 긴장이 미당 시의 파워라는 것입니다.

그렇기 때문에 미당의 시는, 진짜 시는 아직 씌어지지 않았을지도 모른다는 점입니다. 지금까지 우리들이 읽은 시는 미당 선생님의 쭉정이 같은 시들이고, 마지막 그 최종의 시는 아직 씌어지지 않은 채 미당의 마음 한구석 어디엔가 감춰져 있다고 말할 수 있습니다. 그 증거로 그분께서 시로 쓰신 「시론詩論」을 읽어보면 알 수 있습니다.

> 바다속에서 전복따파는 濟州海女도
> 제일좋은건 님오시는날 따다주려고

물속바위에 붙은그대로 남겨둔단다.
詩의전복도 제일좋은건 거기두어라.
다캐어내고 허전하여서 헤매이리요?
바다에두고 바다바래여 詩人인 것을······.

—「시론」

  이렇게 전복을 남겨둔 제주 해녀처럼 진짜 시를 남겨두고 고희
를 맞이하신 미당 선생님, 그분의 시는 우리들이 도달하지 못한
어느 깊숙한 바닷속이거나 그렇지 않으면 지극히 높은 하늘 어느
곳에 걸려 있는 채로 남아 있습니다. 님 오시는 날을 위해서 남겨
둔 전복이 있기 때문에 우리는 오늘도 시의 바다를 잠수하고 있
는 것입니다.
  마지막 남겨둔 미당의 시를 위해서 감사를 드리면서 이 강연을
마칠까 합니다.[59]

<hr>

[59] 이 원고는 동국대학교 주최로 열린 미당 서정주 선생의 고희 기념식에서 강연한 원고
에 약간의 수정을 가한 것입니다.

세계 시인 대회에 부치는 글

시인의 왕국을 찾아온 세계의 시인들에게
예술가의 의상

시인의 왕국을 찾아온 세계의 시인들에게

한국을 찾아주신 세계의 시인들을 맞기 위하여 이 영광스러운 자리에 섰습니다. 그러나 저는 여러분들에게 환영한다는 말을 하기 전에 먼저 여러분들이 맨 처음 한국 땅을 밟았을 때 무슨 생각을 하였는지 묻고 싶습니다.

어느 시인들은 이 지상에 남아 있는 마지막 분단국의 장벽들을 생각했을는지도 모르고 또 어느 시인들은 거꾸로 동서의 벽을 허문 서울 올림픽의 감동적인 광경들을 상상하였을는지도 모릅니다.

좀 더 한국의 역사에 대해서 알고 있는 분들은 일본의 통치를 받은 강점기 시대와 한국전쟁의 어두운 기억들을, 그리고 경제에 대해서 관심을 갖고 있는 분들은 수백 불밖에 되지 않던 국민 소득을 불과 20년 동안에 5,000불로 끌어올린 기적의 숫자들을 떠올렸을지도 모릅니다. 그러나 여러분들 가운데 과연 몇 분이 자신이 지금 '시인의 왕국'을 방문하고 있다고 생각하였는지 의심

하지 않을 수가 없습니다.

조선조 500년 동안 이 나라에서는 누구든 시를 짓는 시험, 이른바 과거를 치르지 않고서는 관료가 되지 못하였으며 어떤 통치자도 시를 읽고 쓰는 능력이 없으면 그 자리를 지킬 수가 없었습니다.

여러분들이 칼을 쓸 줄 모르는 기사를 상상할 수 없듯이 한국인들은 시를 모르는 선비들을 생각할 수가 없습니다.

그러므로 한국의 옛날 선비들은 먼 길을 떠날 때 노잣돈 대신 몇 편의 시를 예비해두었던 것입니다. 그가 만약 사람들을 감동시킬 수 있는 시의 재능만 가지고 있다면 어느 마을 어느 집에 가든 환대를 받을 수 있었기 때문입니다. 술과 음식 그리고 편한 잠자리를 대접받았을 때 그는 그 대가로 바람과 달에 대한 몇 개의 아름다운 은유를 지불하기만 하면 됩니다. 김삿갓은 평생을 문전걸식을 한 사람이지만 누구도 그를 거지라고 부르지는 않았습니다. 왜냐하면 그는 밥 한 숟가락을 얻어먹어도 언제나 시의 빛나는 동전을 놓고 올 수 있었기 때문입니다.

단지 이러한 이유만으로 내가 한국을 '시인의 왕국'이라고 부르는 것은 아닙니다. 옛날의 선비들이 아니라도 우리는 평범한 생활인의 심장 속에서도 뛰노는 시의 리듬을 들을 수가 있습니다. 한국전쟁 때 한국인은 포탄의 탄피를 주워 교회당의 종을 만들어 쳤으며, 군인들이 버리고 간 헬멧을 주워 두레박을 만들어 우물 터에 놓았습니다. 이것이야말로 지옥의 가시로 천국의 꽃을 피우고 얼음 속에서 타오르는 불꽃을 일으키는 상상력이 아니고 무엇이겠습니까.

그렇습니다. 한국의 여인들은 일상생활 속에서 버려진 천 조각들을 모아두었다가 어느 날 제각기 다른 그 색채와 형태를 교묘하게 배합시켜서 몬드리안의 그림처럼 아름다운 하나의 보자기를 만들어냈습니다. 바늘 끝으로 쓴 메토니미metonymy의 축제가 아니겠습니까.

그러나 존경하는 시인 여러분! 1년에 500종의 시집이 발간되고 수십만 권의 베스트셀러들이 등장하는 이 전설적인 왕국에서도 역시 시는 그리고 시인의 운명은 산업주의의 바람 속에서 꺼져가는 작은 불빛들의 하나가 되어가고 있습니다. 저는 여러분들을 맞이하기 바로 일주일 전, 반딧불이 유일하게 살아남은 무주 구천동의 보호지에서 아이들의 여름 학교를 열었습니다. 농약으로 전멸되어가는 그 반딧불은 이제 우리 문화부의 행정 용어로 천연기념물 322호라고 불리우는 곤충이 되어버린 것입니다.

아이들은 저에게 물었지요. 문화부라고 하는 곳은 무엇을 하는 데냐고 말입니다. 그때 저는 이렇게 말하였습니다.

"너희들이 지금 보러 가는 그 반딧불처럼 사라져가는 작은 생명의 불빛들을 지켜주는 곳이란다."

여러분들은 사라져가는 시인들의 마지막 왕국을 지키기 위해서, 반딧불 같은 그 불빛을 지키기 위해서 이곳에 모였다고 나는 생각합니다. 그리고 마치 옛날 한국인들이 죽은 자를 매장하기 전에 지붕 위에 올라가 그의 이름을 부르는 초혼제를 지냈던 것처럼 우리는 죽은 시인들의 영혼을 불러들이는 마지막 시도를 해보아야 하는 것입니다.

서울에서 열리는 제12차 세계 시인 대회로 하여 이 나라가 다시 '시인의 왕국'으로서의 명예를 되찾고, 그것이 또한 세계의 모든 사람들에게 이번 대회의 주제와 같이 "시를 통한 세계의 형제애와 평화"로 길이 기억되는 날, 나는 비로소 여러분들을 향해 환영한다는 말을 하게 될 것입니다.

서로 이름을 나누기 전부터 오랜 친구인 나의 손님들! 비록 우리의 환대는 가난하지만 여러분들은 옛 우리의 선비들이 그랬던 것처럼 이 땅 어느 곳에서든 편안히 머물 수 있습니다. 왜냐하면 여러분들은 우리에게 보석처럼 진귀한 메타포를 남기고 갈 가장 훌륭한 시인들인 까닭입니다.

예술가의 의상

　여러분들은 예술가의 지위 향상을 논하기 위해서 아태 지역의 여러 나라를 대표해서 이곳 서울에 모이셨습니다. 그리고 저는 이 나라를 대표해서 여러분들을 환영하기 위해서 이 자리에 나왔습니다.

　이 세상에는 여러 가지 모임이 있습니다만 예술가들이나 예술을 논하기 위해서 모인 사람들은 금세 한 가족이 됩니다. 투표하거나 계산하거나 무슨 약정서에 서명하기 위해서 모인 사람들이 아니라는 단순한 이유에서만은 아닙니다. 동병상련同病相憐이라는 말이 있듯이 예술가들은 이 산업사회에서 근원적으로 같은 병을 앓고 있는 사람들인 까닭입니다.

　신라 때의 이야기입니다마는, 나라의 큰 잔치에 초대를 받은 한 시인이 문전에서 홀대를 받고 쫓겨나게 됩니다. 그의 옷이 너무 남루해서 거지로 오인된 탓이지요. 그 시인은 남의 옷을 빌려 입고 다시 온 다음에야 비로소 그 연회장으로 들어갈 수 있게 됩니다. 연회가 시작되자 그 시인은 술을 마시지 않고 옷에다 부었습니다. 놀란 사람들에게 그 시인은 이렇게 말했지요.

"당신네들은 내가 아니라 내가 입은 옷을 초대한 것이지요. 그러니 여기 이 차린 음식들도 당연히 이 옷이 먹어야 하지 않겠습니까."

천년이 지난 오늘날에도 이 불행한 시인의 탄식처럼 연회장 입구에서 서성대고 있는 예술가들이 많습니다. 정치가, 기업인, 기술자—모든 사람들은 다 환영하면서도 유독 예술가들을 향해서만 손을 내젓고 있는 문지기들이 우리 주변에는 아직도 많이 있습니다. 사람이 아니라 옷—이를테면 돈이라든가 권력이라든가 직위 같은 것들만을 존중하고 있는 사회에서는 예술가의 고유한 차림은 패배의 기처럼 보이게 마련입니다.

중국의 시인 이백[李太白]은 자기를 귀양 온 신선이라고 하였고, 보들레르는 뱃사람에게 잡혀 갑판에 묶여 있는 앨버트로스의 새라고 생각하였습니다. 이러한 비유가 아니라도 "참된 예술가는 아내를 굶기고 아이들을 맨발로 다니게 하고, 일흔 살이나 되는 어머니에게 살림을 맡기면서도 자기의 예술 이외의 일은 아무것도 하지 못하는 사람"이라는 말을 우리는 기억하고 있습니다. 순수한 예술가일수록 이 사회에서는 혼자서 살아가기 힘든 존재입니다. 하늘을 날던 긴 날개가 땅 위에 걸어 다닐 때에는 도리어 방해가 되는 것과 마찬가지지요.

그렇기 때문에 예술가의 지위 향상은 물질적 보상만으로는 이루어질 수가 없다는 것을 우리는 알고 있습니다. 말하자면 그들의 옷을 비단옷으로 갈아입히는 일이라고 생각해서는 안 될 것입니다. 그보다는 그들이 입고 있는 옷이 누더기가 아니라 비단옷보다 더 값지고 아름다운 것이라는 사실을 이 사회의 문지기들이 깨달을 수 있도록 하는 것, 그리고 인정하고 받아들일 수 있도록 하는 그것이 더욱 중요한 일이라고 나는 생각하고 있습니다.

한국의 문화부는 작년 초에 처음으로 정부의 전문 부서의 하나로 탄생되었습니다마는 이 짧은 기간 동안에 우리가 힘들여 온 예술 정책의 하나는 예술가들에게 앨버트로스의 넓은 바다와 높은 하늘을 마련해주는 일이었습니다. 대도시에는 문화의 거리를, 빈민가에는 아름다운 조각으로 꾸민 포켓 공원을 만들어 각종 예술 프로그램을 제공하는 기획을 하고 있습니다. 그리고 예술인들이 창작에 전념할 수 있도록 오지에 있는 전통적인 마을들을 창작 마을로 개방하기도 하였습니다. 전 국토를 예술의 공간으로 만드는 것이 문화부의 꿈입니다.

우리는 기업체 내에도 문화를 전담하는 부서를 만들어 기업 내에서 종사하는 모든 사람들이 예술적 삶을 누릴 수 있도록 도와주고 있습니다. 그래서 온 국민들이 예술을 물고기의 아가미처럼 호흡하기 위해 존재하는 것임을 몸으로 느낄 수 있게 하자는 것입니다. 올해를 연극 영화의 해로 선포한 것도 바로 그런 맥락에서입니다. 앞으로 10년 동안 정부는 계속해서 예술의 해를 선정하여 온 국민이 그 예술 분야에 관심을 집중시키도록 하고, 예술가들을 존경하고 지원할 수 있도록 사회 분위기를 조성해나갈 것입니다.

이렇게 해서 앞으로 예술가들은 남의 옷을 빌려 입지 않고서도 떳떳이 세계의 연회장에 들어오게 될 것입니다. 그것도 가장 높은 자리에 앉아 향기로운 술잔을 들어 모든 손님들에게 축배를 제의할 것입니다.

예술가들의 지위 향상은 앞으로 오는 후기 산업 사회의 핵심 문제로 대두될 것입니다. 예술적 상상과 그 기법 없이는 과학 기술도 경제력도 발전되기 힘들 것입니다. 기능적인 것이 커뮤니케이션으로 그 가치를 바꾸는 시대, 그것이 바로 유행어처럼 되어 있는 정보화 시대의 특징입니다. 예술가의 지위 향상은 곧 인간 자체의 지위 향상을 의미하는 것입니다. 의식주의 경제적 향상은 아무리 향상된다 하더라도 동물적 상태의 행복을 넘어서지 못할 것입니다.

인간이 인간답게 살아갈 수 있는 사회, 그와 같은 꿈을 현실로 만들기 위해서 여러분들은 이곳 서울에 왔습니다. 우리 정부는 여러분들의 뜨겁고 슬기로운 목소리에 귀를 기울일 것입니다. 그리고 시를 지을 줄 모르면 관리가 되지 못했던 천년의 전통을 갖고 있는 이 한국 국민들은 이곳에 온 여러 대표들을 가장 명예로운 손님으로 맞이할 것입니다.

여러분들의 건강과 행운을 빌면서 이만 인사말을 줄입니다.

문단 : 등단 이전 활동

「이상론-순수의식의 뇌성(牢城)과 그 파벽(破壁)」	서울대《문리대 학보》 3권, 2호	1955.9.
「우상의 파괴」	《한국일보》	1956.5.6.

데뷔작

「현대시의 UMGEBUNG(環圍)와 UMWELT(環界) -시비평방법론서설」	《문학예술》 10월호	1956.10.
「비유법논고」	《문학예술》 11,12월호	1956.11.

* 백철 추천을 받아 평론가로 등단

논문

평론·논문

1.	「이상론-순수의식의 뇌성(牢城)과 그 파벽(破壁)」	서울대《문리대 학보》 3권, 2호	1955.9.
2.	「현대시의 UMGEBUNG와 UMWELT-시비평방 법론서설」	《문학예술》 10월호	1956
3.	「비유법논고」	《문학예술》 11,12월호	1956
4.	「카타르시스문학론」	《문학예술》 8~12월호	1957
5.	「소설의 아펠레이션 연구」	《문학예술》 8~12월호	1957

학위논문

단평

국내신문

3. 「화전민지대-신세대의 문학을 위한 각서」　　《경향신문》　　　　　1957.1.11.~12.

4. 「현실초극점으로만 탄생-시의 '오부제'에 대하여」《평화신문》　　　　1957.1.18.

5. 「겨울의 축제」　　　　　　　　　　　　　《서울신문》　　　　　1957.1.21.

6. 「우리 문화의 반성-신화 없는 민족」　　　《경향신문》　　　　1957.3.13.~15.

7. 「묘비 없는 무덤 앞에서-추도 이상 20주기」　《경향신문》　　　　1957.4.17.

8. 「이상의 문학-그의 20주기에」　　　　　　《연합신문》　　　　1957.4.18.~19.

9. 「시인을 위한 아포리즘」　　　　　　　　《자유신문》　　　　　1957.7.1.

10. 「토인과 생맥주-전통의 터너미놀로지」　　《연합신문》　　　　1958.1.10.~12.

11. 「금년문단에 바란다-장미밭의 전쟁을 지양」《한국일보》　　　　　1958.1.21.

12. 「주어 없는 비극-이 시대의 어둠을 향하여」《조선일보》　　　　1958.2.10.~11.

13. 「모래의 성을 밟지 마십시오-문단후배들에게 말　《서울신문》　　　　1958.3.13.
　　한다」

14. 「현대의 신라인들-외국 문학에 대한 우리 자세」《경향신문》　　　1958.4.22.~23.

15. 「새장을 여시오-시인 서정주 선생에게」　　《경향신문》　　　　1958.10.15.

16. 「바람과 구름과의 대화-왜 문학논평이 불가능한가」《문화시보》　　　1958.10.

17. 「대화정신의 상실-최근의 필전을 보고」　　《연합신문》　　　　1958.12.10.

18. 「새 세계와 문학신념-폭발해야 할 우리들의 언어」《국제신보》　　　1959.1.

19. *「영원한 모순-김동리 씨에게 묻는다」　　《경향신문》　　　　1959.2.9.~10.

20. *「못 박힌 기독은 대답 없다-다시 김동리 씨에게」《경향신문》　　1959.2.20.~21.

21. *「논쟁과 초점-다시 김동리 씨에게」　　　《경향신문》　　　　1959.2.25.~28.

22. *「희극을 원하는가」　　　　　　　　　　《경향신문》　　　　1959.3.12.~14.

　　* 김동리와의 논쟁

23. 「자유문학상을 위하여」　　　　　　　　《문학논평》　　　　　1959.3.

24. 「상상문학의 진의-펜의 논제를 말한다」　　《동아일보》　　　　1959.8.~9.

25. 「프로이트 이후의 문학-그의 20주기에」　　《조선일보》　　　　1959.9.24.~25.

26. 비평활동과 비교문학의 한계」　　　　　《국제신보》　　　　1959.11.15.~16.

27. 「20세기의 문학사조-현대사조와 동향」　　《세계일보》　　　　1960.3.

28. 「제삼세대(문학)-새 차원의 음악을 듣자」　《중앙일보》　　　　1966.1.5.

29. 「'에비'가 지배하는 문화-한국문화의 반문화성」《조선일보》　　　1967.12.28.

56. 「半島性의 상실과 회복의 역사」　　　　《한국일보》 광복50년 신년특집　　1995.1.4.
　　　　　　　　　　　　　　　　　　　　특별기고
57. 「한국언론의 새로운 도전」　　　　　　《조선일보》 75주년 기념특집　　　1995.3.5.
58. 「대고려전시회의 의미」　　　　　　　　《중앙일보》　　　　　　　　　　1995.7.
59. 「이인화의 역사소설」　　　　　　　　　《동아일보》　　　　　　　　　　1995.7.
60. 「한국문화 50년」　　　　　　　　　　《조선일보》 광복50년 특집　　　　1995.8.1.
　　외 다수

외국신문

1. 「通商から通信へ」　　　　　　　　　　《朝日新聞》 교토포럼 主題論文抄　1992.9.
2. 「亞細亞の歌をうたう時代」　　　　　　《朝日新聞》　　　　　　　　　　1994.2.13.
　　외 다수

국내잡지

1. 「마호가니의 계절」　　　　　　　　　　《예술집단》 2호　　　　　　　　1955.2.
2. 「사반나의 풍경」　　　　　　　　　　　《문학》 1호　　　　　　　　　　1956.7.
3. 「나르시스의 학살－이상의 시와 그 난해성」　《신세계》　　　　　　　　1956.10.
4. 「비평과 푸로파간다」　　　　　　　　　영남대 《嶺文》 14호　　　　　　1956.10.
5. 「기초문학함수론－비평문학의 방법과 그 기준」　《사상계》　　　　　　1957.9.~10.
6. 「무엇에 대하여 저항하는가－오늘의 문학과 그 근거」《신군상》　　　　1958.1.
7. 「실존주의 문학의 길」　　　　　　　　　《자유공론》　　　　　　　　　1958.4.
8. 「현대작가의 책임」　　　　　　　　　　《자유문학》　　　　　　　　　1958.4.
9. 「한국소설의 현재의 장래－주로 해방후의 세 작가　《지성》 1호　　　　1958.6.
　　를 중심으로」
10. 「시와 속박」　　　　　　　　　　　　《현대시》 2집　　　　　　　　　1958.9.
11. 「작가의 현실참여」　　　　　　　　　《문학평론》 1호　　　　　　　　1959.1.
12. 「방황하는 오늘의 작가들에게－작가적 사명」　《문학논평》 2호　　　　1959.2.
13. 「자유문학상을 향하여」　　　　　　　《문학논평》　　　　　　　　　　1959.3.
14. 「고독한 오솔길－소월시를 말한다」　《신문예》　　　　　　　　　　　1959.8.~9.

43. 「이상문학의 출발점」	《문학사상》	1975.9.
44. 「분단기의 문학」	《정경문화》	1979.6.
45. 「미와 자유와 희망의 시인 – 일리리스의 문학세계」	《충청문장》 32호	1979.10.
46. 「말 속의 한국문화」	《삶과꿈》 연재	1994.9~1995.6.

외 다수

외국잡지

1. 「亞細亞人の共生」	《Forsight》新潮社	1992.10.

외 다수

대담

1. 「일본인론 – 대담:金容雲」	《경향신문》	1982.8.19.~26.
2. 「가부도 논쟁도 없는 무관심 속의 '방황' – 대담:金環東」	《조선일보》	1983.10.1.
3. 「해방 40년, 한국여성의 삶 – "지금이 한국여성사의 터닝포인트" – 특집대담:정용석」	《여성동아》	1985.8.
4. 「21세기 아시아의 문화 – 신년석학대담:梅原猛」	《문학사상》 1월호, MBC TV 1일 방영	1996.1.

외 다수

세미나 주제발표

1. 「神奈川 사이언스파크 국제심포지움」	KSP 주최(일본)	1994.2.13.
2. 「新潟 아시아 문화제」	新潟縣 주최(일본)	1994.7.10.
3. 「순수문학과 참여문학」(한국문학인대회)	한국일보사 주최	1994.5.24.
4. 「카오스 이론과 한국 정보문화」(한·중·일 아시아 포럼)	한백연구소 주최	1995.1.29.
5. 「멀티미디어 시대의 출판」	출판협회	1995.6.28.
6. 「21세기의 메디아론」	중앙일보사 주최	1995.7.7.
7. 「도자기와 총의 문화」(한일문화공동심포지움)	한국관광공사 주최(후쿠오카)	1995.7.9.

8. 「역사의 대전환」(한일국제심포지움)	중앙일보 역사연구소	1995.8.10.
9. 「한일의 미래」	동아일보, 아사히신문 공동주최	1995.9.10.
10. 「춘향전」과 '忠臣藏'의 비교연구」(한일국제심포지엄)	한림대·일본문화연구소 주최	1995.10.
외 다수		

기조강연

1. 「로스엔젤러스 한미박물관 건립」	(L.A.)	1995.1.28.
2. 「하와이 50년 한국문화」	우먼스클럽 주최(하와이)	1995.7.5.
외 다수		

저서(단행본)

평론·논문

1. 『저항의 문학』	경지사	1959
2. 『지성의 오솔길』	동양출판사	1960
3. 『전후문학의 새 물결』	신구문화사	1962
4. 『통금시대의 문학』	삼중당	1966
* 『축소지향의 일본인』	갑인출판사	1982
* '縮み志向の日本人'의 한국어판		
5. 『縮み志向の日本人』(원문: 일어판)	学生社	1982
6. 『俳句で日本を讀む』(원문: 일어판)	PHP	1983
7. 『고전을 읽는 법』	갑인출판사	1985
8. 『세계문학에의 길』	갑인출판사	1985
9. 『신화속의 한국인』	갑인출판사	1985
10. 『지성채집』	나남	1986
11. 『장미밭의 전쟁』	기린원	1986

12. 『신한국인』	문학사상	1986
13. 『ふろしき文化のポスト·モダン』(원문: 일어판)	中央公論社	1989
14. 『蛙はなぜ古池に飛びこんだのか』(원문: 일어판)	学生社	1993
15. 『축소지향의 일본인-그 이후』	기린원	1994
16. 『시 다시 읽기』	문학사상사	1995
17. 『한국인의 신화』	서문당	1996
18. 『공간의 기호학』	민음사(학위논문)	2000
19. 『진리는 나그네』	문학사상사	2003
20. 『ジャンケン文明論』(원문: 일어판)	新潮社	2005
21. 『디지로그』	생각의나무	2006
22. 『이어령의 삼국유사 이야기1』	서정시학	2006
* 『하이쿠의 시학』	서정시학	2009
* '俳句で日本を讀む'의 한국어판		
* 『젊은이여 한국을 이야기하자』	문학사상사	2009
* '신한국인'의 개정판		
23. 『어머니를 위한 여섯 가지 은유』	열림원	2010
24. 『이어령의 삼국유사 이야기2』	서정시학	2011
25. 『생명이 자본이다』	마로니에북스	2013
* 『가위바위보 문명론』	마로니에북스	2015
* 'ジャンケン文明論'의 한국어판		
26. 『보자기 인문학』	마로니에북스	2015
27. 『너 어디에서 왔니(한국인 이야기1)』	파람북	2020
28. 『너 누구니(한국인 이야기2)』	파람북	2022
29. 『너 어떻게 살래(한국인 이야기3)』	파람북	2022
30. 『너 어디로 가니(한국인 이야기4)』	파람북	2022

에세이

1. 『흙 속에 저 바람 속에』	현암사	1963
2. 『오늘을 사는 세대』	신태양사출판국	1963

3. 『바람이 불어오는 곳』　　　　　　현암사　　　　　　　　1965

4. 『하나의 나뭇잎이 흔들릴 때』　　　현암사　　　　　　　　1966

5. 『우수의 사냥꾼』　　　　　　　　동화출판공사　　　　　1969

6. 『현대인이 잃어버린 것들』　　　　서문당　　　　　　　　1971

7. 『저 물레에서 운명의 실이』　　　범서출판사　　　　　　1972

8. 『아들이여 이 산하를』　　　　　　범서출판사　　　　　　1974

*　『거부하는 몸짓으로 이 젊음을』　삼중당　　　　　　　　1975

　　* '오늘을 사는 세대'의 개정판

9. 『말』　　　　　　　　　　　　　文學세계사　　　　　　1982

10. 『떠도는 자의 우편번호』　　　　　범서출판사　　　　　　1983

11. 『지성과 사랑이 만나는 자리』　　마당문고사　　　　　　1983

12. 『푸는 문화 신바람의 문화』　　　갑인출판사　　　　　　1984

13. 『사색의 메아리』　　　　　　　　갑인출판사　　　　　　1985

14. 『젊음이여 어디로 가는가』　　　갑인출판사　　　　　　1985

15. 『뿌리를 찾는 노래』　　　　　　기린원　　　　　　　　1986

16. 『서양의 유혹』　　　　　　　　기린원　　　　　　　　1986

17. 『오늘보다 긴 이야기』　　　　　기린원　　　　　　　　1986

*　『이것이 여성이다』　　　　　　文學사상사　　　　　　1986

18. 『한국인이여 고향을 보자』　　　기린원　　　　　　　　1986

19. 『젊은이여 뜨거운 지성을 너의 가슴에』　삼성이데아서적　　1990

20. 『정보사회의 기업문화』　　　　한국통신기업문화진흥원　1991

21. 『기업의 성패 그 문화가 좌우한다』　종로서적　　　　　1992

22. 『동창이 밝았느냐』　　　　　　동화출판사　　　　　　1993

23. 『한,일 문화의 동질성과 이질성』　신구미디어　　　　　1993

24. 『나를 찾는 술래잡기』　　　　　文學사상사　　　　　　1994

*　『말 속의 말』　　　　　　　　동아출판사　　　　　　1995

　　* '말'의 개정판

25. 『한국인의 손 한국인의 마음』　　디자인하우스　　　　　1996

26. 『신의 나라는 가라』　　　　　　한길사　　　　　　　　2001

*　『말로 찾는 열두 달』　　　　　文學사상사　　　　　　2002

| 『다시 한번 날게 하소서』 | 성안당 | 2022 |
| 『눈물 한 방울』 | 김영사 | 2022 |

칼럼집

| 1. 『차 한 잔의 사상』 | 삼중당 | 1967 |
| 2. 『오늘보다 긴 이야기』 | 기린원 | 1986 |

편저

1. 『한국작가전기연구』	동화출판공사	1975
2. 『이상 소설 전작집 1,2』	갑인출판사	1977
3. 『이상 수필 전작집』	갑인출판사	1977
4. 『이상 시 전작집』	갑인출판사	1978
5. 『현대세계수필문학 63선』	문학사상사	1978
6. 『이어령 대표 에세이집 상,하』	고려원	1980
7. 『문장백과대사전』	금성출판사	1988
8. 『뉴에이스 문장사전』	금성출판사	1988
9. 『한국문학연구사전』	우석	1990
10. 『에센스 한국단편문학』	한양출판	1993
11. 『한국 단편 문학 1-9』	모음사	1993
12. 『한국의 명문』	월간조선	2001
13. 『뜻으로 읽는 한국어 사전』	문학사상사	2002
14. 『매화』	생각의나무	2003
15. 『사군자와 세한삼우』	종이나라(전5권)	2006

    1. 매화

    2. 난초

    3. 국화

    4. 대나무

    5. 소나무

| 16. 『십이지신 호랑이』 | 생각의나무 | 2009 |

17. 『십이지신 용』	생각의나무	2010
18. 『십이지신 토끼』	생각의나무	2010
19. 『문화로 읽는 십이지신 이야기 – 뱀』	열림원	2011
20. 『문화로 읽는 십이지신 이야기 – 말』	열림원	2011
21. 『문화로 읽는 십이지신 이야기 – 양』	열림원	2012

희곡

1. 『기적을 파는 백화점』	갑인출판사	1984

   * '기적을 파는 백화점', '사자와의 경주' 등 다섯 편이
수록된 희곡집

2. 『세 번은 짧게 세 번은 길게』	기린원	1979, 1987

대담집&강연집

1. 『그래도 바람개비는 돈다』	동화서적	1992
* 『기업과 문화의 충격』	문학사상사	2003

   * '그래도 바람개비는 돈다'의 개정판

2. 『세계 지성과의 대화』	문학사상사	1987, 2004
3. 『나, 너 그리고 나눔』	문학사상사	2006
4. 『지성과 영성의 만남』	홍성사	2012
5. 『메멘토 모리』	열림원	2022
6. 『거시기 머시기』(강연집)	김영사	2022

교과서&어린이책

1. 『꿈의 궁전이 된 생쥐 한 마리』	비룡소	1994
2. 『생각에 날개를 달자』	웅진출판사(전12권)	1997

   1. 물음표에서 느낌표까지

   2. 누가 맨 먼저 시작했나?

   3. 엄마, 나 한국인 맞아?

8. 『느껴야 움직인다』	시공미디어	2013
9. 『지우개 달린 연필』	시공미디어	2013
10. 『길을 묻다』	시공미디어	2013

일본어 저서

* 『縮み志向の日本人』(원문: 일어판)	学生社	1982
* 『俳句で日本を讀む』(원문: 일어판)	PHP	1983
* 『ふろしき文化のポスト・モダン』(원문: 일어판)	中央公論社	1989
* 『蛙はなぜ古池に飛びこんだのか』(원문: 일어판)	学生社	1993
* 『ジャンケン文明論』(원문: 일어판)	新潮社	2005
* 『東と西』(대담집, 공저:司馬遼太郎 編, 원문: 일어판)	朝日新聞社	1994. 9

번역서

『흙 속에 저 바람 속에』의 외국어판

1.	* 『In This Earth and In That Wind』 (David I. Steinberg 역) 영어판	RAS-KB	1967
2.	* 『斯土斯風』(陳寧寧 역) 대만판	源成文化圖書供應社	1976
3.	* 『恨の文化論』(裵康煥 역) 일본어판	学生社	1978
4.	* 『韓國人的心』 중국어판	山佈人民出版社	2007
5.	* 『В ТЕХ КРАЯХ НА ТЕХ ВЕТРАХ』 (이리나 카사트키나, 정인순 역) 러시아어판	나탈리스출판사	2011

『縮み志向の日本人』의 외국어판

6.	* 『Smaller is Better』(Robert N. Huey 역) 영어판	Kodansha	1984
7.	* 『Miniaturisation et Productivité Japonaise』 불어판	Masson	1984
8.	* 『日本人的縮小意识』 중국어판	山佈人民出版社	2003
9.	『환각의 다리』 『Blessures D'Avril』 불어판	ACTES SUD	1994
10.	* 『장군의 수염』 『The General's Beard』(Brother Anthony of Taizé 역) 영어판	Homa & Sekey Books	2002
11.	* 『디지로그』 『デヅログ』(宮本尚寬 역) 일본어판	サンマーク出版	2007
12.	『우리문화 박물지』 『KOREA STYLE』 영어판	디자인하우스	2009

공저

1.	『종합국문연구』	선진문화사	1955
2.	『고전의 바다』(정병욱과 공저)	현암사	1977
3.	『멋과 미』	삼성출판사	1992
4.	『김치 천년의 맛』	디자인하우스	1996
5.	『나를 매혹시킨 한 편의 시1』	문학사상사	1999
6.	『당신의 아이는 행복한가요』	디자인하우스	2001
7.	『휴일의 에세이』	문학사상사	2003
8.	『논술만점 GUIDE』	월간조선사	2005
9.	『글로벌 시대의 한국과 한국인』	아카넷	2007

전집

5. 『한국과 한국인』   삼성출판사(전6권)   1968

    1. 한국인의 정신적 고향(상)

    2. 한국인의 정신적 고향(하)

    3. 노래여 천년의 노래여

    4. 생활을 창조하는 지혜

    5. 웃음과 눈물의 인간상

    6. 사랑과 여인의 풍속도

지성의 숲을 걷기 위한 길 안내

34종 24권 5개 컬렉션으로 분류, 10년 만에 완간

이어령이라는 지성의 숲은 넓고 깊어서 그 시작과 끝을 가늠하기 어렵다. 자칫 길을 잃을 수도 있어서 길 안내가 필요한 이유다. '이어령 전집'의 기획과 구성의 과정, 그리고 작품들의 의미 등을 독자들께 간략하게나마 소개하고자 한다. (편집자 주)

북이십일이 이어령 선생님과 전집을 출간하기로 하고 정식으로 계약을 맺은 것은 2014년 3월 17일이었다. 2023년 2월에 '이어령 전집'이 34종 24권으로 완간된 것은 10년 만의 성과였다. 자료조사를 거쳐 1차로 선정한 작품은 50권이었다. 2000년 이전에 출간한 단행본들을 전집으로 묶으며 가려 뽑은 작품들을 5개의 컬렉션으로 분류했고, 내용의 성격이 비슷한 경우에는 한데 묶어서 합본 호를 만든다는 원칙을 세웠다. 이어령 선생님께서 독자들의 부담을 고려하여 직접 최종적으로 압축한 리스트는 34권이었다.

평론집 『저항의 문학』이 베스트셀러 컬렉션(16종 10권)의 출발이다. 이어령 선생님의 첫 책이자 혁명적 언어 혁신과 문학관을 담은 책으로

1950년대 한국 문단에 일대 파란을 일으킨 명저였다. 두 번째 책은 국내 최초로 한국 문화론의 기치를 들었다고 평가받은 『말로 찾는 열두 달』과 『오늘을 사는 세대』를 뼈대로 편집한 세대론 『거부하는 몸짓으로 이 젊음을』으로, 이 두 권을 합본 호로 묶었다. 베스트셀러 컬렉션의 세 번째 책은 박정희 독재를 비판하는 우화를 담은 액자소설 「장군의 수염」, 보카치오의 『데카메론』 형식을 빌려온 「전쟁 데카메론」, 스탕달의 단편 「바니나 바니니」를 해석하여 다시 쓴 한국 최초의 포스트모던 소설 「환각의 다리」 등 중·단편소설들을 한데 묶었다. 한국 출판 최초의 대형 베스트셀러 에세이 『흙 속에 저 바람 속에』와 긍정과 희망의 한국인상에 대해서 설파한 『오늘보다 긴 이야기』는 합본하여 네 번째로 묶었으며, 일본 문화비평사에 큰 획을 그은 기념비적 작품으로 일본문화론 100년의 10대 고전으로 선정된 『축소지향의 일본인』은 베스트셀러 컬렉션의 다섯 번째 책이다.

여섯 번째는 한국어로 쓰인 가장 아름다운 자전 에세이에 속하는 『하나의 나뭇잎이 흔들릴 때』와 1970년대에 신문 연재 에세이로 쓴 글들을 모아 엮은 문화·문명 비평 에세이 『현대인이 잃어버린 것들』을 함께 묶었다. 일곱 번째는 문학 저널리즘의 월평 및 신문·잡지에 실렸던 평문들로 구성된 『지성의 오솔길』인데 1956년 5월 6일 《한국일보》에 실려 문단에 충격을 준 「우상의 파괴」가 수록되어 있다.

한국어 뜻풀이와 단군신화를 분석한 『뜻으로 읽는 한국어사전』과 『신화 속의 한국정신』은 베스트셀러 컬렉션의 여덟 번째로, 20대의 젊

은이에게 들려주고 싶은 말을 엮은 책 『젊은이여 한국을 이야기하자』는
아홉 번째로, 외국 풍물에 대한 비판적 안목이 돋보이는 이어령 선생님
의 첫 번째 기행문집 『바람이 불어오는 곳』은 열 번째 베스트셀러 컬렉
션으로 묶었다.

이어령 선생님은 뛰어난 비평가이자, 소설가이자, 시인이자, 희곡작
가였다. 그는 남들이 가지 않은 길을 가고자 했다. 그 결과물인 크리에
이티브 컬렉션(2권)은 이어령 선생님의 장편소설과 희곡집으로 구성되어
있다. 『둥지 속의 날개』는 1983년 《한국경제신문》에 연재했던 문명비
평적인 장편소설로 10만 부 이상 팔린 베스트셀러이고, 원래 상하권으
로 나뉘어 나왔던 것을 한 권으로 합본했다. 『기적을 파는 백화점』은 한
국 현대문학의 고전이 된 희곡들로 채워졌다. 수록작 중 「세 번은 짧게
세 번은 길게」는 1981년에 김호선 감독이 영화로 만들어 제18회 백상예
술대상 감독상, 제2회 영화평론가협회 작품상을 수상했고, TV 단막극으
로도 만들어졌다.

아카데믹 컬렉션(5종 4권)에는 이어령 선생님의 비평문을 한데 모았다.
1950년대에 데뷔해 1970년대까지 문단의 논객으로 활동한 이어령 선생
님이 당대의 문학가들과 벌인 문학 논쟁을 담은 『장미밭의 전쟁』은 지
금도 여전히 관심을 끈다. 호메로스에서 헤밍웨이까지 이어령 선생님과
함께 고전 읽기 여행을 떠나는 『진리는 나그네』와 한국의 시가문학을
통해서 본 한국문화론 『노래여 천년의 노래여』는 합본 호로 묶었다. 한
국인이 사랑하는 김소월, 윤동주, 한용운, 서정주 등의 시를 기호론적 접

근법으로 다시 읽는 『시 다시 읽기』는 이어령 선생님의 학문적 통찰이 빛나는 책이다. 아울러 박사학위 논문이기도 했던 『공간의 기호학』은 한국 문학이론사에서 빼놓을 수 없는 명저다.

사회문화론 컬렉션(5종 4권)은 이어령 선생님의 우리 사회와 문화에 대한 관심을 담았다. 칼럼니스트 이어령 선생님의 진면목이 드러난 책 『차 한 잔의 사상』은 20대에 《서울신문》의 '삼각주'로 출발하여 《경향신문》의 '여적', 《중앙일보》의 '분수대', 《조선일보》의 '만물상' 등을 통해 발표한 명칼럼들이 수록되어 있다. 『어머니와 아이가 만드는 세상』은 「천년을 달리는 아이」, 「천년을 만드는 엄마」를 한데 묶은 책으로, 새천년의 새 시대를 살아갈 아이와 엄마에게 띄우는 지침서다. 아울러 이어령 선생님의 산문시들을 엮어 만든 『시와 함께 살다』를 이와 함께 합본 호로 묶었다. 『저 물레에서 운명의 실이』는 1970년대에 신문에 연재한 여성론을 펴낸 책으로 『사씨남정기』, 『춘향전』, 『이춘풍전』을 통해 전통 사상에 입각한 한국 여인, 한국인 전체에 대한 본성을 분석했다. 『일본문화와 상인정신』은 일본의 상인정신을 통해 본 일본문화 비평론이다.

한국문화론 컬렉션(5종 4권)은 한국문화에 대한 본격 비평을 모았다. 『기업과 문화의 충격』은 기업문화의 혁신을 강조한 기업문화 개론서다. 『푸는 문화 신바람의 문화』는 '신바람', '풀이'라는 키워드를 통해 고금의 예화와 일화, 우리말의 어휘와 생활 문화 등 다양한 범위 속에서 우리 문화를 분석했고, '붉은 악마', '문명전쟁', '정치문화', '한류문화' 등의 4가지 코드로 문화를 진단한 『문화 코드』와 합본 호로 묶었다. 한국과 일본 지식인들의 대담 모음집 『세계 지성과의 대화』와 이화여대 교수직을 내려놓으면서 각계각층 인사들과 나눈 대담집 『나, 너 그리고 나눔』이 이 컬렉션의 대미를 장식한다.

2022년 2월 26일, 편집과 고증의 과정을 거치는 중에 이어령 선생님이 돌아가신 것은 출간 작업의 커다란 난관이었다. 최신판 '저자의 말'을 수록할 수 없게 된 데다가 적잖은 원고 내용의 저자 확인이 필요한 부분이 있었으니 난관이 아닐 수 없었다. 다행히 유족 측에서는 이어령 선생님의 부인이신 영인문학관 강인숙 관장님이 마지막 교정과 확인을 맡아주셨다. 밤샘도 마다하지 않으면서 꼼꼼하게 오류를 점검해주신 강인숙 관장님에게 이 지면을 빌려 감사의 말씀을 드린다.

KI신서 10652
이어령 전집 15

시 다시 읽기

1판 1쇄 인쇄 2023년 2월 17일
1판 1쇄 발행 2023년 2월 26일

지은이 이어령
펴낸이 김영곤
펴낸곳 (주)북이십일 21세기북스

TF팀 이사 신승철
TF팀 이종배
출판마케팅영업본부장 민안기
마케팅1팀 배상현 한경화 김신우 강효원
출판영업팀 최명열 김다운
제작팀 이영민 권경민
진행·디자인 다함미디어 | 함성주 유예지 권성희
교정교열 구경미 김도언 김문숙 박은경 송복란 이진규 이충미 임수현 정미용 최아림

출판등록 2000년 5월 6일 제406-2003-061호
주소 (10881) 경기도 파주시 회동길 201(문발동)
대표전화 031-955-2100 **팩스** 031-955-2151 **이메일** book21@book21.co.kr

© 이어령, 2023

ISBN 978-89-509-3876-5 04810

(주)북이십일 경계를 허무는 콘텐츠 리더

21세기북스 채널에서 도서 정보와 다양한 영상자료, 이벤트를 만나세요!
페이스북 facebook.com/jiinpill21 포스트 post.naver.com/21c_editors
인스타그램 instagram.com/jiinpill21 홈페이지 www.book21.com
유튜브 youtube.com/book21pub